Patrícia Melo

Schwarzer Walzer

Patrícia Melo

Schwarzer Walzer

Aus dem Portugiesischen von
Barbara Mesquita

Droemer

Originaltitel: Valsa negra
Originalverlag: Companhia das Letras, São Paulo

Besuchen Sie uns im Internet:
www.droemer.de

Die Folie des Schutzumschlags sowie die Einschweißfolie sind
PE-Folien und biologisch abbaubar.
Dieses Buch wurde auf chlor- und säurefreiem Papier gedruckt.

Umschlaggestaltung: HildenDesign, München
Umschlagabbildung: Patagonik Works / Alamy Images
Satz: Ventura Publisher im Verlag
Druck und Bindung: ScandBook AB, Falun
Printed in Sweden
ISBN-13: 978-3-426-19696-0
ISBN-10: 3-426-19696-4

2 4 5 3 1

Für J. N.

Hass ist von Liebe
nicht zu unterscheiden.
Catull

I

Ein Beinbruch wäre die Lösung, dachte ich, als ich Rachel, meiner siebzigjährigen Nachbarin, über den Weg lief, die mit einem geschienten Bein aus dem Krankenhaus kam. Ich half dem Portier, den Rollstuhl in den Aufzug zu verfrachten. Es wäre großartig, die Treppe herunterzufallen und mir Schienbeine und Oberschenkelknochen zu zertrümmern, ich könnte zu Hause bleiben, müsste nicht ins Orchester und lästigen Kram erledigen, nicht mit Typen wie Felipe Hojas telefonieren, diesem dämlichen, gefallsüchtigen Dirigenten, der ständig Rückenschmerzen hat und nach Lust und Laune Konzerte absagt, müsste nicht die fünfzig E-Mails beantworten, die jedes Mal, wenn ich meinen Computer anschalte, in mein Postfach purzeln, müsste nicht dieses Foto von Brahms vor mir stehen haben, der mich so komisch ansieht, müsste nicht mehr in Palermo dirigieren, mich nicht um den Dudelsackspieler für das Stück von Maxwell Davies kümmern, keine Verträge für den ersten Violinisten ansehen, müsste mir nicht eine einzige Minute lang Gedanken über das *Requiem* von Verdi machen, die vier Sakralstücke, insbesondere nicht über das *Ave*

Maria, müsste nicht auf die Bühne steigen, mich nicht aufregen, nicht die Musiker anschreien, nicht die *Siebte Symphonie* von Mahler proben, nichts von alledem brauchte ich zu tun, ich könnte zu Hause bleiben, verfügbar, aufmerksam, konzentriert auf Marie.
Rachel bat mich darum, sie in ihre Wohnung im zweiten Stock zu bringen. Ich kann mich nicht lange aufhalten, dachte ich. Marie hatte bereits das Bad verlassen, sie war schnell, junge Frauen verschwenden nicht viel Zeit auf Kosmetik. »Ich verstehe nicht, wie man sich so viel Mist ins Gesicht schmieren kann. Das Schminktäschchen einer Frau über vierzig ist ein echtes Chemiewaffenlabor«, hatte sie irgendwann einmal gesagt.
Wir stiegen in den Fahrstuhl, und sobald die Tür zuging, nutzte Rachel meine Anwesenheit aus, um sich über diese »Idioten von Angestellten, die bei uns im Haus arbeiten« zu beschweren, vor allem über den »Portier, diesen Frechdachs«, der ihr beinahe das andere Bein gebrochen hätte, als er ihr aus dem Taxi geholfen hatte. Sie war in Stimmung, die gute Rachel.
»Hast du bemerkt, dass sie nicht aus Gips ist?«, fragte sie mich und zeigte auf die Plastikschiene, die ihr Bein umschloss.
Ich hörte zu, wie sie erzählte, dass sie an ebendiesem Morgen, als sie in unserem Viertel durch die Straßen ging, von einem Loch verschluckt worden war. »Diese blöden Bürgermeister denken jetzt nur noch an die Armen. Die Mittelschicht schaut in die Röhre. Können Sie sich das vorstellen, ein riesengroßes Loch, mitten auf der Straße?«
Ich besitze ein besonderes Talent, mir Löcher vorzustel-

len, alle sind sie pechschwarz, tief und gähnend weit offen, und ich hätte Rachel durchaus eine große Vielfalt an Grotten, Höhlen, unterirdischen Gewölben und Spalten beschrieben, wäre nicht mein Wunsch, etwas zu sagen, ständig von einem Gefühl tiefer Mutlosigkeit verschlungen worden. So ging es mir in letzter Zeit ständig. Als ich bei der Probe zu Mahlers *Siebter* tags zuvor gesehen hatte, wie energielos meine Musiker spielten, hatte ich eigentlich sagen wollen, dass Mahler nicht so ein Barbar wie Bruckner sei. Bruckner ist wie ein Coitus interruptus, hatte ich sagen wollen. Mahler dagegen ist kraftvoll in seiner Musik, Mahler nimmt sich etwas vor und setzt es um, entwickelt, erreicht es. Ich hätte meine Bedingungen zum Ausdruck bringen können, Mahler probt man nicht, Mahler spielt man, mit Nachdruck, und achtet dabei auf die Dynamik, oder man lässt von Mahler die Finger und fertig, genau das hätte ich sagen sollen, meine Musiker hätten es durchaus verstanden, sie hätten besser gespielt. Stattdessen verlor ich die Beherrschung, schrie das Orchester an und schmiss die Probe. In letzter Zeit war ich aufbrausend oder schwieg einfach, hatte keine Kraft, keine Lust zu reden, so wie jetzt mit der Nachbarin.

Rachel gab mir den Schlüssel zur Wohnung, wir gingen hinein. Wieder schlug mir dieser Geruch entgegen, eine Mischung aus Staub, Alkohol und Fleischbrühe. »Ich merke nichts«, sagte Marie jedes Mal, wenn ich sie auf den Gestank aufmerksam machte. Aber Marie war auch jung und rauchte Gras, und Haschischraucher merken sowieso nie etwas. Ich dagegen schon. Für Verfaultes war ich immer schon ein Fachmann. Falls der Tod einen Geruch besaß, dann war es dieser. Wenn die Bewohner morgens die Fenster öffneten und ihre Hunde ausführen gingen, wenn die Sterbenskranken von den Schwestern zum Sonnenbaden hinausgebracht wurden, breitete sich dieser Geruch im Haus derart aus, dass ich mir Kampfer um die Nasenlöcher reiben musste.

Jedenfalls war es keine gute Idee gewesen, in diese Wohnung umzuziehen, es war dumm, das Geschenk von Henri, meinem großzügigen Schwiegervater, anzunehmen. »Es ist dort Platz für deine Klaviere«, hatte er gesagt, als Marie aus Israel zurückgekommen war und ich Teresa und unsere halbwüchsige Tochter verlassen hatte, ein heilloses Durcheinander. Ich stellte die Flügel dort hinein, und ehe ich mich's versah, war ich mit Marie verheiratet. Heute frage ich mich, ob nicht dieser Todesgeruch der Grund für unser Unglück war. Wenn geräuschvolle, primitive Musik und Filme voller Revolver und Rache unser Verhalten und unser Schicksal vergiften können, wenn wir uns diesen Schrott anschauen, herumlaufen und fünfzehn Leute bei McDonald's abknallen, warum sollten dann Gerüche wie dieser nicht ähnlich unberechenbare Reaktionen hervorrufen? Ich erinnere mich daran, dass ich gleich nach unserem Umzug in diese Wohnung die Nachbarn und das Personal im Haus fragte, ob sie den Geruch verspürten. Sie rochen nichts. Es ist unglaublich, wie den Menschen der Geruchssinn abhanden gekommen ist.

Der Gestank in Rachels Wohnung war noch schlimmer, er überstieg bei weitem den auf den Straßen und in der Eingangshalle, hier gab es auch Nephtalin, wovon mir speiübel wurde. Rachel ließ mich nicht gehen, ehe ich dem mit Möbeln, Plunder und Nippes vollgestopften

Büro ihres verstorbenen Mannes einen Besuch abgestattet hatte. Wozu so viel Mist zusammentragen? »Der Wasserkrug«, rief sie. Ich nahm das Keramikstück vom Regal und brachte es ins Wohnzimmer. Rachel sagte, sie habe ihn mir schon immer zeigen wollen. »Ist er nicht schön? Er stammt von Eliseo Visconti. Er hat ihn für die Künstlergarderobe des Stadttheaters von Rio gemacht.« Ich bekam eine langatmige Geschichte über Eliseo und das Kunsthandwerk in Brasilien zu hören und wurde dann dazu verdonnert, mir ihre Sammlung präkolumbianischer Kunst, ihr venezianisches Gemälde aus dem achtzehnten Jahrhundert und zudem den Kerzenleuchter anzuschauen, der ihren Esstisch schmückte. »Das ist Sheffield-Silber, ehe daraus Silver Plate wurde«, erklärte sie, als ob ich irgendeine Ahnung davon gehabt hätte, was Sheffield-Silber oder Silver Plate war. Das ist das Problem, wenn man Dirigent ist. Die Leute kommen einem ständig mit dieser Art von Themen. Über Fußball will kein Mensch mit einem Dirigenten reden.

Übellaunig verließ ich die Wohnung, mit dem Krug von Visconti als Geschenk. »Der ist hier so nutzlos«, hatte sie gesagt, »er wird sich gut in deiner Garderobe machen.«

Es wäre wirklich fabelhaft, wenn ich mir die Beine bräche, dachte ich, als ich die Treppe hinunterging. Für Menschen wie Rachel, die einsam sind, und ganz allgemein für alle, die arm dran sind, bedeutet Kranksein oder einen Unfall zu erleiden eine Chance, wahrgenommen zu werden. Meine Angestellten im Theater, die Portiers, die Putzfrauen, die Wachleute, sie alle liebten es, von ihren Besuchen beim Arzt zu erzählen, von dem, was der Doktor über ihre kaputte Leber gesagt hatte. Man kann ein absoluter Niemand sein, aber mit einer kaputten Leber ist man schon wer. Man hat etwas, das die anderen nicht haben. Es ist unsere kaputte Leber, unser gebrochenes Bein, unsere unheilbare Allergie. Vielleicht war für Rachel das Spannendste in diesem Lebensabschnitt, dass sie in das Loch gefallen war. Ihre blauen Äuglein schienen noch lebendiger zu werden, als sie das Wort *Fraktur* aussprach. Sie verstieg sich zu der Behauptung, es tue »überhaupt nicht weh, sich das Bein zu brechen«, und der Orthopäde im Albert-Einstein-Krankenhaus sei »Robert Redford wie aus dem Gesicht geschnitten«.

Für mich indes wäre ein Beinbruch der ideale Vorwand, um meine Pläne mit Marie in die Tat umzusetzen. Weniger reisen, die Konzerte in Ottawa und Palermo absagen, nicht arbeiten, sondern zu Hause bleiben, meine Frau observieren, kontrollieren, ihre Schritte überwachen. Auf der Hut sein und die Katastrophe abwenden. So handelt ein echter Mann.

Ich ging bis zur Ecke; auf den Straßen von Higienópolis lag von Mal zu Mal mehr Hundescheiße. Ich setzte mich ins Auto, schaltete das Radio ein, suchte die Nachrichten. Nichts Neues aus Israel. Sie brachten nichts mehr über den Konflikt, sie waren es leid. Ich hatte keine halbe Stunde gewartet, als Marie das Haus verließ. Stiefel, Lederjacke, die Geige über der Schulter. Von wem stammte noch der Ausspruch, der Teufel reitet auf einem Violinbogen? Da war er, der Teufel, und stieg in ein Taxi. Ich musste daran denken, wie sie mir eines Tages ein Gedicht zugesteckt hatte, das ungefähr so lautete: »Ich liebe dich, ich habe Angst vor dir, ich warte auf dich, kurz, ich bin am Ende und selig vor Glück, eher am Ende als selig vor

Glück und umgekehrt.« Ich war restlos begeistert. Im Grunde genommen, so dachte ich, hatte ich mein langweiliges Leben an Teresas Seite gegen eine Hand voll Ungewissheiten und Ängste an der Seite Maries eingetauscht. Mit ihr zusammen zu sein bedeutete, in ein und demselben Paket sehr Gutes und sehr Schlechtes zu haben. In Wahrheit mehr Schlechtes als Gutes.

Ich stieg aus dem Auto und ging zurück in unsere Wohnung. Mein Entschluss stand fest, ich wollte ein für allemal herausfinden, was vor sich ging.

2

Ein siegreiches Israel ist ein schrecklicher Ort zum Kaffeetrinken.« Auf einer anderen Seite: »Ich sage Ihnen, die Araber respektieren einen dicken Mann, ein großer Mann kann ihr Leben wirklich zerstören.« Seite 76, mit mehreren Ausrufezeichen am Rand: »Irving Berlin ist besser als Ariel Sharon.« Ein anderes Buch, derselbe Autor: »Ich gehöre nicht zu diesen Juden, für die Weihnachten eine schreckliche Heimsuchung ist.« Was wollte ich von Marie? Warum blätterte ich in den Büchern auf ihrem Nachttisch, inspizierte die angestrichenen Sätze, suchte nach Spuren, Bedeutungen? Der Grund für die zahlreichen Unterstreichungen lag auf der Hand. Judentum, Jude zu sein, nicht Jude zu sein, Bomben zu werfen, Terrorismus, aber wozu »Abriss des antiken Theaters«? Was bewog Marie dazu, Aussagen wie diese anzustreichen? Und wozu hatte sie die Worte *steinreich und aufgedunsen* und *Winkelzug* und *Absentismus* unterstrichen? Weshalb war ich so erbittert über ihre begeisterte Lektüre dieser Amerikaner, die über die fixe Idee von Judentum-Sex niemals hinauskamen? Mir fiel ein, wie sie einmal, kurz nachdem wir uns kennen gelernt hatten, im Bett etwas über meine Haarfarbe gesagt hatte, schwarz, pechschwarz und glatt, dabei waren sie gar nicht mehr so schwarz, es kamen immer mehr weiße hinzu, und dann, als sie hörte, dass ich ein waschechter Brasilianer sei, Sohn von Brasilianern und Enkel von Brasilianern, dass es irgendwo ganz weit in der Vergangenheit einen portugiesischen Ururgroßvater gab, ich aber auch eine Vermischung mit Indios, Spaniern und Schwarzen nicht ausschloss, sagte sie etwas, über das ich sehr lachen musste: »Du bist ein richtig subäquatorialer Typ.« Ich schüttete mich aus vor Lachen. Eine richtig supraäquatoriale, oder besser noch, superäquatoriale Bemerkung. Bis dahin waren wir uns in allem ähnlich gewesen. Und auf einmal war ich ein subäquatorialer Typ. Manchmal fragte ich mich, ob Marie mir eines Tages verzeihen würde, dass ich kein Jude war. Ihre Eltern, die anfangs von meinem Interesse für ihre Geschichten aus dem Diamantenhandel und die Geschäfte in Antwerpen so gerührt gewesen waren, würden sich mit diesem meinem kleinen Mangel niemals abfinden. Nicht zu ihrer Welt zu gehören. Zu den Festen. Nicht zu wissen, was Alijah ist. Oder Chanukka. Oder Galut. Oder Kike. Schmock. »Es wird ›Schmak‹ ausgesprochen«, hatte Maries Mutter mich verbessert, als ich nach der Bedeutung des Wortes zu fragen wagte. Schlappschwanz. Lascher Kerl. »Diese Leute haben nicht die geringste Ahnung, was es heißt, Jude zu sein«, ein weiteres Buch voller Unterstreichungen. Diese Leute. Wahrscheinlich war ich für Marie in der Gesamtheit »dieser Leute« mit inbegriffen. Mit anderen Worten, ich war der falsche Mann. Dreißig Jahre älter und obendrein ein Goj. Ein Fehler. Vielleicht meinte Marie, sie hätte besser in Tel Aviv bleiben und an der Musikhochschule Samuel Rubin bei Professor Sandorsky Violine studieren sollen, »dem Studenten eines der Lieblingsschüler von Heifetz«, wie sie den Lehrer gerne nannte. Der Student eines Schülers ist ungefähr das Gleiche wie der Cousin eines Cousins. Um acht Ecken. Das ist nicht mal mehr Verwandtschaft, ein überzähliger Vetter. »Sandorsky ist das berühmte Mittelmaß«, hatte ich zu Marie gesagt. »Weder richtig gut noch richtig schlecht. Einer, der seine Sache ordentlich macht.« Marie war anderer Ansicht als ich. Sie nahm Sandorsky stets in Schutz und sparte nicht mit Lob: »sensibel«, »diszipliniert«, »genial«. Gewiss stammte der Satz, den sie ständig wiederholte, seit sie von der Reise zurück war, von Sandorsky: Sie verstehe nicht, »wie sie als Jüdin zwanzig Jahre gebraucht habe, um nach Israel zu fahren«.

»Hattest du eine Affäre mit ihm?«, fragte ich sie einmal.

»Mit wem?«

»Mit Sandorsky.«

»Meinst du, dass ich eine Affäre mit Sandorsky hatte? Meinst du das?«

»Er war verrückt nach dir.«

»Glaubst du immer, dass die Leute verrückt nach mir sind?«

»Ich war verrückt nach dir.«

»Umkehrschluss. So etwas nennt man Umkehrschluss. Ich habe mit allem angefangen. Du hast bloß reagiert.«

»Aber zumindest hat er es versucht.«

»Sandorsky? Der Ärmste. Das hätte er nicht gewagt.«

»Dieser Bock.«

»Dafür gibt es einen Namen, weißt du?«
»Mittelmaß, das ist er.«
»Reaktive Eifersucht. Du bist eifersüchtig auf meine Vergangenheit.«
Eine Beziehung wie diese entwickelt man nicht alleine. Die ganze Zeit über reizte mich Marie zu dieser Art Verhalten. Sie liebte es, mich anzuschüren, machte Andeutungen, ließ bei unseren Gesprächen, stets so, dass es rein zufällig wirkte, Namen fallen wie Jean Pierre, David oder Henrique, junge Männer, mit denen sie studiert hatte, »ich hatte nichts mit ihnen«, sagte sie zu mir, während ich in der Hölle schmorte. Das machte sie gerne mit mir. Ich verstand das Spiel sofort. Gespräche dieser Art erzeugten regelmäßig große sexuelle Spannung zwischen uns. Wir stritten uns, bis wir müde waren, und hinterher lösten wir alles im Bett. Und dann, nach einer winzig kurzen Zeit des Friedens, begann das Spiel von vorne.
In dem Moment, beim Durchblättern der Bücher, zweifelte ich ernsthaft an Marie. Die Wahrheit ist, dass Frauen lügen. Männer betrügen, lügen und verraten auch, aber Frauen betrügen, lügen und verraten sehr viel mehr. Mir schien, dass Sandorsky nicht zu unserem Spiel gehörte. Es war mehr. Er stand hinter diesen Büchern, diesem neuartigen Interesse Maries für alles, was mit Israel, Bomben, Terroristen und Friedensabkommen zu tun hatte. Es gab etwas, das sie endgültig verband, etwas, das sich beispielhaft in Sätzen zeigte wie: »Auch die Juden in Polen hatten schlimme Feinde. Aber schlimme Feinde zu haben bedeutete für sie nicht, ihre jüdische Seele nicht bewahren zu können.« Das einte sie.

Wäre es die Musik gewesen, die sie verbunden hätte, so wie Clara und Robert Schumann, hätte Marie sich wie Clara bemüht, bei Sandorsky Dinge zu lernen wie Phrasierung, Form, Progression, Dynamik und Sinn, dann hätte ich eine Chance gehabt, sie auseinander zu bringen. Wenn die Musik zwei Menschen miteinander verbindet, so wie sie Clara und Robert Schumann verband, Brahms und Schumann, Clara und Brahms, Bülow und Liszt, Cosima und Bülow, Bülow und Wagner und Wagner und Cosima, wenn die Musik Menschen vereint, dann steht der Teufel dabei Pate. Zuerst lieben wir den Menschen, der uns musikalisch überlegen ist. Und dann tun wir alles, um mit ihm zu vögeln.

Doch es war nicht die Musik, die Marie mit Sandorsky verband, sondern die jüdische Seele, und dagegen konnte ich nichts ausrichten. Denn ich war einer von diesen Leuten, die »keinen blassen Schimmer haben, was es heißt, Jude zu sein«. Ich wusste nichts von ihnen, und selbst wenn ich alles gewusst, wenn ich mich noch so angestrengt hätte, wie ich es ja tat, ich war keiner von ihnen.

All das rotierte in meinem Kopf und brachte mich um den Verstand, als ich die Tür des Esszimmers zuschlagen hörte. Es war Jânia, unsere Hausangestellte, die sich verspätet hatte. Verzagt setzte ich mich aufs Bett. Was war an diesen Büchern so Schlimmes? Als ich in Maries Alter war, hatte ich ebenfalls auf meine Lehrer gehört. Doch dieser Gedanke hatte nicht zur Folge, dass ich mich auch nur einen Deut besser fühlte. Sicherlich hatte Sandorsky Marie eingewickelt, indem er sich an das altbekannte Motto des griechischen Meisters hielt, der uns zur Wahrheit führt, indem er es uns besorgt. Ein ausgebuffter Kerl, genau das war Sandorsky. Maries Frische, ihr Witz, ihr Talent und ihre Jugend hatten ihn fasziniert. Ich musste an die Fotos denken, die sie mir aus Tel Aviv geschickt hatte. Die beiden, Arm in Arm vor der Akademie, der Professor und die Studentin, der Täter und das Opfer, Marie, die die Welt kennen lernen wollte, und der ausgehungerte Sandorsky, bereit, Marie zu verschlingen. Mir fiel auch die Begeisterung ein, mit der sie den Unterricht beschrieben hatte, als sie aus Israel kam.

»Sie wissen nichts«, hatte sie in einem Buch unterstrichen. Von mir war die Rede, wir wissen nichts, wir. Wir, die Gojim, die Niemande, wir, die Dirigenten, wir wissen nichts über euch. Über uns. Ihr wisst nichts über uns. Ihr wisst nicht, was es heißt, Jude zu sein, ihr habt nicht die geringste Ahnung, wie wir leben und leiden.

Mich ärgerte die Vorstellung, Maries ganze Leidenschaft für das Judentum habe mehr mit Sandorsky zu tun als mit dem Umstand als solchem, dass sie Jüdin war. Marie gehörte, wie sie selbst erklärte, zur Generation »neuer Juden«. Jener Juden, die nicht in erster Linie Juden sind, sondern die auch Juden sind. So wie sie Staatsbürger sind, wie sie Menschen sind, wie sie im Wesentlichen alles Mögliche sind. »Das Judentum stand in meiner Erziehung nicht an erster Stelle«, hatte sie gesagt.

Beim Nachdenken über diese Dinge fiel mir der Stapel alter Zeitungen unter unserem Bett wieder ein. Ich kniete mich hin. Da lagen sie, allesamt mit Schlagzeilen in der Art Blutiger-Sonntag-im-Nahen-Osten, Gewalt-und-Tod-in-Jerusalem, stapelweise Artikel, die Marie beiseite gelegt hatte, um sie zu lesen und »die Widersprüche der

Juden zu verstehen«, die sie aber weder je las noch Jânia wegwerfen ließ. Ich nahm einige zur Hand. Über hundert Verletzte in einer Pizzeria. Siebenundzwanzig Tote bei Vergeltungsschlag. Mehr als achtzehn Verwundete. An diesen Zeitungen gab es nichts zu verstehen. Es waren bloß Zahlen. Morde. Hass. Doch Sandorsky wollte sie in Israel behalten, sie mit ihrer Wirklichkeit, ihren Bomben ersticken. Warum ließ er Marie nicht auch unterstreichen: »Israel ist zur stärksten Bedrohung für das Überleben der Juden seit dem Ende des Zweiten Weltkriegs geworden«? So etwas strichen sie nicht an. Ich kroch unters Bett, beschloss, die Zeitungen wegzuwerfen. Ich zog zwei Stöße hervor, sie würden in den Müll wandern. Es lag noch ein weiterer Haufen dicht an der Wand; mit dem Fuß versuchte ich, ihn zu erreichen. Ich war gezwungen, noch weiter unters Bett zu kriechen. Ein immenser Hass erfüllte mich; genau in dem Augenblick, als ich gewaltsam die Zeitungsstapel vorwärts stieß und wütend gegen die Wand trat, ging die Tür des Schlafzimmers auf, und Jânia kam herein. Ich hielt den Atem an und verfolgte ihre Bewegungen durch den Raum.

Beklommen schloss ich die Augen; ehe ich darüber nachdenken konnte, wie ich von dort, wo ich mich befand, nämlich unterm Bett, wegkam, hatte Jânia das Zimmer verlassen, und noch bevor ich den Rückzug antreten konnte, kam sie wieder und ertappte mich in dieser schrecklichen Stellung. Ich fühlte mich grässlich, als sie mich so von oben herab anschaute und ich, einem unterirdischen Wesen, einem staubigen Kriechtier gleich, aus dem Loch hervorkam. Jânias Gesicht zeugte von einer derartigen Verwirrung, dass ich nicht das Bedürfnis verspürte, etwas zu sagen. Ich stammelte ein paar Worte, etwas von »alten Zeitungen«, und sie schaute mich so an, wie sie mich immer anschaute, wenn sie mich im Wohnzimmer überraschte: mit einem blöden, erstarrten Lächeln im Gesicht.

Es wäre besser gewesen, wenn ich in dem Augenblick hinausgegangen wäre und die Tür zugeknallt hätte; stattdessen gelang es mir, meine Lage noch weiter zu verschlimmern.

»Jânia«, sagte ich und hielt mit einem gewissen Druck ihre Arme fest. »Würden Sie etwas für mich tun?« Natürlich würde sie das. Noch bevor sie meinen Vorschlag kannte, erklärte sie sich schon zu allem bereit. Es ist bemerkenswert, wie die Leute auf unsere Angebote eingehen.

Während ich ein paar Scheine aus der Brieftasche nahm, erklärte ich ihr, außer die ganzen Zeitungen in den Müll zu werfen, müsse sie nur Marie im Auge behalten, das sei alles. »Schreiben Sie auf, wer kommt«, sagte ich, »und mit wem sie telefoniert.« Ich erklärte ihr, sie solle über den Apparat in der Küche auch die Telefongespräche meiner Frau belauschen. »Wenn Sie nicht verstehen, was sie reden, wenn es eine andere Sprache ist, dann versuchen Sie herauszuhören, ob Marie ›Sandorsky‹ sagt.« Ich nötigte sie, mehrmals »Sandorsky« zu wiederholen; sie versicherte mir, »nichts dergleichen« je im Haus vernommen zu haben. »Können Sie schreiben?«, fragte ich. Ich gab ihr Papier, einen Stift. »Schreiben Sie ›Sandorsky‹.« Sie machte ihre Sache gar nicht schlecht, eine unbeholfene Schrift so wie alle halben Analphabeten. Nun hatten wir einen Pakt.

Es war noch nicht ganz zehn Uhr morgens, als ich die

Wohnung verließ. Ich nahm ein paar Bücher von Marie mit. Die Stadt war noch grauer als sonst, mir war nicht wohl zumute. Ich stieg ins Auto, schaute in den Himmel. Es würde ein mieser Tag werden.

3

»Sie müssen mit dieser Agentin in der Schweiz telefonieren. Sie müssen in Mexiko anrufen. Sie müssen mit dem Koordinator für die ehrenamtliche Tätigkeit im Orchester reden. Sie müssen mit Pedro Ricardo zu Mittag essen. Sie müssen die Leiterin der Kulturabteilung des Außenministeriums empfangen. Und Sie müssen mit dem Chef der Kontrabassisten sprechen.« Das alles sei zu erledigen, teilte Adriana, meine neue Assistentin, mir mit, doch zuvor, so betonte sie, müsse ich Mahlers *Siebte Symphonie* proben. Ich fand es amüsant, dass Adriana die Probe mit auf den Terminkalender gesetzt hatte. Als ob ich das nicht gewusst hätte. »Und Sie müssen bei Columbia Artists Management Inc. anrufen«, unbedingt, hatte sie hinzugefügt. Sie brachte es nicht fertig, einfach CAMI zu sagen, rufen Sie bei CAMI an, sie hatte das Bedürfnis, den vollständigen Namen auszusprechen.

Ich konnte mich nicht beklagen. Adriana war sehr effizient, auch wenn Marie ständig das Gegenteil behauptete. »Sie bildet sich ein, dass sie Ahnung hat. Neulich kam sie mir damit, dass sie Haydns Späße liebt. Als ob sie irgendetwas von Musik verstünde. Und sie richtet dir nie etwas von mir aus. Wann stellst du endlich eine von diesen Dona Ercílias oder Dona Yollandas ein, die mein Vater als Sekretärinnen hat? Und hör auf zu lachen, das ist keine Eifersucht. Ich bin nicht eifersüchtig. Du gehörst mir. Ich habe deinen Spielerpass gekauft. Mein Problem mit dem Mädchen ist, dass es dumm ist. Und inkompetent. Das ist alles.«

Das stimmte nicht. Adriana kümmerte sich um meinen Terminkalender mit großer Sorgfalt.

Ich hatte mich kaum hingesetzt, da klingelte mein Mobiltelefon.

»Papa?« Es war Eduarda, meine dreizehnjährige Tochter. Seit Wochen hatte ich nicht mit ihr gesprochen.

»Fräulein Managerin?«, fragte ich und sah auf die Uhr. Diesen Spitznamen hatte ich ihr gleich nach meiner Trennung von Teresa verpasst. Seither hatte Eduarda einen prall gefüllten Terminplan, Ballettstunden, Englisch, Gesang, Geige, Computer und Tennis, es blieb ihr fast keine Zeit mehr, meinen Konzerten beizuwohnen oder mich im Orchester zu besuchen. Tatsächlich hatte Teresa damit eine Art und Weise gefunden, noch fauler zu sein als zuvor. Sie verlangte in einem fort, ich solle »Vater sein«. Für sie bedeutete »Vater sein«, die Drecksarbeit zu erledigen, das zu tun, was ihr verhasst war, wie abholen, bringen, kaufen und bezahlen. »Ich habe keine Zeit«, behauptete sie, wenn sie Eduarda zu Partys bei Freunden oder zu Verabredungen zum Lernen begleiten sollte. »Fahr du. Warum muss ich alles alleine machen?« Ich hatte ebenfalls keine Zeit, ich war Dirigent. Ich arbeitete wie ein Tier.

»Du hast gut ausgesehen«, sagte Eduarda.

»Wer?«

»Du. In der Zeitung. Prima, das Foto.«

»Welches Foto?«

»Hast du nicht zugehört, was ich gesagt habe, Papa?«

Ich war zerstreut, ein gut Teil dessen, was meine Tochter mir erzählt hatte, war mir entgangen. Doch zu erfahren, dass ein Artikel über mich in der Zeitung stand, machte mich hellwach. Es gab vieles, über das ich mit Eduarda reden wollte, aber nun war ich begierig darauf, die Reportage zu lesen. »Ruf mich heute abend an«, sagte ich, »jetzt habe ich Probe.«

Ich schaltete das Telefon aus und schickte Adriana die Zeitungen holen. Alles, was über mich in der Presse erschien, wurde von meiner Assistentin katalogisiert. Wir hatten zahlreiche Ordner, ein riesiges Archiv voller Zeitungsausschnitte, Kritiken, Interviews, eins mehr, dachte ich, als ich von Adriana die Zeitung in Empfang nahm. Da war ich, auf der ersten Seite der Kulturbeilage, und Eduarda hatte recht, das Foto war tatsächlich gut gelungen. Ich war schon immer fotogen. Richtig prima, das Foto, dachte ich und schämte mich gleichzeitig, wegen so einem Mist begeistert zu sein. Wozu war dieser Blödsinn gut? Wer las schon diese Kritiken, außer meinen Feinden? Es war nur eine weitere Gelegenheit für meine Widersacher, mich noch mehr zu hassen. Nichts macht einen Dirigenten oder Musiker wütender als der Erfolg eines anderen Dirigenten oder Musikers. Zu erfahren, dass der Soundso eingeladen worden ist, ein bestimmtes Orchester zu dirigieren, oder dass er einen bestimmten Preis gewonnen oder einen gefeierten Auftritt gehabt hat, wirkt in der Musikwelt wie ein Schlag ins Genick.

Wir werden fuchsteufelswild, wenn jemand anders Erfolg hat.
Da fiel mir ein, dass Marie mit den Berichten über mich eigentlich das Gleiche tun könnte, was sie mit den Artikeln über Israel machte, nämlich sie ausschneiden, aufmerksam lesen und aufheben. Ich ärgerte mich bei dem Gedanken, dass sie mich in der Zeitung noch nicht einmal bemerkt hatte. Ein paar Sekunden lang überlegte ich, wie ich sie auf die Sache ansprechen könnte. »Hast du die Reportage gesehen?«, könnte ich sie vor der Probe ganz nonchalant fragen. Ich kam mir abermals lächerlich vor. Als ob der Artikel geeignet gewesen wäre, Marie meine Überlegenheit über Sandorsky zu beweisen, ihr zu zeigen, dass dieser alte Knacker mit den affenähnlichen Gesichtszügen eine Null war, ein Niemand quasi, der sich der Hochschule verschrieben hatte, weil er niemals etwas anderes zustande bringen würde. Sandorsky hatte sich gewissenhaft an die Regeln gehalten; weil er nichts Schöpferisches vollbringen konnte, wurde aus ihm ein Ordnungsfanatiker.
Ich wollte aufhören, über diese Dinge nachzudenken, mir auszumalen, dass die beiden täglich miteinander telefonierten, dass sie Geliebte, dass sie Juden waren, aber es gelang mir nicht. Ich fühlte mich, als ob sie mir etwas wegnehmen würden.
Ich bat Adriana, mir eine Cola Light mit viel Eis zu bringen. Ich lief im Raum umher. Vor der Probe brauchte ich ein paar Minuten, um meinen Kopf leer zu bekommen, mich zu beruhigen, in die Musik einzusteigen, meine Interpretation zu hören, Mahler zu lauschen, dort im Inneren, kraftvoll reinen Ton, ohne an Sandorsky oder

an Marie zu denken. Unwillkürlich schlug ich abermals das von zu Hause mitgebrachte Buch auf. Noch ein unterstrichener Satz. »Egal, was kommt, das Problem für die Juden wird stets der Goj sein.« Wir Gojim sind das Problem. Es kümmerte sie gar nicht, dass ich womöglich die Bücher öffnen und diese Unterstreichungen sehen könnte. Sie versteckte sie nicht einmal, sie unterstrich und fertig. Sie strengte sich nicht im Mindesten an, damit ich mich weniger als Nicht-Jude fühlte. Es war egal, wie viel Falafel ich aß, wie nett ich mich bei den Familienzusammenkünften gab, wie berühmt ich war und dass ich in der Zeitung stand. Ich würde niemals Jude sein. Sandorsky dagegen, nun, Sandorsky, der Sohn-vom-Cousin-vom-Enkel-des-Schülers-von-Heifetz, war selbstverständlich Jude. »Er war so hochgewachsen; das setzte ich gleich mit Männlichkeit«, noch eine Unterstreichung. Ich klappte das Buch zu. Das Verdienst der »Größe« würde ich definitiv nicht erreichen. Ich war nicht hochgewachsen. Ich schloss das Buch in der Schublade ein. Ich war klein. Marie lächelte im Bilderrahmen in Tel Aviv. Ich drehte ihn zur Wand.

Ich versuchte, mich auf Adrianas Terminkalender zu konzentrieren. Um fünfzehn Uhr Besprechung mit dem Chef der Kontrabassisten. Ich wusste schon, was er wollte. »Wir bevorzugen die deutsche Schule«, hatte Hamilton am Ende der letzten Probe gesagt. Als ob die Art, den Bogen zu halten, wichtig gewesen wäre, als ob sie irgendetwas geändert hätte. Mir war sehr danach, eine andere Tagesordnung für unser Treffen vorzuschlagen, nichts von wegen deutscher oder französischer Schule, wie wäre es, wenn wir uns über die Schule-des-guten-Spielens unterhielten? Jeden Tag gut spielen. Viele Stunden üben. Arbeiten. Bei der Probe keine Noten verspielen. Die Partituren auswendig lernen. Dreizehn Uhr Mittagessen mit Pedro Ricardo.

»Ich bin genau wie Sie, ich liebe diesen Mist«, sagte Adriana, als sie mit zwei Dosen Cola Light auf einem Tablett ins Büro zurückkam.

»Wer ist Pedro Ricardo?«, fragte ich.

»Herr Spontano«, antwortete sie. »Er will mit dem Orchester eine Fußballmannschaft auf die Beine stellen. Ich werde Ihnen erzählen, wie die Spontanos vorgehen. Sie schlagen die Zeitung auf, lesen einen Artikel über unser Orchester und tauchen hier auf, bieten irgendetwas an, Enzyklopädien, Gummihandschuhe, Zahnbehandlung, Computertische, alles Mögliche, was Sie sich vorstellen können. Damit wird man erfolgreich. Ich überlege, ob sie dem Philharmonischen Orchester von Rio wohl einen Fußballtrainer anbieten.«

»Den von den Corinthians?«

»Genau den. Sie haben vergangene Woche mit ihm gesprochen. Der Ärmste. Am Sonntag hat er eins auf die Glocke bekommen.«

»Haben Sie das Spiel gesehen?«

»Ich bin für den FC São Paulo.«

Das war ich auch. Wir redeten über den neuen Linksaußen, eine Flasche. Dieses Tor zu vergeigen. Jetzt mussten wir das nächste Spiel gewinnen, um unter den ersten acht zu sein und in die zweite Runde zu kommen. Es war tatsächlich so, dass Adriana mich mit ihrer Fähigkeit zum Zuhören und ihrem Sinn für Humor beruhigte. Eine gutgelaunte Frau ist die halbe Miete. Und hübsch war sie.

Hatte schöne Augen. »Ich gebe gar nichts darauf, wenn du jemand Neuen im Orchester lobst«, sagte meine Exfrau. »Das ist nur in der Anfangszeit so, danach fängst du an, ihn zu hassen. Du liebst inbrünstig alles Neue, um es hinterher nur umso inbrünstiger hassen zu können.« Es bekam mir ganz und gar nicht, in diesem Moment an Teresa zurückzudenken. Da lebt man dreißig Jahre lang mit einer Frau zusammen, und wenn es vorbei ist, dann ist das alles? Das zu sagen, auf diese Weise vor unserer Tochter zu reden, zu behaupten, Liebe sei für mich lediglich die Vorstufe zu neuem Hass? Bloß ein Vorwand zum Kaputtmachen und Zerstören? »Du bist ein Egoist. Du bist du und sonst nichts. Ich-ich-ich. Nicht umsonst wolltest du Dirigent werden. Es gibt nichts Selbstfixierteres als Dirigenten. Du bist praktisch ein Autist. Nichts ist dir wichtig.« »Deine Hassmaschinerie«, hatte sie gesagt. »Dein privater Fleischwolf.« So war Teresa jetzt, sie nahm kein Blatt vor den Mund. All die Jahre über, die wir zusammen gewesen waren, hatte Teresa eine sensationelle Methode verwendet, um mich niederzumachen. Plötzlich, beim Abendessen, irgendwann am Morgen oder nach einer meiner Vorstellungen in der Garderobe, wenn Freunde mich begrüßen kamen, verstummte sie auf einmal, ohne jede Erklärung, aus heiterem Himmel, ohne dass irgendetwas Ungewöhnliches vorgefallen wäre, was ihr Verhalten gerechtfertigt hätte. Es war nicht irgendein Schweigen. Es lag ein großes Zerstörungspotential darin, es war ein Schweigen, das vergifteten Pfeilen gleich aus ihren Augen schnellte, eine überaus mächtige Waffe, die Teresa benutzte, um mich auszusperren, um mich von meinem Erfolg, meinem eigenen Zentrum, auszuschließen. Und sie funktionierte. Sobald sie sich verschloss, verspürte ich ein krankhaftes Bedürfnis, zu betteln und akzeptiert zu werden, ich wollte ihr gefallen, sie unterhalten. Das Schlimmste war, dass ihre Schweigsamkeit ein ansteckendes Unbehagen auslöste, das bei mir einsetzte und sich auf die Menschen ringsum übertrug, und plötzlich entstand eine höchst beklemmende Atmosphäre. Ich hasste das schlicht und einfach, vor allem, weil es mir nicht gelang, mit meinem Redefluss zu dominieren, sosehr ich mich auch bemühte. Da war die Stille, die Abwesenheit Teresas. Doch nun, nachdem ich sie verlassen hatte, um mit einem Mädchen zusammenzuleben, das fünf Jahre älter war als unsere Tochter, hatte Teresa ihr krankhaftes Schweigen aufgegeben und sich eine andere Methode zugelegt, die der mörderischen Worte. Alles zu sagen. Schreckliche Dinge zu sagen.

»Ich habe Tage, an denen es mir auch so geht«, erklärte Adriana und goss Cola in mein Glas nach.

Ich tat so, als hätte ich ihre Bemerkung nicht verstanden. Diese Art von therapeutischem Gerede war mir ein Gräuel. Ich ging auf die Toilette, schaute in den Spiegel, mein Gesicht sah ganz normal aus. Was meinte Adriana eigentlich? Es drückte nichts aus, mein Gesicht. In Sachen Unzugänglichkeit kenne ich nur wenige Menschen, die darin besser sind als ich. Ich mache einfach die Tür zu und wende mich ab. Ich ging zurück in mein Büro und trank schweigend weiter.

»Ich weiß, dass Sie Alkoholiker waren«, bohrte sie weiter.

»Ach ja?«, entgegnete ich.

»Vom ersten Tag an.« Pause. Sie wies auf die Cola-Dose.

»Nur jemand, der Alkoholiker war wie Sie oder ich, trinkt so gerne diesen Mist.«

Ich trank wirklich eine Menge Cola. Jeden Tag, vor und nach der Probe. Und Adriana verstand es, sie so zu bereiten, wie ich es mochte, mit viel Eis und Zitrone. Aber ich war nie Alkoholiker gewesen, doch das sagte ich ihr nicht. Und ich fragte auch nichts. Es war Zeit für die Probe.

Ehe ich bei der Tür angelangt war, stellte sie sich mit einem Kamm in der Hand vor mich hin. Sie trug ein kurzes T-Shirt, ich konnte das Piercing an ihrem Bauchnabel sehen. Sehr erotisch. Sie ordnete mein Haar und bemerkte, sie habe noch nie einen so zerzausten Dirigenten wie mich kennen gelernt.

»Ich werde Ihnen Muti vorstellen.«

Es war gut, Adriana zu haben. Ich fing an, sie zu mögen. Exalkoholikerin mit Grübchen am Kinn und Fußballwissen. Das war keine gute Mischung.

4

Zu Beginn der Probe vermied ich es, Marie anzuschauen. Eigentlich sah ich erst beim dritten Satz der Symphonie zu ihr hin, und mir fiel auf, dass nichts an ihr mich an das Mädchen erinnerte, das ich ein Jahr zuvor beim Vorspielen vor dem Orchester kennen gelernt hatte, wo sie ein Stück von Wieniawski so leidenschaftlich und so feminin gespielt hatte, als sei die Violine ein Teil ihrer selbst, eine Verlängerung ihres Körpers. In diesem Augenblick erregte nichts an ihrer Musik, an ihrem Spiel, meine Aufmerksamkeit. Ich sah nur, dass sie keinen Büstenhalter trug. Dass ihre üppig schwellenden Brüste harmonisch zu den Noten wippten. Und dass ihre Bluse, die ein schimmerndes Dekolleté erkennen ließ, aus beinahe durchsichtigem Stoff war. Ihr Pultnachbar, ein frustrierter Solist mit einer dichten Mähne, ein richtig ordinäres Bengelchen, der Bach und Beethoven ständig als »Typen« bezeichnete, brachte es kaum zustande, die Seiten des Parts umzublättern, so sehr war er von Maries Schönheit gefangen.

Dies geschah beim dritten Satz der Symphonie, in dem es einen technisch schwierigen Schluss mit jähen Taktänderungen gibt, was seitens des Dirigenten, der Musiker und insbesondere der Streicher große Aufmerksamkeit erfordert. Marie und der frustrierte Pelzkopf verdarben alles. Die beiden schienen die Noten nicht richtig zu lesen, oder schlimmer noch, sie spielten ohne mich, schauten nicht zu mir her. Ich stoppte die Probe mit dem schrecklichen Gefühl, dass irgendetwas mir entglitt, als geriete mir die zarte Linie abhanden, die sich durch die Musik zieht, als gäbe es keinerlei Verknüpfungen in Mahlers Werk.

»Mich müsst ihr anschauen«, sagte ich.

Wir fingen wieder an, aber es war eine Katastrophe, Marie verlor sich erneut, spielte mehrere Noten falsch, immer ohne mich anzuschauen, konzentriert nur auf den Notenständer. Ich unterbrach die Probe abermals, schrie nunmehr und warf den Taktstock zu Boden.

»Es geht nicht, dass du bei dieser Passage auf das Blatt schaust, Marie. Du musst mich ansehen. Du musst auf meinen Taktstock schauen, verdammt noch mal. Diese Passage musst du auswendig können. Es ist die einzige, die du auswendig können musst.«

Marie stand auf.

»Setz dich«, brüllte ich.

Ich würdigte sie keines weiteren Blickes. Ich fuhr fort, dirigierte zornig. Ihr empörtes Gesicht, ihr Gefühl der Demütigung, ihren Tempoverlust, ihren verfehlten Rhythmus, ich ignorierte sie.

Am Schluss der Probe sagte ich zu den Musikern, dass ich wenige Orchester auf der Welt kennen würde, die imstande seien, Mahler derart zuschanden zu spielen, und dass ich Lust hätte, das Konzert abzusagen. Als ich von der

Bühne stieg, sah ich, dass Marie weinte und der Violinist praktisch zu ihren Füßen kniete und sie tröstete. Nichts eint ein Orchester mehr als eine ordentliche Standpauke. Sie spielen gegeneinander, wann immer sie können, aber wenn jemand einen Rüffel bekommt, dann leiden sie in beispiellos synchroner Eintracht. Vielleicht herrscht in einem Orchester tatsächlich nur in dem Moment ein organischer, innerer Zusammenhalt, wenn es den Hass auf den Dirigenten teilt. Auf einmal benehmen sich alle Instrumentengruppen, angetrieben vom Groll, wie die Blechbläser. Sie entspannen sich, bekommen eine gewisse Menschlichkeit, werden empfänglich für das Leid der anderen und schließen sich zusammen. Gegen den Dirigenten.
Ich schaute bei meiner Assistentin vorbei, bat sie, bei Hanna in der Schweiz anzurufen. Genau in dem Moment, als das Gespräch durchgestellt wurde, betrat Marie das Büro. Normalerweise brauche ich fünf Minuten, um mit einem Agenten zu reden, ich vergeude nicht viel Zeit mit Leuten, die auf Kosten anderer leben. Ich musste Hanna nur mitteilen, dass wir August hatten und noch immer nicht wussten, wer die Erda und den Fafner singen würde, und dass sie schneller arbeiten müsse. Doch ich zog das Gespräch in die Länge, erwähnte den mexikanischen Dirigenten Hojas: »Ein Wichser, er will, dass ich sämtliche Gewohnheiten des Orchesters umkrempele, bloß weil es ein Konzert in Mexiko gibt und er zu spät kommen will.« »Ich frage mich, ob er eine solche Bitte an das Chicago Symphony Orchestra herantragen würde«, antwortete sie. Wir lachten. Lachten, aber komisch fand ich es nicht. Es ärgerte mich. Ich bat Hanna, mir Ge-

naueres über den Irren zu erzählen, der in das Zuger Kantonsparlament eingedrungen war und vierzehn Menschen umgebracht und achtzig verletzt hatte. Es half nichts, dass sie erklärte, die Tragödie habe internationales Aufsehen erregt, weil Morde an Politikern in der Schweiz »ganz, ganz selten« vorkämen. »Ich bin fünfundvierzig Jahre alt und habe noch nie etwas Derartiges erlebt«, sagte sie. »Wenn die Schweizer morden, dann im großen Stil«, konterte ich. Jetzt fand auch sie unser Gewitzel am Telefon nicht mehr lustig. »›Blutbad im Parlament‹ lautet die Schlagzeile unserer wichtigsten Zeitung«, piekte ich weiter. Schon seit langem ging Hanna mir auf die Nerven. Sie hatte mir irgendwann bereits einmal gesagt, sie würde liebend gerne die Favelas von Rio besichtigen. Nicht unsere Strände, unsere Wälder wollte sie besuchen. Sie wollte unsere Armut kennen lernen. Unsere Elendsgestalten, unseren Verfall wollte sie sehen, genau so, wie sie sich vermutlich auf den Genfer Filmfestivals begeistert irakische Filme anschaute. Eine blöde Kuh. Mit behaarten Achselhöhlen. »Ihr Schweizer seid hier in allen Zeitungen auf der ersten Seite«, sagte ich, bevor ich auflegte.
Ich tat so, als ob ich Marie nicht beachtete, die wie eine ausgehungerte Leopardin durch den Raum lief. Je mehr sie vor meinen Augen kochte, umso ruhiger gab ich mich. Ich hatte kaum den Hörer eingehängt, als sie mir auch schon vorwarf, ich sei tyrannisch, grob und grausam, genau in dieser Reihenfolge. Sie musste meine Verbindung mit Mexiko abwarten, um den Rest loszuwerden. Ich erklärte dem Dirigenten Hojas, dass er sich nicht verspäten dürfe. »Ich weiß nicht, wie es dort in Mexiko ist, aber hier bei uns in Brasilien kommt man nicht zu spät zur

Probe. Wir sind streng.« Die Fähigkeit der Menschen, uns nicht zu überraschen, ist wirklich beeindruckend. Der Mexikaner tat genau das, was ich mir gedacht hatte, er sagte das Konzert ab. »Tut mir sehr leid«, erklärte er. So sind diese Wichser, sie sagen Konzerte einfach ab. Gastdirigenten, diese Oberschwuchteln. Nichts als Ansprüche, als wären sie Stars.

Ich legte den Hörer auf, wir eröffneten die zweite Runde. Marie sagte, ich dürfe sie vor den Musikern nicht so anschreien. So grob. So autoritär. So respektlos. Sie fügte noch hinzu, ich sei ungerecht.

»Was meinst du, was die Musiker denken, wenn du das mit mir machst?«

»Sie denken, dass du schlecht spielst.«

Marie blieb unverschämt, behauptete, sie habe keine Noten falsch gespielt. Ja, vielleicht, ein paar. Aber schließlich sei es auch unsere erste Probe gewesen.

»Na und?«

»Rodrigo ist derjenige, der auf der Innenseite vom Notenständer sitzt.«

»Ich kann mir vorstellen, dass es dem Herrn Pelzkopf nicht leicht fällt, seiner Pultnachbarin die Seite umzuschlagen, und bestimmt noch nicht einmal, weil er sich deswegen minderwertig fühlt. Ich glaube, es macht ihm nichts aus, dein Sklave zu sein.«

»Wovon redest du?«

»Von Sklaverei.«

Ich merkte, dass es Marie verunsicherte, aber ich schaffte es einfach nicht aufzuhören. Sollte Marie doch zum Teufel gehen, ich wollte, dass es für sie nichts gäbe außer mir. Keine Musik, kein Geld, keine Geige, keinen Sandorsky, nichts. Und dass sie nicht mehr diese exhibitionistische Bluse trüge. Da ich das nicht zu ihr sagen konnte, sagte ich andere, ebenfalls grässliche Dinge. Ich sprach von ihrer mangelnden rhythmischen Präzision, von der Bogenführung, die mit den übrigen Streichern nicht harmonierte, von der nachlässigen Dynamik, den verschleuderten Satzenden, der schlecht vorbereiteten und technisch fehlerhaften Passage. Ich war wirklich gut darin, ich wusste, wie man einen Musiker fertig machte. Ich kannte die richtigen Worte, die Technik, ich musste nur den Motor anlassen und losbrettern.

Marie war schon nicht mehr so wütend, sie war jetzt nur noch ein auseinander brechendes, zusammenstürzendes »Etwas«. Sie weinte, und ich machte weiter. Als sie sagte, sämtliche Streicher seien meinetwegen gekränkt, geriet ich noch mehr in Fahrt. »Ach wirklich? Die Mittelschicht des Orchesters ist beleidigt? Weil sie den Takt verpasst? Weil sie ihren verdammten Part nicht kennt?«

Es zerschnitt mir das Herz, meine Frau so verletzlich zu sehen, schluchzend. Ich hätte sie am liebsten in den Arm genommen und um Verzeihung gebeten, doch ehe ich mich versah, war ich schon dabei, den angerichteten Schaden noch zu vergrößern. »Ja«, sagte ich, »ich bin nicht einfach, ich bin intolerant, schreie die Musiker an, verlange Gehorsam und Disziplin, und ich kann mir vorstellen, dass deine Streicher, diese Berufsleider, meine Einstellung untragbar finden. Ihr denkt, dass ihr schon genug erduldet, stimmt's? Ihr übt viel und werdet ständig gerüffelt, weil ihr es nie fertig bringt, wie eine Gruppe zu klingen. Weißt du was? Deine Freunde, die mit mir nicht zufrieden sind, können mich mal. Sollen sie doch

kündigen. Sollen sie sich doch einen lieben Dirigenten suchen. Und was dich betrifft, nutz gefälligst deinen freien Nachmittag zum Lernen. Üb die Tonleitern und die Arpeggios.«
Marie war bereits hochgradig verschnupft, aber ich hatte das Bedürfnis, sie noch weiter zu kränken. Es war nicht schwer, sie endgültig zu verletzen.
»Und zieh dir zum Proben etwas weniger Aufreizendes an«, sagte ich. »Wer weiß, vielleicht schafft Rodrigo es dann, die Seite umzublättern.«
Maries Verwandlung war eindrucksvoll. Ungläubig, enttäuscht, sah sie mich einige Sekunden lang an und fing dann an zu lachen, obwohl sie es überhaupt nicht komisch fand. Ohne ein Wort des Abschieds verließ sie das Büro.
Warum kehrte ich mir den Rücken, verbündete mich gegen mich selbst, war mein eigener Feind? Was machte mein Gegen-Ich da eigentlich? Wollte es, dass Marie mich verließ? Geh hinter ihr her und tu etwas, dachte ich. Zwing sie dazu, zurückzukommen. Im Notfall mit Gewalt. Lauf. Ich brauchte ungefähr drei Minuten, um mir zu gehorchen.
Marie stand auf der Mittelinsel der Avenida Eça de Queiroz und versuchte, auf die andere Seite zu gelangen. Der chaotische Stadtverkehr verwirrte mich. Ich wusste nicht, was ich sagen sollte. »Marie«, schrie ich.
Sie ignorierte mich. Ich lief zwischen den vorbeirasenden Fahrzeugen zu ihr hinüber. Sie ließ mich nicht zu Wort kommen, versetzte mir einen Faustschlag gegen die Brust. »Verschwinde aus meinem Leben. Auf der Stelle.«

Ich wollte etwas sagen, das uns beiden geholfen, etwas, das uns verbunden hätte, doch weiß ich nicht, was geschah, der Krach betäubte mich, und ich konnte nur noch mehr Wut empfinden. »Was hast du mir zu Sandorsky zu sagen?«

»Wovon redest du?«

»Ich rede von Sandorsky.«

»Was hat das mit uns beiden zu tun?«

»Es ist nichts Überlegenes daran, Jude zu sein«, sagte ich, Roth oder irgendeinen anderen der Autoren zitierend, deren Bücher sie pausenlos las.

Marie sah mich erschrocken an, ganz so, als hätten sie und Sandorsky diesen Satz nicht unterstrichen. Als ob dieser Satz nicht haargenau das Gegenteil besagen wollte. Als ob es nicht allerorten angestrichene Stellen gäbe. Bücher über Bücher. Als ob die Juden nicht Meister darin wären, andere auszuschließen. Als ob sie mir bei der Probe nicht die Konzentration geraubt hätte. Als ob nicht stapelweise Zeitungen unter unserem Bett gelegen hätten.

Die Autos brummten rings um uns her.

»Ich weiß nicht, wovon du redest.«

»Ich rede von den Bomben, die in Israel explodieren. Warum packst du nicht deine Koffer und gehst dorthin zurück?«, fuhr ich fort.

Marie rannte quer über die Straße. Ich blieb stehen, mitten auf der Avenida, die Autos und Motorräder, die Welt ringsherum machten einen Höllenlärm.

5

Mein Tennis ist hin«, sagte Eduarda am Telefon. »Brauchst du Geld, um dir ein Paar neue Schuhe zu kaufen?«, fragte ich und öffnete meine Brieftasche; ich würde bei einem Geldautomaten vorbeigehen müssen. Meine Tochter erklärte, das habe sie damit nicht sagen wollen. »Mein Tennis ist hin« bedeutete, dass ihre Tennispartie abgesagt worden war. Und dass sie an diesem Abend Zeit haben würde, wir könnten eine Pizza essen gehen. Oder uns im Kino einen »supertollen Film« anschauen, dessen Titel sie vergessen hatte.

»Ich bin in einer Besprechung, ich rufe dich in zwei Minuten zurück«, sagte ich.

Ich machte mir ein Glas mit Eis zurecht und goss mir eine Cola ein. Endlich herrschte Frieden in mir. Im Laufe der Jahre hatte ich eine recht wirksame Methode entwickelt, um eine gewisse Gelassenheit zu finden. Mich totarbeiten, das war meine Technik. Mich im Orchester vergraben, sämtliche Probleme lösen, telefonieren, Geld auftreiben, schreien, engagieren, feuern, eine Fußballmannschaft auf die Beine stellen, mir eine wahnsinnige Betriebsamkeit zur Gewohnheit zu machen, so als hinge von diesem Hochdruck ab, dass ich nicht unterging. Ich fühlte mich wie ein Mixer, der Nahrungsmittel zerkleinerte. Wie ein Flugzeug am Himmel. Wie ein kreisender Propeller. Am Ende des Tages erreichte ich diesen Zustand, in dem Erschöpfung und Frieden fast ein und dasselbe sind. Deshalb lag ich aufs Sofa geflázt da und hatte nicht die geringste Lust, nach Hause zu fahren und Marie gegenüberzutreten. Mit Marie zu streiten war genauso aufreibend wie mit ihr Frieden zu schließen, und ich hatte in diesem Augenblick weder Kraft für das eine noch für das andere. Ich wollte bloß das Freistilringen im Fernsehen anschauen und an nichts denken. Doch mit Marie gab es keinen Frieden.

Wenn man eine dreißig Jahre jüngere Frau heiratet, ist an Frieden in der Tat nicht zu denken. Solche Beziehungen sind stets von Gefahren umwittert, jeder Dreißigjährige ist eine potenzielle Bedrohung, jede Dienstreise, jede Ideen sprühende Freundin, alles Neue, jede Veränderung, alles birgt Risiken, und dann ist da noch der große Feind, die Zeit. Es bekommt einem gar nicht gut, aufzuwachen, im Spiegel sein Gesicht zu erblicken, zerknautscht wie der Kopfkissenbezug, und beständig davon entzückt zu sein, dass die Lebensgefährtin das blühende Leben ist. Vor allem, wenn man wie eine Figur Shakespeares einen von drei Gedanken dem eigenen Sarg widmet. Das ist bei mir der Fall. Ich denke tagtäglich ans Ende, an mein Ende, an das Ende aller Dinge. Selbst wenn ich bei der Massage bin, denke ich unaufhörlich, dass dieses schöne Gefühl, dieses Wohlbefinden, in fünfzig Minuten vorbei sein wird. Seit geraumer Zeit lasse ich mich nicht mehr massieren. Meine Sorge um den Tod ist so groß, dass ich mich kaum entspannen kann. In dieser Hinsicht war es mit Marie nicht anders. In Bezug auf uns beide entspannte ich mich nie. Sobald wir anfingen zu vögeln, wusste ich, dass es ein Ende haben würde, ein schnelleres Ende als alles andere, denn Marie war zu gut. Zu hübsch. Zu talentiert. Und vor allem zu jung. Ich weiß nicht, ob sie mir mein Alter verziehen hätte, wenn ich nicht Dirigent gewesen wäre. Wenn ich Posaune oder Trompete gespielt hätte. Am Anfang, wenn die Musikerinnen ins Orchester kommen, und zwar lange bevor sie entscheiden, ob sie zu denen gehören werden, die den Dirigenten hassen, oder zu denen, die ihn lieben wollen, wenn sie sich eine Position und das Vertrauen der Musiker erwerben wollen, sind sie von allem begeistert, von unserer schlechten Laune, unserer autoritären Art, unserem Narzissmus. Doch wenn der Zauber vorüber ist, dann werfen sie uns vor, dass wir übellaunig, autoritär und narzisstisch seien.

»Versprich mir, dass du nie wieder mit einer anderen Frau ins Bett gehen wirst«, sagte Marie.

»Ich habe meine Bar geschlossen«, antwortete ich.

»Mit keiner Einzigen.«

»Ich verspreche es.«

»Mach dir ein Schild an die Stirn: ›Mit neuer Geschäftsleitung‹.«

»Ich werde eines hinhängen: ›Verkauft. Achtung: Versuch zwecklos‹.«

Solche feurigen Wortwechsel gab es zwar noch, doch hatte ich immer stärker das Gefühl, es handele sich um einen Brocken, eine Scheibe vom Glück, die zu Ende gehen würden. Und die einzige Art und Weise, nicht daran zu denken, bestand darin, mich wie wild dem Orchester zu widmen. So floh ich vor mir selbst. An diesem Tag hatte ich viel gearbeitet. Sogar eine Fußballmeisterschaft hatte ich organisiert. »Wir haben in Unternehmen recht gute Ergebnisse bei der Teamintegration erzielt«, hatte der Fachmann gesagt, der sich selbst beschrieben hatte als jemanden, »der Shows liebt, der jede Art von Musik liebt, einschließlich der, die ihr hier spielt«. Er versicherte mir, dass wir in meiner »Band« eine einträchtige Atmosphäre schaffen würden. Ein Klima der Freundschaft, der Kameradschaftlichkeit. Ich lachte bei der Erinnerung an unser Gespräch. »Sie müssen nicht an die Musiker glauben. Es reicht, an den Fußball zu glauben«, sagte er. Kameradschaftlichkeit. Lachhaft. Der Mann verstand wirklich nicht das Geringste von Musik. Es gibt in der Welt der Künstler nichts Vergifteteres als das Musikermilieu. Ich erinnere mich an einen befreundeten Schriftsteller, der mir erzählte, er habe, ehe er zu einem besessenen Musikliebhaber wurde, die Literaten für die übelsten Schandmäuler gehalten. »Aber ihr«, sagte er, »ihr beschimpft euch gegenseitig als Arschlöcher, Schufte und Wichser. Wir machen das nicht. Wenn wir schlecht von einem Autor reden wollen, dann sagen wir, dass wir sein letztes Buch nicht gelesen haben. Wir sind zurückhaltend. Wir sagen: ›Der Soundso schreibt gut‹, genau so, ganz lakonisch, was im Klartext bedeutet, dass wir diesen Schriftsteller nicht ausstehen können. Aber wir behaupten niemals, dass der Soundso ein Scheißkerl ist. Ihr seid ganz direkt, ohne jede Scheu. Ihr seid schlimmer als wir. Schlimmer noch als die Theaterschauspieler.« Und dann kommt dieser Fachmann und will uns durch den Fußball retten. Der Arme.

»Ich will Torwart sein«, hatte ich zu ihm gesagt und seinen Vorschlag angenommen. Jetzt, wo ich ein bisschen hohl, halb betäubt vor Müdigkeit war, schien mir die Idee gar nicht mal so schlecht. Vielleicht würde es klappen.

Es war niemand mehr im Theater außer den Wachleuten, die ihre Runden durch die Flure drehten, und Adriana, die auf ihrer lauten Tastatur tippte. Ich fand, es sei eine gute Idee, mit Eduarda eine Pizza zu essen. Ich würde nicht nach Hause gehen, beschloss ich. Vielleicht würde ich in einem Hotel schlafen. Was sollte ich Marie sagen? Ich schaltete meinen Bürofernseher an. Die Gesamtzahl der bei der neuen Intifada getöteten Palästinenser ist auf siebenhundert gestiegen, die der Israelis auf siebenundsiebzig. Davon war die Rede in den Nachrichten. Vielleicht wäre es gut, Marie anzurufen und ihr das zu sagen. Ihr vorzuschlagen, sie solle tatsächlich nach Israel gehen und direkt an Ort und Stelle dem Scheitern der Friedensverhandlungen beiwohnen.

Ich rief Eduarda an und machte mit ihr aus, dass sie mich am Eingangstor erwarten solle. Gleich nach unserer Trennung hatte Teresa mich dazu überredet, weiterhin wenigstens einmal pro Woche bei ihnen zu Abend zu essen. Es dauerte nicht lange, bis ich den Zweck dieser Treffen begriff. »Hast du das Interview mit Lebrecht gelesen?«, hatte sie bei einem der letzten Male gefragt, als wir uns gesehen hatten. Selbstverständlich hatte ich es nicht gelesen. Ich mag diese Propheten der Apokalypse der gelehrten Musik nicht. Teresa wusste das. Doch meine Ansichten waren ihr inzwischen egal. Ich müsse Lebrecht lesen, hatte sie gesagt. Unbedingt. Denn schließlich sei

Lebrecht einer der »wenigen Denker der klassischen Musik. Er macht euch fertig. Er verpasst den Dirigenten einen unglaublichen Schlag. Er behauptet, dass ihr ein Typus künstlich erfundener Helden mit nichtmusikalischen Absichten seid.« Für sie war Lebrecht durchaus vernünftig. »Schließlich sind Dirigenten, mit Ausnahme von dir natürlich, im Allgemeinen keine Künstler mehr. Ich meine, keine Schöpfer. Welcher von unseren Dirigentenfreunden komponiert denn noch? Fast keiner. Sie sind allesamt mittelmäßige Techniker. Tatsache ist, dass es in Brasilien keine Dirigenten gibt. Wir haben bloß ein paar eingebildete Schnösel, die vor den Musikern mit den Händen herumfuchteln.« Teresas Ansicht nach war Dirigent zu sein eine Sache und Komponist eine völlig andere. »Wichtige Werke schaffen.« Ich staunte über die Selbstverständlichkeit, mit der sie all diese Dinge von sich gab, so als wäre ich nicht Dirigent. Oder schlimmer noch, als könnte ich kein Komponist sein, was stimmte. Und das alles vor Eduarda. Das machte mich fertig. Doch ich fühlte mich auch in anderen Situationen heruntergeputzt, wenn alles gut lief, wenn Teresa die Musik beiseite ließ und über Haushaltsfragen redete, geplatzte Rohre, diebische Putzfrauen, Steuern, Bankauszüge, Verträge und anderen Kram aus der Realität, so als ob unser langweiliges Leben in der Vergangenheit ohne Probleme verlaufen wäre, als ob wir nicht Schiffbruch erlitten hätten. All das war entsetzlich. Es war ohnehin entsetzlich. Es gab keinen Grund, diese zerstörerischen Lasst-uns-unsere-Familie-schützen-Vorstellungen beizubehalten. Es gab nichts mehr zu schützen. Nur Eduarda. Ich gestehe, dass ich kein großes Vergnügen dabei empfand, sie aus der

Schule abzuholen, ins Kino zu fahren, mir ihre langen und unbeholfenen Geschichten anzuhören. Ich war unfähig, mit meiner Tochter einen Dialog zu führen, es blieb immer bei dem blöden Und-wie-war's-in-der-Schule, Und-die-Party, Und-die-Englischarbeit? Ich machte mir Vorwürfe, weil ich diese Tätigkeiten als Vaterpflichten ansah, und manchmal flehte ich Marie an, mit uns zu kommen.

An diesem Abend begleitete uns Adriana. Eigentlich stieg sie zu mir ins Auto, als ich gerade aus der Garage vom Orchester herausfuhr, und bat mich darum, sie mitzunehmen. Und am Ende holte sie Eduarda zusammen mit mir ab. Sie ging mit uns in die Pizzeria, in der es Pizza in unbeschreiblichen Geschmacksrichtungen gab, Dinge wie Guavenmark mit Käse, Maracujacreme, Würstchenpizza. »Pizza ist in Wahrheit kein Gericht mehr«, sagte Adriana, »sondern ein Transportmittel. Ein Gefährt, um alles mögliche andere Essbare zu befördern, egal ob süß oder salzig.« Diese Pizzeria war der Beweis dafür. Später führte Adriana uns ins Einkaufszentrum, indem sie behauptete, sie kenne einen »phantastischen Kosmetikladen«. Sie und Eduarda vergnügten sich damit, Glitzerpuder, Lippenstift und Nagellack zu kaufen; dann schleppten sie mich in ein Papierwarengeschäft und suchten Briefpapier und Aufkleber aus. Wir gingen auch in einen CD-Laden, und Eduarda gab ihr monatliches Taschengeld für einen Haufen Krempel aus. Meine Aufgabe bestand lediglich darin, hinter den beiden herzulaufen und mit allem einverstanden zu sein, was sie zu mir sagten. Doch mit zunehmender Erschöpfung veränderte sich meine Laune. Ich war nun weniger hohl, unsicherer, und da geschah es. Ein schreckliches Gefühl der Reue gegenüber Marie überfiel mich. Warum nur hatte ich sie bei der letzten Probe so beleidigt? Marie liebte mich, meinetwegen hatte sie alles aufgegeben, das Studium, war aus Israel zurückgekehrt, und ich hatte ihr so eine Szene gemacht und den Taktstock zu Boden geworfen und sie vor dem Orchester angeschrien. Schlimmer noch, ich bezahlte Jânia, um sie auszuspionieren. Warum tat ich das? Warum hegte ich Argwohn gegen Sandorsky, schnüffelte in ihren Büchern herum? Welche Bedeutung hatten Sätze wie dieser: »In jedem Juden steckt eine Masse von Juden«? Es waren nur Sätze, Sätze über Juden. Es war ganz natürlich, dass Marie nach ihrer Identität suchte. Wozu nach einer besonderen Bedeutung hinter diesen Unterstreichungen forschen? Wozu Abgründe zwischen uns ausheben? Auf einmal, während Adriana und Eduarda alles anprobierten, was sie in den Schaufenstern sahen, und meine Meinung hören wollten, sah ich völlig klar. An den Büchern war wirklich nicht mehr dran, nur unterstrichene Absätze. Und wo war das Problem bei einer durchsichtigen Bluse? Eigentlich war sie gar nicht so durchsichtig. Ich beschloss, auf der Stelle nach Hause zu fahren. Im selben Moment bemerkte ich auch, dass die Welt mir den Weg versperrte. Es ist schwer, aus einem Einkaufszentrum zu flüchten. Und wenn man sich mit zwei Frauen dort befindet, ist es praktisch unmöglich. Sie führen einen hinters Licht, bleiben vor jedem Laden stehen, halten einen auf. Und es gibt keinen Ausgang oder viele Ausgänge, die Menschenmassen, die Schlangen, die Wagen, alles versperrt einem den Weg. Ich rannte, schob mich voran, pfiff, rief ohne Unterlass zwanghaft

von meinem Handy aus bei Marie an, doch sie nahm nicht ab.
Ich legte einen überaus komplizierten Weg zurück, um Adriana abzusetzen. Dann brachte ich Eduarda heim. Und als ich endlich zu Hause ankam, forderte der Portier seinen Tribut. Er bat mich darum, bei Rachel in der Wohnung ein Päckchen von der Apotheke abzugeben. »Ich bin alleine in der Pförtnerloge«, sagte er. Manchmal ist das Leben nichts als ein Hindernis nach dem anderen. Vielleicht war das der Grund dafür, dass es mir nicht gelang, zu komponieren. Es reichte, dass ich aufwachte, und schon fing die Wirklichkeit an, mich aufzufressen. Das Orchester, die Musiker, die Bürokratie, die Fakten. Und nun Rachel. Ich klingelte; im Rollstuhl öffnete sie mir die Tür und sprach dabei am schnurlosen Telefon mit ihrer Tochter Ester. Ich wartete, bis sie aufgelegt hatte, und hörte mir ihr Gejammer an. Sie fühle sich einsam, habe Schmerzen wegen des Bruchs, aber ihre Tochter denke nur an die Börse. Es bekam mir sehr schlecht, mit anzusehen, wie Rachel niedergeschlagen weinte.
»Warum hassen uns unsere Kinder?«, wollte sie wissen, als sei ich vom gleichen Schlag wie Ester.
»Hast du etwas gegessen?«
Sie hatte eine Pizza bestellt. Die Hausangestellte war an diesem Tag nicht gekommen, und der saure Geruch in der Wohnung war sehr viel schlimmer als sonst.
»Hilfst du mir ins Schlafzimmer?«
Es war ein Leichtes, sie vom Rollstuhl ins Bett zu hieven. Rachel war gewichtslos wie ein Kind. Ich legte sie hin, richtete die Kopfkissen. Dann holte ich ein Glas Wasser aus der Küche. »Findest du, dass man ein Drama veran-

staltet, wenn man die eigene Tochter anruft und ein wenig Anteilnahme von ihr verlangt?«

»Kommt darauf an«, sagte ich. Ich mischte mich nicht gerne in Familienstreitigkeiten ein. »Nimm deine Medizin.«

»Hast du deine Mutter gern gehabt?«

»Nimm deine Medizin.«

Ich hatte meine Mutter abgöttisch geliebt. Nach ihrem Tod hatte ich noch viele Jahre vor dem Zubettgehen das Gefühl, dass mir etwas fehlte. Es war mein allabendlicher Anruf bei ihr. Um ihr zu sagen, dass Teresa und Eduarda wohlauf waren, dass das Konzert gut verlaufen war, um ihr die Neuigkeiten zu erzählen. Es gab nicht einen einzigen Tag, an dem ich schlafen gegangen war, ohne mit ihr zu reden.

»Sie hat sich weder meinen Gips angesehen noch die Röntgenaufnahmen, nichts«, sagte Rachel. »Sie wollte bloß wissen, ob ich die Quittungen eingesteckt hätte, damit ich das Geld erstattet bekomme.«

Ehe ich ging, fragte ich sie, ob es denn wieder ginge.

»Normal«, sagte sie.

Sobald ich aus dem Fahrstuhl stieg, wusste ich, dass Marie zu Hause war. Haschischgeruch verpestete die Luft. Ich klopfte an die Tür unseres Schlafzimmers, im Fernsehen lief der Sender CNN.

»Marie, mach die Tür auf.«

Während ich versuchte, Marie dazu zu bewegen, die Tür zu öffnen, hörte ich dic gesamte Reportage über die fünfzig Jahre erbitterter Feindschaft zwischen Palästinensern und Israelis. Es war nichts zu machen. Mir fiel ein, dass ich irgendwo in der Wohnung einen Hammer gesehen hatte, und ich machte mich daran, die Schränke zu durchwühlen. In der Küche fand ich einen Fleischklopfer. Ich hatte nicht gewusst, dass es so einfach ist, eine Tür aufzubrechen, zwei, drei Schläge sind mehr als ausreichend.

Marie lag in T-Shirt und Slip auf dem Bett, die Nachttischlampe in den Händen, als ob mich das hätte einschüchtern können.

Ich setzte mich neben sie und sagte irgendetwas wie »Wenn du eine gute Violinistin sein willst«, doch Marie ließ mich nicht ausreden.

»Ich habe dir nur eins zu sagen: Du kannst mich mal. Denkst du, ich brauche dein Orchester? Ich müsste mich deinem autoritären Gehabe unterordnen? Was glaubst du, wer du bist?«

»Dort bin ich der Dirigent.«

»Du darfst mich nicht vor den Musikern demütigen. Ich bin deine Frau.«

»Im Orchester bist du eine Violinistin. Du musst richtig spielen.«

»Was dort passiert ist, hat nichts mit richtigem Spielen zu tun. ›Und zieh dir zur Probe etwas Anständiges an.‹ Genau das hast du zu mir gesagt. Ich bin kein O.-K.-Girl. Ich mache, was ich will. Ich ziehe an, was ich will. Du bist nicht mein Eigentümer.«

»Aber du bist meine Eigentümerin. Mein Ein und Alles. Ich will nicht, dass irgendjemand diese Brüste sieht.«

Jetzt machte es ihr Spaß.

»All das hier ist meins«, sagte ich und schaltete den Fernseher aus. »Diese Brüste, dieser köstliche Arsch, diese feuchte kleine Möse, die ich so gerne lecke. Du wirst nichts davon herzeigen. Niemandem.«

Marie stand auf, stellte die Lampe beiseite.
»Du solltest damit aufhören, Gras zu rauchen«, sagte ich und versuchte abermals, sie zu umarmen.
»Verzieh dich.«
»Ich liebe dich.«
»Du Zyniker.«
»Gras und Geige passen nicht zusammen.«
»Idiot.«
Marie versetzte mir einen Faustschlag gegen die Brust. Ich hielt mit Gewalt ihre Arme fest, da begann sie, mich zu treten.
»Verzeih mir«, flüsterte ich ihr ins Ohr.
»Niemals«, sagte sie und trat mir mit Knien und Füßen gegen die Beine. Ich sah nichts, stieß Marie aufs Bett, kämpfte mit ihrer Wäsche, während Marie fluchte, mich trat, ich leckte ihre Muskeln, ihren Oberkörper, sie packte mein Haar, ich stieg hinab, sie zerkratzte mir das Gesicht, ich biss sie in die Taille, sie boxte mich auf den Rücken, ich leckte ihre Leiste, ohne jegliche Hast, bedeckte ihre jugendlichen Schenkel mit Küssen, und erst dann bemächtigte sich mein Mund gierig ihres Geschlechtes.
Ich erinnere mich nicht mehr genau, wann Marie aufhörte, auf mich einzuschlagen. Der Rest der Nacht war wunderschön.

6

Um fünf Uhr erwachte ich, gänzlich ausgeschlafen, mit dem Geschmack von Blut im Mund. Im Badezimmerspiegel sah ich, dass meine Unterlippe von einem Biss Maries aufgerissen war. Lachend ging ich zurück ins Schlafzimmer; nach einer Nacht wie dieser sah ich jedes Mal wie ein Hundetrainer aus.

Entbrannt allein schon beim Anblick von Maries Körper, die das Kopfkissen umklammert hielt und schlief, hüpfte ich wieder ins Bett. Ich küsste ihre Arme, strich mit der Zunge über ihren Hals und vergaß dabei mein Versprechen, sie ausschlafen zu lassen. »Du Besessener«, sagte sie, während ich ihr den Slip auszog. Wie herrlich es war, Marie zu vögeln!

Bevor wir miteinander schliefen, gab es das, was sie die »lange Sitzung« nannte. »Ich liebe es zu schmusen«, sagte sie, »zu küssen. Küss mich, gib mir deine Zunge.« Allein ihren veränderten Atem zu hören oder den Druck ihrer muskulösen Beine an meinem Rücken zu verspüren machte mich ganz verrückt. Nach dem Orgasmus wurde ich von einem Gefühl der Erfüllung, der Abhängigkeit ergriffen, die Welt kann mich mal, dachte ich, ich will nur diese Frau und sonst gar nichts. Ich erinnere mich, dass Marie und ich vor meiner Trennung von Teresa Pläne schmiedeten, die Kinder und ein ruhiges Leben in einem Haus auf dem Land mit einschlossen, wo ich mich endlich dem Komponieren widmen würde. All das erschien mir wunderbar, zumal all dieses ganze Glück mit Ausnahme unseres sexuellen Furors in gewisser Hinsicht etwas Künstliches hatte, was dazu führte, dass ich mich wie der Pilot eines Luftschiffes fühlte. Ich musste bloß lenken und rechtzeitig abschalten. Es war ein sehr bequemer Gedanke, ich sei der Steuermann, und vielleicht war ich es zu Beginn tatsächlich, doch dann änderten sich die Dinge. Ich verlor das Gefühl der Kontrolle, verlor die Gewissheiten, und in ebendiesem Zustand der Verwirrung hatte ich alles hingeworfen und Marie geheiratet.

Am Anfang hatte ich Angst, was mit diesem Leben geschehen würde, das wir führten und das aus Aufwachen und Vögeln, Proben und Vögeln, Üben und Vögeln bestand. Wir waren ständig zusammen und vögelten oder arbeiteten. Das kann nicht gut gehen, dachte ich. Bis dahin hatte ich Bernsteins Gebot *Don't fuck the band* immer beherzigt. Eine hübsche Frau ist stets eine Gefahr. Sie kommt ins Orchester und macht sofort die Musiker heiß, alle wollen die neue Harfenistin, Violinistin, Flötistin vernaschen. Es ist ein Ding der Unmöglichkeit, sich mit dem Posaunisten um eine Frau zu streiten und gleichzeitig die Leitung der Musiker zu gewährleisten.

Deshalb hatte ich niemals eine Beziehung zu einer Frau gehabt, mit der ich arbeitete. Nie war ich in diese Falle getappt. Folglich war es Marie mit ihrer Musikalität, ihren

Intelligenzblitzen und ihrer typisch jüdischen Schönheit, die mich dazu gebracht hatte, die Regel Nummer eins eines Dirigenten, der keine Kopfschmerzen haben möchte, zu verletzen. Ihre absolute Macht über mich hatte zur Folge, dass ich mich anderen Frauen gegenüber unbezwingbar fühlte. »Jetzt bin ich in festen Händen«, sagte ich zu Marie, und es war nicht gelogen. Ich war von den Frauen tatsächlich befreit.

Am Anfang war alles anregend, stimulierend. Doch ein Orchester ist eine Einheit gegen den Dirigenten, und bald schon fühlte sich Marie von ihren Freunden abgesondert, die sie als Spionin betrachteten. »Die Frau des Dirigenten zu sein«, sagte sie, »ist noch schlimmer, als der erste Violinist zu sein. Der erste Violinist fungiert, genau wie ich, als Brücke zwischen dem Dirigenten und dem Orchester, nur weiß er, dass er sich weder zu dick mit dem Dirigenten befreunden darf, weil er sonst zum Kriecher wird, noch dass er allzu gut mit den Musikern auskommen darf, da er sonst Korpsgeist entwickelt. Er ist sich dessen bewusst und handelt so, dass er zwar Autorität haben kann, aber nicht anmaßend ist. Wenn er Bedacht walten lässt, kann er mit dem Dirigenten und den Musikern befreundet sein. Er kann auch ein Feind sein. Der Musiker. Oder des Dirigenten. Doch gibt es Optionen. Er versteht es, damit umzugehen. Ich nicht. Ich bin deine Frau und Punkt. Noch bevor ich Violinistin bin, bin ich deine Frau. Wenn sie sich unterhalten und ich in ihre Nähe komme, verstummen alle. Sie laden mich nie ein, denn sie hassen mich dafür, dass ich deine Frau bin, oder sie wollen nicht, dass du denkst, sie würden dir um den Bart gehen.« Folglich fühlte Marie sich durch meine Bemerkungen leichter verletzt. Einmal ertappte ich sie beispielsweise während einer Probe beim Gähnen. Unverzüglich unterbrach ich das Orchester. »Einen Moment, meine Damen und Herren, Marie möchte uns etwas Wichtiges sagen.« Sie geriet in Verwirrung, und die Musiker lachten über die Situation. Als wir das Orchester verließen, wäre fast die Welt untergegangen. »Ich muss schon den Druck der Musiker aushalten, und du machst mich vor ihnen noch lächerlich?« Ich erklärte ihr, dass es bloß ein Scherz gewesen sei. Eleazar habe das immer mit seinen Musikern gemacht, das sei der Witz gewesen, und deshalb hätten wir alle gelacht. Marie setzte mir weiter zu, woraufhin auch ich zornig wurde; ich sagte zu ihr, dass ihr Gähnen mich kränke, »wenn du gähnen willst, dann tu das, wenn du Godard-Filme anschaust, aber nicht bei meinen Proben«. Kurzum, ich war auch nicht gerade einfach. Wegen alldem stritten wir uns häufig, es gab viel mangelndes Verständnis, große Besitzansprüche meinerseits, eine Menge Misstrauen, Forderungen, doch unsere Spannungen lösten sich unveränderlich im Bett.

Als ich an diesem Tag mit Marie verschränkt dalag, überkam mich ein Gefühl großen Wohlbehagens und der Ruhe.

Ich dachte daran, dass wir einen herrlichen Samstag verbringen würden, einen gut Teil des Tages würden wir im Bett bleiben und vögeln. Ich dachte an die *Nächte in Spanischen Gärten* für Klavier und Orchester; die Konzerte in Neapel und Triest mussten allmählich vorbereitet werden. Ich dachte an das, was Cláudio, mein Assistent, mir kürzlich über den Umstand, dass ich auswendig dirigierte, und über seine Unsicherheit, dasselbe zu tun, gesagt hatte.

Ich dachte darüber nach, dass aus dem Kopf zu dirigieren nichts mit Sicherheit zu tun hatte und dass ich wahrscheinlich viel unsicherer war als Cláudio. Ich dachte daran, dass Cláudio in zwei Wochen aus Toronto zurückkehren würde. Und daran, dass Marie und ich in meinem Lieblingsrestaurant zu Mittag essen und ich Nudeln mit Zucchini bestellen würde. Mir fiel ein, dass ich ein ganz besonderes Restaurant aussuchen musste, in das ich den finnischen Dirigenten ausführen würde, der an diesem Abend für das Konzert verantwortlich war. Ich überlegte, dass ich keine Zeit mit der Suche nach einem guten Lokal zu verlieren brauchte, da Ausländer ohnehin am liebsten in Churrasco-Restaurants gehen. Mir ging durch den Kopf, dass ich in Europa wegen des Rinderwahns Angst hatte, Fleisch zu essen. Ich dachte daran, dass bei uns zu Hause Jânia die Einzige war, die jeden Tag Fleisch aß. Dachte, Jânia, diese Fleischfresserin. Und war mit einem Satz aus dem Bett.

Mich an unsere Hausangestellte zu erinnern erschütterte meinen Frieden. Bald wird sie kommen und alles zunichte machen, dachte ich. Wie hatte ich Jânia nur Geld anbieten können, um Marie auszuspionieren? Das zeugte von Charakterlosigkeit. Niedertracht. Es waren furchtbare Worte, die mir in den Sinn kamen.

Behutsam, um Marie nicht zu wecken, stand ich auf. Ich würde mit Jânia reden, würde alles klären.

»Jânia«, sagte ich, sobald sie die Tür des Dienstboteneingangs aufschloss, »ich möchte Ihnen etwas erklären.«

Jânia ließ mich gar nicht zu Wort kommen; sie erzählte sogleich, ein Mann habe angerufen, doch erinnere sie sich nicht an seinen Namen. Ich antwortete ihr, das inter-

essiere mich nicht länger, es sei nicht nötig, mir irgendetwas zu erzählen.
»Aber Sie hatten recht«, beharrte Jânia.
»Hören Sie auf, an den Türen zu lauschen«, sagte ich in beinahe aggressivem Ton.
»Er hat Sie einen Rüpel genannt.«
»Ich will das nicht wissen«, antwortete ich und zügelte meine Angriffslust.
»Er hat Sie alles Mögliche geschimpft.«
Hör auf, sagte ich. Oder vielmehr, dachte ich. Hör auf. Ich will das alles nicht wissen. Wer hatte diese Dinge über mich gesagt?
»Er spielt in Ihrer Kapelle.«
»Großartig. Ich will es nicht wissen.« Es war Rodrigo, der frustrierte Pelzkopf. Sie sollte mir nichts weiter erzählen.
»Alles, was Sie tun müssen, sobald Marie aufwacht«, erklärte ich, »ist, ihr zu sagen, dass Sie unser Schlafzimmer sauber gemacht und die alten Zeitungen weggeworfen haben.«
Jânia schaute mich an und grinste.
»Sagen Sie es genau so: Ich habe die alten Zeitungen weggeworfen. Aus Versehen.«
»Sie wird mit mir zanken.«
Ich erklärte ihr, dass sie mir das Geld, das ich ihr tags zuvor gegeben hatte, nicht zurückbezahlen müsse, obgleich sie von ihrer Aufgabe entbunden sei. Ich war so förmlich, dass Jânia überhaupt nichts begriff. »Heißt das, Sie kündigen mir?«
Ich wiederholte die Erklärung in weniger euphemistischer Form und stellte klar, dass sie weiterhin beschäftigt sei; das Einzige, was sie tun sollte, war Marie zu sagen,

dass es ihre Idee gewesen sei, die Zeitungen wegzuwerfen. Nicht meine.
»Aber es war doch Ihre. Sie haben alles in den Müll geworfen. Sie wird mit mir zanken.«
»Jânia«, schrie ich. Sie erschrak. Ich mäßigte meine Stimme. »Jânia, Sie müssen nur sagen, dass Sie von nichts wussten. Sie wussten nicht, dass sie die Zeitungen aufheben wollte. Mehr nicht.«
»Aber ich wusste es doch«, sagte Jânia. »Sie sagt immerzu, dass ich die Zeitungen nicht wegwerfen soll.«
Erst jetzt begriff ich. Jânia hatte alles verstanden, von Anfang an. Ich nahm die Brieftasche, holte Geld heraus. »Also abgemacht. Sie sagen, dass Sie es nicht wussten, und fertig.«
Beflissen erklärte Jânia sich einverstanden.
»Und vergessen Sie nicht«, sagte ich. »Ich will nichts wissen.«
Ich überlegte, ob ich sie nach dem Namen desjenigen fragen sollte, der angerufen hatte, aber wozu? Wie schon gesagt besteht ein Orchester aus drei Fraktionen: denen, die einen lieben, denen, die einen hassen, und denen, welchen egal ist, was man tut. Nur um Letztere muss man sich kümmern, schließlich sind sie es, die alles befolgen, was man sagt. Vielleicht war mein Orchester anders, weitaus weniger als ein Drittel liebte mich, wenn sie denn nicht nur so taten. Und gewiss war es weit über ein Drittel, das mich hasste. Korrekter wäre es, das Orchester zweizuteilen: Die eine Hälfte hasste mich, der anderen war ich egal. Scheiße, dachte ich. Ich würde mir meinen Samstag nicht von einem blöden Musiker verderben lassen, der mich hasste und dessen Namen ich kannte. Es

war Rodrigo, der Pelzkopf. Oder vielleicht auch Nico, die kleine Schwuchtel. Sollten sie mich doch alle mal, alle miteinander.

Ich setzte mich ins Wohnzimmer, um Zeitung zu lesen; Jânia ließ nicht auf sich warten und brachte mir eine Tasse Kaffee. Sie versuchte, mir etwas zu sagen, aber ich tat so, als ob ich ihr Ansinnen nicht verstand. Ich vergrub mich in der Zeitung und suchte nach Neuigkeiten aus Israel. Jetzt sprachen die USA zum ersten Mal von der Existenz eines »palästinensischen Staates an der Seite Israels«. Es gab ein von der UNO genehmigtes Kommuniqué, in dem »das unverzügliche Ende sämtlicher Gewalthandlungen, einschließlich aller Terrorakte, Provokationen, Anstiftungen und Zerstörungen« gefordert wurde. Lachhaft, dachte ich. Als ob das möglich wäre.

Um halb elf wachte Marie auf. »Ich will ein Kind von dir«, sagte sie, als wir an jenem Vormittag Sex hatten. Ich weiß nicht, ob sie das gesagt hätte, wenn sie gewusst hätte, dass ich Jânia dafür bezahlte, dass sie ihr hinterherspionierte.

Nachdem wir geduscht hatten, log ich, dass ich zum Frühstück gerne Croissants essen wollte. »Ich hole welche«, sagte ich. Beim Verlassen der Wohnung gab ich Jânia ein Zeichen, sie solle zu ihr gehen und alles erzählen. »Es muss jetzt passieren. Sagen Sie, dass Sie diejenige waren, die die Zeitungen weggeworfen hat. Aus Versehen.« Ich wollte im kritischen Augenblick nicht in der Wohnung sein, aus Angst, meine Nervosität werde mich verraten.

Ich ging zur Bäckerei, und bei der Rückkehr betrat ich die Wohnung durch den Dienstboteneingang. »Ich habe noch nichts erzählt«, sagte Jânia. »Ich habe abgewartet, bis Sie wieder da sind.«

»Erzählen Sie es jetzt sofort«, befahl ich.

Ich ging hinunter zu Rachel; die Hausangestellte öffnete mir die Tür. Ich händigte ihr die Packung Croissants aus, die ich gekauft hatte. »Machen Sie Tee und bringen Sie sie Dona Rachel.«

»Die Speisekammer ist leer«, beschwerte sich das Mädchen. »Dona Rachel kauft nie etwas ein.« Die Bemerkung machte mich wütend. Wer hatte sie gefragt? Ich gab ihr Geld. »Gehen Sie in den Supermarkt und machen Sie ihr etwas zu essen. Können Sie morgen arbeiten?«, fragte ich.

»Morgen ist Sonntag.«

»Ich zahle Ihnen das Doppelte, wenn Sie sonntags kommen, so lange, bis ihr der Gips abgenommen wird.«

Als ich nach Hause zurückkam, konnte ich bereits von der Küche aus den Streit zwischen meiner Frau und Jânia hören. Marie raste vor Wut.

»Sie hat alle meine Zeitungen weggeworfen«, sagte sie zu mir, als ich das Wohnzimmer betrat.

Jânia schaute mich mit ihrem üblichen Grinsen an, das phlegmatisch wirken sollte, in Wirklichkeit aber die reine Drohung war. Es war schwer, Marie davon zu überzeugen, sie nicht zu entlassen.

»Und wie komme ich jetzt an die Artikel über Israel? An die Essays?«

Ich versprach, Adriana werde ihr dabei helfen.

Marie machte den ganzen Tag über ein finsteres Gesicht. Nichts passte ihr. Das Restaurant, »voller Neureicher«, der Verkehr, »lauter Sonntagsfahrer«, das DVD, das wir uns ausliehen. »Woody Allen ist ein langweiliger, alter Knacker«, bemerkte sie sauer. Später, nachdem sie ihren Joint geraucht hatte, war sie schon wieder guter Laune und der Zwischenfall mit den Zeitungen völlig vergessen.

An diesem Abend hatte Marie frei. Wir hörten uns den finnischen Dirigenten an und führten ihn hinterher zum Abendessen aus. Am Tisch saß eine Frau, die sich ständig einmischte und die Marie Senhora Cacete taufte. Eine Nervensäge, die lediglich über Musik reden wollte und die sicherlich keine Musikkennerin war, da sie nicht zu wissen schien, dass unter Musikern so wenig wie möglich über Musik diskutiert wird. Wir reden niemals über Grundsatzfragen. Es ist eine Art Indiskretion, über Musik zu sprechen. Wir sind wie die Philosophen, wir philosophieren nicht, wenn wir zusammen sind. Doch letztlich amüsierte Miss Cacete uns mit ihrem geballten musikalischen Wissen, das so umfangreich war, dass es in eine Markttüte gepasst hätte. Ich vermute, dass der Finne den Rest der Nacht mit ihr verbrachte, trotz der blöden Fragen, die die Frau stellte. Ob es in Finnland eine Musiktradition gebe. »Wir haben mehr Opernsänger als Landwirte«, antwortete der Dirigent, der zugleich ein Gourmet war. Es war beeindruckend, von zehn Dirigenten, die ich einlud, mein Orchester zu dirigieren, waren neun Gourmets. Ich selbst hatte darüber nachgedacht, einer zu werden.

Der Höhepunkt des Abendessens war gekommen, als Marie mir ins Ohr flüsterte, ob ich über ihre Worte nachgedacht hätte. »Ja«, antwortete ich, ohne genau zu wissen, worauf sie hinauswollte. »Sagst du ja?«, fragte sie. Ich sagte ja. Ich sagte zu allem ja. Erst als sie anfing, über Nachnamen zu reden und zu erklären, ihre Eltern würden sehr großen Wert darauf legen, dass ich auf meinen verzichtete, begriff ich, dass es um unser Kind ging. Unser Kind würde ihren Nachnamen tragen. Marie war Einzelkind, und ihre Eltern wollten, dass der Familienname weiterbestand.

»Bist du einverstanden?«

Auf diese Weise würden alle in der Familie Juden sein. Außer mir.

7

Kein Baum, nur Asphalt. Es war noch nicht mal zehn Uhr morgens, aber die Tafel am Pacaembu-Stadion zeigte bereits siebenundzwanzig Grad. Der Sommer in São Paulo ist wirklich schrecklich. Die Sonne ist kaum aufgegangen, und schon fängt die Stadt vor unseren Augen wieder zu verfaulen an. Alles in der Hitze ist gärend, brodelnd und stinkend; selbst bei Nacht, wenn eine laue Brise weht oder ein Unwetter losbricht, ist es unmöglich, die übelriechenden Ausdünstungen der Metropole nicht wahrzunehmen. Wirklich nur eine große Stadt wie São Paulo ist imstande, so skandalös zu stinken und zu verwesen. Die Märkte unter freiem Himmel und die Tonnen von Müll, die wir auf die Straße stellen, potenzieren die Pestgerüche noch. Die Stadtverwaltung reinigt zwar den Platz, wenn der Markt vorbei ist, und es dauert gar nicht so lange, bis der Müll eingesammelt wird, schließlich sind wir, die Reichen, anspruchsvoll, aber das – ich meine die Reinigung, die Entsorgung und die Reichen – hilft absolut nichts bei Geruchsminderung. Der Gestank nach Fisch und Fäulnis steckt dem Asphalt in den Eingeweiden. Ohne ein wenig Kampfer um die Nasenlöcher

könnte ich weder dort noch an sonst irgendeinem Ort in São Paulo entlanggehen.
Ich parkte den Wagen und stieg aus, die Fußballschuhe über der Schulter. Pedro Ricardo, der Experte, war mit den Musikern im Umkleideraum. Unsere Begegnung war unerfreulich. Warum nur strapazieren Sportler die Klischees so über Gebühr? Es ärgerte mich, wie meine Musiker ihn umringten und dieser Abfolge von Unsinnigkeiten mit der gleichen Aufmerksamkeit lauschten, wie sie Tage zuvor mir zugehört hatten, als ich ihnen Marcolinis Theorie über das musikalische Kunstwerk erläutert hatte. »Hören Sie sich das hier an«, hatte ich gesagt, ein aufgeschlagenes Buch vor mir. »Das Leben ist eine große Oper. Der Tenor und der Bariton kämpfen um den Sopran, wenn denn nicht der Sopran und der Alt um den Tenor kämpfen. Und Gott ist der Dichter. Er hat das Libretto geschrieben, das der Satan gestohlen und in der Hölle vertont hat. Und die Erde ist das Theater. Und wir sind die ganze Truppe, mit sämtlichen Haupt- und Nebenrollen, Chor und Tänzern. Und all das ist Machado de Assis«, ich hatte ihnen das Buch gezeigt. »Lesen Sie ein wenig. Musiker dürfen nicht bloß Partituren lesen. Sie müssen Machado de Assis lesen. Goethe. Jeden Tag lesen. Proust, William Carlos Williams, Bashevis Singer, alles lesen.« Sie hatten mich aufmerksam angeschaut, neugierig, sie hatten sogar ein paar Fragen über Machado gestellt. Dieses flüchtige Gespräch über Literatur war ein Moment des Friedens zwischen Dirigent und Orchester gewesen, ein seltener und spontaner Augenblick, der sich einfach ergab. Sie hatten an jenem Tag so gut gespielt, ich war so begeistert, es machte mir Spaß zu sehen, wie sie sich an

Machado de Assis' Ideen über Musik ergötzten. Ich war stolz auf meine Musiker, und eine seltene Minute lang liebte ich sie wie meine Kinder und dachte mit einer gewissen Eitelkeit, dass meine Musiker letztlich doch keine unkultivierten, grobschlächtigen Leute waren, sondern potenzielle Leser von Machado de Assis. Diese Harmonie zwischen uns währte zwei Minuten; gleich darauf sah ich sie wieder als die Idioten, die sie waren, und nun standen die Einfaltspinsel da und fanden Pedro Ricardo und sein billiges Gewäsch, Konkurrenz sei wichtig, sensationell. Und dabei hatte unser Experte nicht einmal die Haltung eines Experten; er war früher zwar Spieler gewesen, aber heute trug er einen vorspringenden Bauch wie ich vor sich her. Vielleicht war meiner sogar noch ein bisschen größer, aber ich war auch nie Sportler gewesen.

Es war unser erstes Spiel, und unsere Gegner waren die Musiker der Philharmonie. Das letzte Mal hatte ich sie bei den Feierlichkeiten zum hundertsten Todestag von Verdi gesehen. Es war deprimierend gewesen. Das ganze Konzert über hatte ich die Schuhe der Musiker auf der Bühne angeschaut und dabei gedacht, dass sie, die Schuhe, letztlich ein perfektes Abbild der Lage der klassischen Musik in Brasilien waren. Sie waren kaputt, alt, glanzlos.

Ich war wegen der Musiker der Philharmonie so betrübt gewesen, dass ich, als Pedro Ricardo mich in der Woche zuvor angerufen hatte, um den Termin für das Spiel zu vereinbaren, ernsthaft überlegte, ob es richtig wäre, mit solchen Gegnern in Wettstreit zu treten. Ob es nicht demütigend für sie und bedrückend für uns sein würde. Schließlich war mein Orchester ein echtes Orchester.

Meine Musiker trugen zwar nicht so glänzende Schuhe wie Muti, aber es waren Schuhe, unsere Schuhe. Lederschuhe mit Absätzen aus Holz. Die Mädchen trugen im Sommer Pantoletten oder Sandaletten mit Zehenriemchen und im Winter halbhohe Stiefel. Sie gingen mit der Mode, die Musikerinnen. Es wäre nicht richtig von mir, das beste Orchester zu haben und obendrein noch das Spiel zu gewinnen. Es wäre verdrießlich, diese armen Schlucker mit ihren löchrigen Schuhen zu besiegen. Ob sie wohl barfuß spielen würden? »Ich habe das Pacaembu bekommen«, hatte Pedro Ricardo bei der Gelegenheit zu mir gesagt. »Sie renovieren das Stadion gerade, aber bei Amateuren gibt es kein Problem.« Schließlich hatte ich zugesagt, und nun befanden wir uns dort, im Umkleideraum.

Ich würde tags darauf nach Europa reisen. Gerade hatte ich mich mit Marie gestritten. »Kannst du keine Hemden falten?«, fragte ich, während sie meinen Koffer zu packen versuchte. »Nein«, antwortete sie. »Ich weiß auch nicht, wie man Bohnen kocht, putzt, Wäsche wäscht, und deine Kritiken kann ich auch nicht ordnen. Vielleicht stört dich das ein bisschen.« Bohnen waren mir absolut egal. Schlecht zusammengelegte Kleidung im Übrigen auch, es bereitete mir sogar Vergnügen, sie in den Koffer zu stopfen. Doch an diesem Tag war alles ein Vorwand, um mit Marie zu streiten. Es machte mir enormen Spaß, sie aus der Reserve zu locken. »Du bist nicht modern«, sagte ich. »Keine Eier braten zu können ist ein Relikt aus dem zwanzigsten Jahrhundert. Eine moderne Frau ist Direktorin eines multinationalen Konzerns, kauft im Supermarkt ein, bringt das Kind in die Schule, joggt acht

Kilometer täglich und bereitet ein unvergessliches Risotto mit Ruccola und Pinienkernen zu.«
»Ja, genau, aus dem vergangenen Jahrhundert, aus einer Zeit, in der die Männer ihre Frauen nicht versklavten, in der sie selbständige Frauen heiraten wollten, in der den Männern unser mangelndes Geschick in Haushaltsdingen nichts ausmachte …«
»Du gehörst einer Generation von Schwuchteln an«, unterbrach ich sie. »Seit ihr angefangen habt, eure Büstenhalter zu verbrennen, bekommt ihr von den Männern nur eins auf die Mütze. Welcher Freund außer mir hat dir je die Autotür aufgehalten?«
Marie seufzte gereizt. »Das ist mir völlig gleichgültig.«
»Sag schon«, bohrte ich weiter. »Nenn mir nur einen Namen. Ich will es wissen. Allesamt sind sie in roten Hosen herumgelaufen und haben Ohrringe und Latschen getragen und ihre feminine Seite gehabt. Niemals seit dem Mittelalter sind die Frauen so schlecht behandelt worden wie in den sechziger Jahren. Jetzt müsst ihr die Suppe auslöffeln.«
»Was redest du da eigentlich?«
»Koffer packen«, antwortete ich.
»Ich bin nicht deine Sekretärin. Ruf Adriana an, wenn du eine professionelle Hemdenfalterin haben willst«, sagte Marie und ging aus dem Zimmer.
Ich telefonierte mit Adriana. Dem Unbehagen, das sich mit der Ankunft meiner wegen ihres Piercings bauchfreien Sekretärin bei uns zu Hause breit machte, maß ich nicht die mindeste Bedeutung bei. »Es hat sich entzündet«, sagte sie. »Finden Sie, dass es sehr hässlich aussieht?«
Es sah hübsch aus, aber ich sagte nichts. Mancher hätte

sogar dafür bezahlt, an diesem unechten Diamanten lecken zu dürfen. »Das Problem von dem Mädel ist, dass es zu verwöhnt ist«, bemerkte Adriana, als wir ins Schlafzimmer gingen, um uns um mein Gepäck zu kümmern. »Schauen Sie sich nur dieses Chaos an. Alles hineingestopft. Sie sind Künstler, Maestro. Sie brauchen jemanden, der sich um Sie kümmert. Schauen Sie nur die Socken hier. Diese Unterhosen. So können Sie nicht verreisen. Lassen Sie nur, ich kümmere mich um alles.«
Adriana setzte ihre Litanei fort, aber ich gestehe, dass ich gar nicht mehr zuhörte. Ich hatte nur Marie eins auswischen wollen.
Als ich die Wohnung verließ, telefonierte Marie mit ihrer Mutter. Sie redete in ihrer Sprache, aber nicht gänzlich, meine Frau beherrschte das Hebräische nicht fließend. Sicherlich beklagten sie sich über mich, die beiden. Das Problem war, dass Marie vergaß, welche Wörter sie mir im Bett beibrachte. Sie vergaß auch, dass ich ein gutes Gedächtnis besaß. Schonooring. Nervig. Ein Meckerfritze. Das hinterließ bei mir einen üblen Geschmack im Mund.
In Wahrheit war ich niedergedrückt, weil Marie mich nicht nach Europa auf Tournee begleiten würde. Ich sollte als Gastdirigent in Florenz, Madrid und Amsterdam auftreten. Als wir noch ein Liebespaar waren, hatten wir viel davon gesprochen, »immer zusammen zu sein«. Teresa hatte mich nur selten begleitet, ich war immer allein auf Reisen, packte selbst meine Koffer, war stets alleine im Hotel. Ich war dieses Lebens überdrüssig geworden, ich wollte meine Frau bei mir haben, verfügbar, eine Kameradin. Marie hatte mir versprochen, sie würde mich

niemals alleine lassen, sie würde meinen Proben beiwohnen. Ich hätte misstrauisch werden sollen bei so vielen Versprechen. Nun »hat sich die Lage geändert«, hatte sie erklärt, als sie mir mitteilte, sie werde mich nicht länger begleiten. Sie hatte ein Engagement in meinem Orchester, sie würde in dieser Zeit acht Konzerte geben und fand es »unprofessionell, alles hinzuwerfen, um mit dir zu verreisen«. Natürlich hätte es keine Schwierigkeiten bereitet, einen Ersatzviolinisten zu finden, schließlich war ich der künstlerische Leiter, doch unterstützt von Cláudio blieb sie dabei, das sei »nicht professionell«. Ich selbst fand das auch nicht »professionell«. Im Übrigen war noch viel weniger professionell, dass Marie weiter im Orchester geblieben war, nachdem wir beschlossen hatten, zusammenzuziehen. Allerdings widerstrebte mir, dass sie mit diesem Nachdruck das Wort *professionell* wiederholte.

»Kündige doch«, schlug ich ihr aufgebracht vor. Sie und Cláudio lachten, als ob ich einen Witz gemacht hätte. Ich selbst lachte auch und tat so, als sei es nicht ernst gemeint gewesen. Doch war ich enttäuscht, mir war die Lust vergangen, in Europa zu dirigieren. Ich weiß nicht, was mich mehr störte, der Gedanke, alleine zu reisen, die öden Flugzeuge und Flughäfen, oder die Erkenntnis von Maries Unabhängigkeit.

»Ich habe acht Konzerte«, hatte sie gesagt, als ob acht Konzerte viel wichtiger seien als wir beide und unser Leben.

In den Tagen vor der Reise war ich sehr unausgeglichen. Wegen einer zwanzigminütigen Verspätung entließ ich Rodrigo aus dem Orchester. Ich war recht streng, was Disziplin anbetraf, aber ich glaube nicht, dass ich den jungen Mann hinausgeworfen hätte, wenn ich nicht den Verdacht gehegt hätte, er sei der Musiker, der Jânias Erzählungen zufolge hinter Marie her war und bei mir zu Hause angerufen hatte. Es war eine Genugtuung, als Adriana mir sagte, es habe ihn am Boden zerstört. Das heißt, am Anfang war es herrlich. Hinterher fühlte ich mich schuldig, nachts konnte ich nicht schlafen. Rodrigo hatte eine elf Monate alte Tochter, und seine Frau war arbeitslos. Am nächsten Tag rief ich ihn zurück und stellte ihn wieder ein.

Jetzt, vor dem Spiel, vermied er es, mit mir zu sprechen. Ich bin mir nicht ganz sicher, aber mir war so, als hätte ich gehört, wie er zu einem Flötisten etwas in der Art sagte wie »Und obendrein will er auch noch Torwart sein«. Schweigend gingen wir auf den Platz. Die andere Mannschaft schien sich ziemlich gut zu amüsieren. Sie rannten wild durcheinander hinter dem ersten Violinisten auf den Rasen, ich kannte ihn, es war, nebenbei gesagt, ein miserabler Geiger. Mit einer Mineralwasserflasche spritzten sie ihn nass. Sie lachten ausgiebig. Wir, die gegnerische Mannschaft, beobachteten die Szene und lachten ebenfalls. Das heißt, ich lachte über gar nichts, ich fand es nicht im Geringsten lustig, ich wollte spielen. Die Musiker der Philharmonie trugen einheitliche Trikots, was erstaunlich war. Sehr viel bessere Trikots als unsere. Im Übrigen war, abgesehen von meinen Torwarthandschuhen, meinen speziellen Fußballschuhen und meinem schwarzglänzenden T-Shirt, das ich telefonisch bei Cláudio geordert hatte, als er aus Toronto zurückkehrte, das Trikot unserer Gegner dem unseren haushoch überlegen. Die Typen hatten ein beschissenes Orchester, doch wenn man die

blauen Shorts mit den grünen Streifen sah, hätte das keiner vermutet.
Nach zehn Minuten Spielzeit kassierte ich mein erstes Tor. Ich war unkonzentriert. Warum wollte Marie nicht mit mir reisen? Männer, die von ihren Frauen verlangen, dass sie alles aufgeben, sind lächerlich. Ich habe diesen Typ Mann stets gehasst. Ich habe mir immer die Schuld daran gegeben, dass Teresa das getan hatte. Es tat mir jetzt noch weh, wenn ich daran zurückdachte, wie ich vor vielen Jahren während eines strengen Winters in Boston nach Hause gekommen war und sie still und schicksalsergeben vor der Badewanne kniend dabei angetroffen hatte, wie sie unsere Wäsche wusch. Ich hatte ein Stipendium erhalten, um meinen Doktor in Musikwissenschaft zu machen, und Teresa hatte ihre Karriere als Solistin aufgegeben, um mich zu begleiten. Wir lebten ohne einen roten Heller, nicht einmal einen Waschbottich hatten wir, so klein war unsere Wohnung. Die nasse Wäsche wurde über die Heizkörper gehängt, und die schwangere Teresa machte all das ganz alleine. Nie beklagte sie sich. Im Gegenteil, sie sah die Dinge positiv, spornte mich an. »Konzentrier dich auf die Musik«, sagte sie. »Den Rest überlass mir.« Und das tat ich auch. Den gesamten Bodensatz. An diesem Tag hatte ich frei gehabt und den ganzen Nachmittag mit einer Freundin im Kino verbracht. Ich fühlte mich hundsgemein, als ich Teresas Uneigennützigkeit begriff, doch nicht so gemein, dass ich meine Verabredung mit derselben Freundin am nächsten Tag abgesagt hätte. Noch jetzt würde ich sie, wenn ich daran zurückdenke, am liebsten anrufen und um Verzeihung bitten. Ich wollte nicht, dass Marie ihre Verpflichtungen

in Brasilien fahren ließe. Aber ich wollte auch nicht, dass sie mich nicht begleitete. Oder dass sie mit solcher Begeisterung Ausdrücke wie »meine Violine«, »meine Karriere«, »meine Zukunft«, »meine Projekte« wiederholte.
Wegen dieser Gedanken fing ich mir das zweite Tor ein. Ich sah, wie sich das Spiel vor mir aufbaute, irgendein Arschloch von den Philharmonikern fing den Ball mit der Brust auf, brachte ihn in Position und schoss. Ihn abzuwehren wäre ein Leichtes gewesen, wenn ich denn aufgepasst hätte. Doch es gelang mir nicht, den Ball zu halten. Ich stand wie angewurzelt da; sicher bin ich mir nicht, aber ich glaube, ich hatte sogar die Arme verschränkt, als das Tor fiel.
Als ich in der Pause den Umkleideraum betrat, waren die Musiker stinkwütend auf mich. Eine grässliche Atmosphäre. Ich fühlte mich so unruhig, erregt, ich würde es nicht schaffen, die zweite Halbzeit im Tor zu bleiben. Ich nahm eine kalte Dusche und ging, um mit Pedro Ricardo zu reden. »Ich finde nicht, dass das eine gute Idee ist«, sagte er zu mir, als ich meine Absicht erwähnte. »Die Idee bei diesem Spiel ist, die Mannschaft zusammenzuschweißen.«
»Ein Grund mehr, dass ich das Tor verlasse«, erklärte ich. Pedro Ricardo gefiel das nicht. Vielleicht gefiel es auch den Musikern nicht. Mir selbst gefiel es ebenfalls nicht, ich hatte eine Mordswut. In der zweiten Halbzeit spielte ich als Linksaußen, verpasste meinen Musikern ein paar ordentliche Tritte. Etliche Male traf ich Rodrigo.
Zur Entschuldigung sagte ich hinterher im Umkleideraum, Fußball sei wirklich ein Spiel des Aufeinanderprallens, der Rempelei, des Körperkontaktes.

Pedro Ricardo war sehr unzufrieden, ich wusste das. Die Musiker würdigten mich kaum eines Blickes. Ich überlegte, alle zum Mittagessen einzuladen, doch Marie war die Vorstellung ein Graus. »Geh du hin«, sagte sie. »Ich habe nicht die geringste Lust.« In Wahrheit hatte ich auch keine Lust. Mit einem Gefühl völliger Zerrüttung fuhr ich zurück nach Hause. Ich musste an Pedro Ricardos Gefasel denken, die Mannschaft zu einen. Drei zu null für die Philharmoniker. Unser erstes Spiel war miserabel ausgegangen.

8

»Ich sehe das Beste und heiße es gut, aber ich befolge das Schlechteste.« Ich weiß nicht genau, wo ich diese Sentenz von Ovid gelesen hatte. Im Übrigen weiß ich gar nicht sicher, ob sie von Ovid stammt, doch war es jedenfalls nicht von ungefähr, dass sie mir sofort in den Sinn kam. Genau das war es, was bei mir in diesem Augenblick geschah. Das Beste gutheißen und alles zerstören. Mist bauen ohne Unterlass. Das Schlechteste befolgen. Die Situation ganz klar sehen, großartige Ideen haben und in der Praxis alles versauen. Ich wusste, dass ich den Bogen überspannte, dass mein Verhalten zumindest tadelnswert war, aber ich konnte einfach nicht damit aufhören.

»Du solltest mich schlagen«, sagte ich zu Marie, als wir am Samstag vom Abendessen im Hause ihrer Eltern zurückkamen, wo ich einen verheerenden Schaden angerichtet hatte. Sie antwortete mir nicht einmal, sondern schloss sich im Schlafzimmer ein, um Haschisch zu rauchen. Ich blieb alleine im Wohnzimmer zurück, wanderte zerknirscht hin und her.

Ich hatte mich Henrique und Monique gegenüber unmöglich benommen. Als wir eintrafen, waren ein paar Freunde der Familie da, lauter reiche Leute, die meisten Juden. Das Gesprächsthema waren die »Demonstrationen«, ein Ausdruck, den die Araber für das Bewerfen israelischer Soldaten mit Steinen benutzten. Es gebe jetzt, sagten sie, in einigen palästinensischen Städten einen Beruf, der sich »Demonstrationskoordinator« nannte. Banden von fünfzig, sechzig Jungen, die sich nach der Schule zusammenfänden und loszögen, um Israelis zu steinigen. »Das ist eine Tendenz«, hatte einer der Juden behauptet, der Bankier war. »In Wirklichkeit erhalten die radikalislamischen Bewegungen immer mehr Unterstützung von der palästinensischen Bevölkerung.« Das sei die Ansicht eines Terrorspezialisten der Universität Jerusalem, hatte der Bankier erklärt. Und natürlich auch seine. Sehr beeindruckt war ich von dem, was ein anderer Freund erzählte, ein Unternehmer. In weniger als einem Jahr hätten sich spontan fast vierzig Aktivisten von radikalen Bewegungen gemeldet, um als Selbstmordattentäter zu fungieren. »Eine unglaublich hohe Zahl«, sagte er. Ich sinnierte darüber, was das für ein Typ Mensch war, der beschloss, Selbstmordattentäter zu werden. Ich machte irgendeine Bemerkung, sie sahen mich neugierig an. Ich sagte, dass ich mich für die Selbstmordattentäter interessierte. »Für das Phänomen«, fügte ich hinzu. Um den Schaden komplett zu machen, fragte ich, ob die Sterblichkeitsindizes der arabischen Kinder der Wahrheit entsprächen. Was meinten sie? Ich weiß nicht, warum ich mich in das Gespräch einmischte. Jedenfalls ärgerte ich mich bei den Abendessen im Hause von Maries Eltern stets über den Autismus der Juden. Wie sie es doch liebten, über Juden zu reden. Gab es kein anderes Gesprächsthema? Das erzürnte mich. Ich konnte nicht anders.

Und dann kam der schlimmste Teil. Ich fing an, Marie meine Meinung über die Gäste zu sagen. »Bemerkst du die Pathologie der Hofgesellschaft? Die Reichen sind wie Psychotiker, sie legen einen Kern fest und teilen jedem darin eine Funktion zu. Jeder Hofstaat hat einen Kapellmeister. Und einen Hofnarren. Eine Courtisane. Einen Bankier. Einen Direktor einer Holding. Du bist das junge Talent«, hatte ich gesagt.

Marie versuchte, meinen Klauen zu entrinnen, sich in irgendein Schlupfloch des Gesprächs zu verkriechen. Doch ich hatte es darauf abgesehen, sie den Juden zu entreißen und ihr zu sagen, dass die amerikanische Krankheit zu guter Letzt auch in Brasilien Einzug gehalten habe. »Interessierte Reiche. Reiche, die lesen, Musik hören und die kein dummes Zeug reden. Reiche wie die in früheren Zeiten gibt es nicht mehr, das ist die Wahrheit. Früher gingen die Reichen auf die Löwenjagd, zerstörten die Wälder und verunreinigten die Meere. Heute machen sie noch schlimmere Sachen, aber sie sind voller Schuldgefühle, schließen sich Nichtregierungsorganisationen an und benutzen liebend gerne Ausdrücke wie *die Ausgeschlossenen, Multikulti-Gesellschaft, Minderheiten* und was weiß ich nicht alles.«

Außerdem sagte ich zu Marie, abgesehen davon, dass sie reich und Juden waren, hätten alle »diese Freunde deines Vaters« miteinander gemein, einen Privatjet mit Stewardess und allen Schikanen zu besitzen. Und wie sehr sie sich auch immer bemühten, mittellos zu wirken, es hänge immer ein Riesenhaufen Dollars an jedem Satz, den sie von sich gäben.

Marie schwieg die ganze Heimfahrt über; eigentlich war sie bereits verstummt, seit ich mir bei Tisch nicht hatte verkneifen können zu fragen, ob alle dort ein Privatflugzeug besäßen. Einer von ihnen, der Holding-Mensch, war so zynisch zu sagen, »unser Unternehmen hat eines«. Das war vor der Geschichte mit den arabischen Kindern. Die Reichen sind sophistisch und scheinheilig. Auch das sagte ich zu Marie. »Sie geben sich gerne links, reden, als machten sie sich Sorgen wegen der ungerechten Einkommensverteilung, aber das ist nichts als Pose, sie machen keinen Finger krumm. Sie verdienen nur noch mehr Geld.«

Im Auto hatte ich pausenlos geredet. »Wirklich, ich hasse die Reichen. Diese Sammler von allem Möglichen. Von erlesenen Weinen, exotischen Reisen. Kram. Leuten. Frauen. Themen. Ich hasse das alles«, hatte ich zu Marie gesagt. »Und denk bloß nicht, dass ich so bin wie sie, dass ich die Armen liebe. Ich verachte die Armen in aller Förmlichkeit. Den Pöbel. Das Pack. Es ist ungewaschen, ungebildet, eigennützig, dreist. Gemein wie die Würmer. Pausenlos schwanger. Fett und fetter. Und klaut und tötet. Und wird ständig überfahren. Ich glaube, die Armen hasse ich sogar noch mehr. Ich will nicht lügen. Am meisten hasse ich die Reichen. Der Pöbel rührt mich zumindest.«

Davor hatte ich einen Riesenskandal verursacht; ich war durch die Räume geschlendert und hatte dabei die Gäste auf ziemlich boshafte Weise absichtlich geschnitten. Die Aufgabe des Butlers, so mein Eindruck, bestand offenbar darin, auf mich aufzupassen. »Haben Sie einen Wunsch?«, fragte er mich mehr als einmal. »Dein Haus«, sagte ich zu Monique, als sie mich rufen kam, »dein Haus ist sehr laut. Überall bellen Hunde, das macht mich unruhig. Krach ist eine Art Gift.«

Meine Bemerkungen brachten sie aus dem Konzept, sie hörte sogar auf, zu ihren Freundinnen diesen Blödsinn von »mein Schwiegersohn« und »der begabte Dirigent« zu sagen. »Ich kann bei diesem Lärm nicht essen«, sagte ich, obgleich ich gar kein Gebell vernahm. Das Einzige, was man in dem Haus hörte, abgesehen von der Hintergrundmusik, war Maries Gelächter. Haschisch bewirkte bei ihr stets, dass sie viel lachte. »Wenn man nach Israel kommt«, sagte sie, »wird man sofort gefragt, ob man weiß, welches die zweite Landessprache ist. Alle denken, es sei Russisch. Die Anzahl der Russen nimmt ständig zu. ›Nein‹, antworten sie. ›Hebräisch.‹ Das ist ihr Lieblingswitz.«

»Jetzt erzähl den von Sandorsky«, rief ich vom Wohnzimmer aus. Erwartungsvolle Stille trat ein. Marie war verlegen. Sie lachten nicht mehr.

Im Auto hatte die Wirkung des Haschischs bereits nachgelassen.

»Warum fliegen ›diese Leute‹ nicht mit dem Linienflugzeug?«, fragte ich Marie.

»Weil wir reich sind«, antwortete sie gereizt. »Und weil wir nicht so sind wie du, wir lesen nicht Cioran.«

»Ich habe Cioran nie gelesen.«

»Ach nein? Ich dachte, du liebst diese Geschichte von ›Ich bringe mich nicht um, könnte es aber jederzeit, Selbstmord ist das Leichteste von der Welt‹. Wenn du erst einmal Cioran gelesen hast, wirst du auf einmal behaupten, er sei der Einzige, der etwas taugt.«

Das war alles, was sie sagte. Und Punkt. Ich verstand. Den Rest der Fahrt über schwieg ich, machte den Mund nur auf, um Marie zu sagen, sie habe völlig recht, und um sie um Verzeihung zu bitten, um ihr zu sagen, im Grunde sei ich wahrscheinlich ein gekränkter Mensch mit irgendeinem Minderwertigkeitskomplex, dass ich so einen Unsinn zusammenredete. »Das ist alles eine Riesendummheit«, schloss ich.

Wenn ich an diese Zeit meines Lebens zurückdenke, fällt mir auch das Gefühl des Hasses ein, das mich trübte, jede Kleinigkeit erfüllte mich mit Wut und Hilflosigkeit. Nicht einmal Marie entging diesem Zorn. Wenn wir uns nicht eng umschlungen hielten, wenn sie mich nicht bewunderte, waren meine Gefühle ihr gegenüber recht ambivalent. Von meiner Seite aus gab es eine fortwährende Missbilligung, so als stünde Maries Überlaufen zum Feind unmittelbar bevor. Wenn es um die jüdische Realität ging, so wie bei jenem Abendessen, oder banaler, wenn Marie sonntagnachmittags ihre Schubladen aufräumte und plötzlich alte Fotos fand, Fotos von ihr mit ihren Freundinnen beim Tennismatch oder beim Camping, sie alle lachend, glückstrahlend, in vollem Saft, dann überkam mich ein Unbehagen, ein wirres, unerklärliches Gefühl, eine Mischung aus Verzweiflung und Wut. Was daran, außer den fröhlichen Blicken und den Eiscremetüten im Einkaufszentrum, machte mich nur so melancholisch? Es dauerte eine Weile, bis ich begriff, was in mir vor sich ging. Ich. Ich war nicht dort. Das war es, was ich sah, meine Abwesenheit. Ich konnte es nicht ertragen, nicht dabei zu sein. Nicht dazuzugehören. Nicht teilzuhaben. Ich kam hinterher. Später. War nicht da. Das traf mich wie ein Schlag. Es hatte keinen Zweck zu versuchen, Marie irgendetwas zu erklären, jetzt, nachdem ich diesen verheerenden Schaden bei dem Abendessen angerichtet hatte.

Es war schon fast Mitternacht, als ich beschloss, die Partituren zu ordnen, die ich auf die Reise mitnehmen würde. Ich rief Adriana an. »Sie sind hier bei mir, ich wollte sie Ihnen morgen auf dem Flughafen aushändigen.« Ich bat sie darum, sie beim Portier zu hinterlegen, ich wollte nicht, dass sie zum Flughafen kam. Als ich bei ihrem Wohnblock ankam, lag nichts für mich in der Pförtnerloge. Notgedrungen fuhr ich nach oben. »Kommen Sie kurz herein«, sagte sie. Es war keine gute Idee, ich wusste das. Im Wohnzimmer standen praktisch keine Möbel, nur ein großer Tisch, übersät von Papieren, und so begaben wir uns geradewegs in ihr Schlafzimmer. Vorher nahmen wir aus der Küche Cola Light, Eis und Zitrone mit.

»Schauen Sie mal«, sagte sie und drückte auf die Rewind-Taste vom Videogerät, um mir eine Szene aus einem Film zu zeigen. Christus tanzte zu Beethovens *Neunter.* »Ist das nicht phantastisch? Ich liebe diesen Regisseur, ich habe alles von ihm gesehen.« Schließlich sah ich mir den Film zusammen mit ihr auf dem Bett ausgestreckt an. Wir lagen nebeneinander, Adriana trug Shorts, manchmal warf ich einen flüchtigen Blick auf ihre Beine und malte mir die Spuren aus, die meine spitzen Zähne in diesem Fleisch hinterlassen würden. Ich rührte mich nicht. Sie war es, die die Initiative ergriff und mir ihre Zunge in den Mund steckte. Ihre Lippen waren von der Cola eiskalt. Es klingelte. Adriana sprang vom Bett auf. Ich hörte, wie sie überrascht fragte: »War es nicht morgen?« Nein, das war es nicht. Es war heute, erklärte eine männliche Stimme. Ihr Freund war sichtlich aufgebracht, als er mich aus dem Schlafzimmer kommen sah. »Sie sind alle hier drin, Maestro«, sagte Adriana und übergab mir ein Paket. Auf einmal war ich der Maestro, der Dirigent. »Herr Dirigent«, fuhr sie fort. »Wenn Sie möchten, Herr Dirigent.« »Sämtliche Partituren, Ravel, Barber, Saint-Saëns, ich habe alles nachgeprüft.« Fast zwei Uhr morgens. Ich nahm die Partituren und machte mich von dannen.

Der Rückweg war schrecklich, Schuldgefühle überkamen mich. Ich werde nichts ausrichten können, sagte ich mir wieder und wieder, aber plötzlich gelang es mir inmitten dieses Durcheinanders, im Geiste die passenden Worte zu finden, um Marie davon zu überzeugen, mir zu verzeihen. Eine Minute lang kam mir alles ganz einfach vor, ich verspürte großen Frieden; alles würde ein gutes Ende nehmen, wenn ich Marie erst um Entschuldigung gebeten hätte. Ich überlegte sogar, dass es vielleicht die Mühe lohnte, wenn ich auch bei ihren Eltern anriefe und mich bei ihnen ebenfalls entschuldigte. Die Sache mit dem Flugzeug, könnte ich sagen, wenn man es genauer bedachte, dann sei es doch sehr schön, ein Flugzeug zu besitzen. Besser, ich ginge nicht ins Detail. Und entschuldigte mich einfach.

Das Problem war, dass ich mich nicht mehr an meine Worte erinnerte, als ich zu Hause ankam. Ich fühlte mich völlig ausgelaugt. Der Gedanke an den Flug am nächsten

Tag, an die Tournee, den Geruch im Flugzeug, den Geruch in den Hotels, an die Abendessen nach dem Konzert und vor allem an die bevorstehende Trennung von Marie, all das machte mich fertig.

9

Turin, Genf, Triest und Neapel, das waren die Stationen meiner Reise. Der Vorteil bei einer Tournee durch Europa gegenüber einer Amerikatournee besteht darin, dass auf Ersterer bei der Ankunft auf dem Flughafen niemand vom Orchester wartet, um einen ins Hotel zu bringen. Es ist immerhin etwas, wenn man nach zehn Stunden Flug nicht genötigt wird, sich mit einem Volontär zu unterhalten. Sie sind die Hausfrauen des Orchesters, die Volontäre. Verantwortlich für die Drecksarbeit.

Zu wissen, ihrer in den Ländern der alten Welt enthoben zu sein und die Fahrt vom Flughafen zum Hotel auf die zivilisierteste Art zurücklegen zu können, die man sich vorstellen kann, nämlich indem man sich alleine mit seinem Koffer, seinen unguten Gedanken und seiner Angst, schlecht zu dirigieren, ein Taxi nimmt, war bereits eine Erleichterung. Ich fühlte mich bei neuen Orchestern sehr unsicher. Wenn das Hotel nicht gut war, wenn die Musiker mich nicht voller Begeisterung empfingen, begann ich sofort, an meinen Fähigkeiten zu zweifeln. Ich hatte das nie ablegen können. Immer hatte ich Angst davor, die

Zeitung aufzuschlagen und einen Artikel zu lesen nach dem Motto »Scharlatan am Dirigentenpult enttarnt«.
Bei der ersten Probe fiel mir wieder ein, wie es war, in Italien zu dirigieren. Die Pauken eine Katastrophe. Die Violinen stets miserabel. Der Rest spielte anständig, setzte ein und aus, ohne sich je darum zu kümmern, was nebenan gespielt wurde. Aber alle immer überaus freundlich. Eine liebenswürdige Schrott-Truppe. Der berühmte Schlecht-aber-macht-nichts-Stil.
Die Fahrt zum Hotel war beeindruckend gewesen. Es herrschte keinerlei Verkehr, doch das nützte nichts, denn die Ampeln in Turin erlauben einem kein Vorwärtskommen. Eine nach der anderen. Der Taxifahrer erklärte mir, der Bruder des vormaligen Bürgermeisters besitze eine Verkehrsampelfirma. »Das ist Turin«, sagte er.
Ich hatte nicht fliegen wollen, hatte mir die Nacht über den Kopf zerbrochen, wie ich die Reise absagen könnte, hatte sogar mit meinem Agenten in England telefoniert und ihn gefragt, was sich in diesem Fall machen ließe. Agenten ertragen es einfach nicht, wenn man sie anruft, um über persönliche Probleme zu reden. »Nun«, sagte Freddy sarkastisch zu mir, »wenn du keine Tropenkrankheit hast, dann ist es das Beste, du fliegst hin und dirigierst.«
Kurz vor meiner Abreise war ich so gereizt, dass ich zweimal gegen die Wand trat, um zu sehen, ob ich mich beruhigte. Adriana hatte eine Reihe von Partituren für meine Tournee im Theater vergessen, und der Laptop fiel mir genau in dem Moment aus der Hand, als ich ihn in meinem Reisekoffer verstauen wollte. Und Marie war und blieb eingekapselt im Schlafzimmer, nachdem sie mich

gezwungen hatte, die Nacht im Wohnzimmer zu verbringen.

»Fünfundsechzig Prozent der jüdischen Akademiker in Amerika heiraten Nichtjuden. Fünfundsechzig Prozent, die auf ewig für das jüdische Volk verloren sind. Aus ebendiesem Grund lernen die Jugendlichen in Agor Hebräisch. Um der jüdischen Gleichgültigkeit, dem bevorstehenden Aussterben der Juden in den USA zu entrinnen.« Diese und andere mit Rotstift angestrichene Passagen hatte ich im Morgengrauen, als ich nicht schlafen konnte, erneut in dem Buch gelesen, das Marie auf meinem Klavier hatte liegen lassen.

Wenige Dinge schmetterten mich so sehr nieder, wie in solchen Situationen einsehen zu müssen, dass mir wichtige Bereiche von Marie entgingen. Meine musikalische, ungezwungene, liebenswürdige Marie unterstrich in den Büchern ihrer Lieblingsautoren Sätze über die Tatsache, dass Mischehen einen zweiten Holocaust verursachten, Sätze, deren Inhalt wahrscheinlich ihre eigenen Ansichten ausdrückten.

Diese verborgene, widerspenstige Marie war es, die mich ins Schwanken brachte. Warum hatte sie diesen Satz angestrichen? War das womöglich auch ihre Meinung? Wir hatten nie über »Mischehen« oder »jüdische Gleichgültigkeit« gesprochen. Auch nicht über den Umstand, dass ich kein Jude war. »Ich hatte nie verstanden, was es heißt, Jüdin zu sein, ehe ich nach Israel kam«, hatte sie einmal gesagt. »Ich bin nicht in einem jüdischen Stadtteil groß geworden. Ich habe keine religiösen Unterweisungen erhalten. Ich bin in São Paulo aufgewachsen, bin auf Schulen gegangen, in denen Jude zu sein vor allem reich sein bedeutete. Die Reise war für mich ebenso wichtig wie für meine Großeltern die Synagoge. Ich erinnere mich noch an den Tag, an dem ich die Klagemauer besuchte. Es war ein Freitag, ich war mit einer Freundin zusammen, die an der Jerusalemer Universität Soziologie studiert und die genau wie ich Brasilianerin und Jüdin ist. Ich erinnere mich, wie Sofia zu mir sagte, dass sie mich um die Gefühle beneide, die ich in Israel erleben würde. ›Du kannst gar nicht anders‹, sagte sie. ›Plötzlich entdeckst du, was es heißt, zu etwas dazuzugehören. Selbst wenn du nie das Geringste darauf gegeben hast, wenn du es nicht verstehen willst, denkst, dass es dir nichts bedeutet. Es wird dir plötzlich einfach klar. Hier wirst du all das begreifen, von dem du nicht einmal im Traum gedacht hast, dass du es würdest verstehen wollen.‹ Als ich das hörte, verspürte ich eine Art Minderwertigkeit, weil ich unfähig war, von Israel so bewegt zu sein wie meine Freundin, weil ich nicht imstande war, mich in dem Land so wiederzuerkennen, wie sie es tat. Alles, was ich bis zu jenem Augenblick empfunden hatte, war Angst. Den Zentralmarkt hatte ich mit einem Cousin meines Vaters besucht, der beim Geheimdienst war und der mich bewaffnet eskortiert hatte. Es war furchtbar. Aber schließlich glaubte ich tatsächlich, dass mein Leben in Israel das einer Ausländerin sein würde; und dann hörte ich auf einmal eine sehr melodische Musik, die immer näher kam, und kurz darauf stand ich vor einer Gruppe Hassidim, die in ihren schwarzen Gewändern singend den Sabbat empfing. Das reichte. Ich war so ergriffen, dass ich anfing zu weinen. So als ob die Melodie mir sagte: ›Hier gehörst du her.‹« Als Marie mir von ihrem Leben in Israel erzählte, begriff ich, dass ich dies niemals mit ihr würde teilen können, dass mein Leben eine Geschichte der Normalität gewesen war, normale Eltern, normale brasilianische Mittelschichtfamilie, ohne Vergangenheit voller Eroberungen oder Fehlschläge, ohne etwas, auf das man hätte stolz sein können, normale Leute, mit normalen, langweiligen Sonntagen in einer gesichtslosen Stadt, umzingelt von uninteressanten Menschen, Menschen, die ich nie wiedergesehen habe, ohne jede Einmaligkeit, ohne jedes Gefühl. Praktisch ein Nichts. Es bedeutete mir absolut nichts, einer katholischen Familie anzugehören. Die Rituale, die Gebete, nichts. Meinen Eltern bedeuteten sie nicht das Geringste. Mir noch viel weniger. Die Überreste meiner religiösen Existenz waren einzig die Erinnerungen an die Erstkommunion, an die Beichte, daran, dass der Pfarrer zu mir gesagt hatte, ich sei ohne Sünde, und dass ich gedacht hatte, all das sei zu einfach. Man musste nur um Vergebung bitten. Sündigen und um Vergebung bitten. Und der Lohn war stets die Absolution, denn letzten Endes war Gott ein Idiot.

Kurzum, all das zeigte, wie sehr ich mich aus Maries Leben ausgeschlossen fühlte. Sogar der Umstand, dass wir niemals über meine Nichtzugehörigkeit zur jüdischen Welt sprachen, hatte etwas zu bedeuten. Das Unausgesprochene ist das Wirkliche. Das Störende. Das Nagende. Ich bin es leid, nur deine Hülle zu besitzen, hatte ich vorgehabt zu sagen an jenem Tag, ehe ich zum Flughafen fuhr. Marie war nach wie vor im Schlafzimmer eingeschlossen, schweigend, gekränkt, weil ich so ungehobelt zu ihren Eltern, ihrer Familie gewesen war. Ich bin es leid, außen vor zu sein, hier draußen zu stehen, wollte ich sagen. Komm sofort heraus, wollte ich schreien. Doch ich blieb bei meiner Versöhnungspolitik. »Falls du sauer bist wegen der Geschichte mit den arabischen Kindern gestern bei deinen Eltern, lass dir gesagt sein, dass ich hundert Prozent gegen die Intifada bin«, rief ich vom Wohnzimmer aus, derweil ich auf der Suche nach den Partituren die Regale durchstöberte. Wie hatte Adriana sie nur vergessen können? Unglaublich, die Inkompetenz der Menschen. »Ich finde die Intifada idiotisch«, fuhr ich fort. »Ich meine sogar, dass für die Araber das Vorhaben, einen palästinensischen Staat zu schaffen, nicht die geringste Bedeutung hat. Ihnen geht es darum, Juden zu ermorden.« Ausgerechnet die *Terceira bachiana* zu vergessen, Adriana war eine dumme Kuh. »Marie, kannst du nachschauen, ob die *Terceira bachiana* dort drinnen ist?«, fragte ich an die Tür unseres Schlafzimmers geklebt. »Vielleicht liegt sie in meinem Regal.« Ich bestand darauf, dass sie danach suchte. Fehlanzeige.

Es dauerte lange, bis ich die Geduld verlor, doch mit einem Mal kochte mir das Blut. Ich drohte Marie, ihre Violine aus dem Fenster zu werfen, ich schrie, trat gegen die Türen, veranstaltete einen solchen Krach, dass der Portier des Hauses klingelte und fragte, ob es bei uns irgendwelche Probleme gebe.

»Der Pförtner denkt, dass ich dich umbringen will, Marie«, sagte ich, nachdem ich mich für das Vorgefallene entschuldigt und den Mann fortgeschickt hatte.

Es dauerte nicht lange, und Marie öffnete die Tür. Sie war barfuß und im Schlafanzug.

»Komm«, sagte sie.

Ich ging zu ihr. »Wirst du mir verzeihen?«, hatte ich vor,

sie zu fragen, doch sie nahm mich in den Arm, wir standen eine Weile schweigend da, und anschließend krochen wir ins Bett, hastig, keuchend, sehnsüchtig, und erlebten das, was Marie als unseren »ultrafrenetischen Abschied« bezeichnete. Im Allgemeinen verfiel ich nach dem orgiastischen Frieden in eine Art Benommenheit, fühlte mich energielos zwar, aber erlöst von dem Gift in mir und annähernd ruhig.

Marie verlor kein Wort über den Skandal, den ich am Abend zuvor verursacht hatte, und das versöhnte mich. Mittelfristig würden weder Kritik noch Verzeihen irgendetwas bewirken. Ich fühlte mich unfähig, sie nicht erneut zu verletzen. Ich wusste, in Kürze würde ich abermals vergiftet sein, voller Wut, ein Teufelskreis, mein Verhalten, ich ging vor und zurück, baute auf und zerstörte, erschuf und eroberte, um hinterher alles kaputtzumachen.

Auf dem Weg zum Flughafen aber begriff ich plötzlich, dass Marie letztlich Bestandteil dieses perversen Kreislaufs war. Egal, was passierte. Egal, wie verkehrt alles lief. Wie enttäuscht sie war. Wie sehr ich mich verletzte. Wie viel Fleisch an unserem Stacheldraht hängen blieb. Wir hatten einen Pakt. Einen Pakt gegen alle Explosionen, gegen die schwarze Galle, gegen die Wut, gegen die Trennung. Nichts würde uns etwas anhaben können. Sie gehörte mir und ich ihr. Für immer.

Auch Teresa am Steuer mit ihrem üblichen Missmut konnte nichts an meiner Laune ändern. Unsere Tochter hatte beschlossen, mit mir zusammen nach Europa zu reisen. In ihrer jugendlichen Tapsigkeit saß sie da im Auto und wollte uns den Fotoapparat vorführen, den sie für die

Reise gekauft hatte. Doch Teresa mit ihrer Rosskur aus Gemeinheiten war nicht gewillt, sie zu Wort kommen zu lassen. Ich bin mir nicht sicher, aber ich vermute, das ganze Gerede über die Gastdirigenten in meinem Orchester diente dem Zweck, mir zu verstehen zu geben, dass meine internationale Karriere sich einzig und allein dem verdankte, was sie als »Tauschsystem« bezeichnete. Wir, die Dirigenten, tauschten Gefallen aus, und deshalb seien wir ständig auf Reisen. Teresa hatte eine Art, Dinge zu sagen, die sie für »indirekt« hielt. Sie fragte, ob ich die Partitur während des Flugs studieren würde. Es war so, als ob sie sagte: Schau nur, wie kinderleicht es ist, Dirigent zu sein. Ein einziger Betrug. Ihr bereitet euch nicht mal mehr vor. Ihr fliegt hin, dirigiert und fertig. Egal wie. Ohne den geringsten Respekt vor der Musik oder dem Publikum. Ich ließ nicht zu, dass Teresa mit ihrem Blabla fortfuhr, dessen Sinn in der Sinnlosigkeit meines Berufsstandes lag. Dieses Buch hatte ich bereits gelesen. Ich bat Eduarda, mir den Gebrauch ihres Fotoapparates zu erklären.
Wir kamen zu spät am Flughafen an, fast hätten wir die Maschine verpasst. Eduarda wollte noch ein paar Zeitschriften kaufen. Ich blieb in der Tür stehen, schimpfte mit Teresa und drängte meine Tochter zur Eile.
Es war eine lange Reise.

10

Als ich in Deutschland lebte und Dirigieren studierte, war ich beeindruckt von der Menge reizender Kinder in der Stadt und der unendlich größeren Anzahl schrecklicher Erwachsener. Nach einiger Zeit konnte ich fast nicht anders, als diese außerordentlich schönen Kinder aufmerksam zu beobachten, um alsdann bei der Betrachtung ihrer feisten, tomatenroten Mütter mit perversem Vergnügen festzustellen, dass sie »so etwas« Grauenhaftes oder vielleicht sogar noch viel Schlimmeres werden würden. Es ist wahr, ich habe Kinder noch nie gemocht. Mich hat immer verblüfft, wie schnell sie lernen zu lügen, zu betrügen, scheinheilig und egoistisch zu sein, wie rasch sie sich in dümmliche Erwachsene wie wir alle verwandeln. Außerdem ist es mit der Ehe vorbei, wenn die Kinder geboren werden. Sie sind die Verwirklichung der Frau, niemals die des Mannes. Bei Teresa und mir war das nicht anders. Eduarda kam auf die Welt und ergriff gefräßig von ihrer Mutter Besitz. Natürlich liebte ich meine Tochter, aber auf eine diffuse Art und Weise. Das Vatersein hat stets widersprüchliche Gefühle in mir geweckt. Der Gedanke, Vater zu sein, war angenehm, doch die physische Anwesenheit des Babys in unserer Wohnung war mir fast unerträglich. Seine Zerbrechlichkeit war erschreckend. Ich hatte Angst vor Eduarda. Angst vor allem, sie umzubringen. Sie zu erdrücken, sie fallen zu lassen und auf ihren Kopf zu treten. Während ihrer ersten Lebensjahre war ich nicht in der Lage, sie auf dem Arm zu halten oder ihr auch nur allzu nahe zu kommen. Dafür entwickelte ich eine zwanghafte Sorge um ihre Gesundheit. Ich gestattete niemandem außer Teresa, sie auf den Arm zu nehmen. Ich fürchtete, die Mikroben meiner Freunde könnten sich in meiner Tochter einnisten. Möbel, Gegenstände, Klinken, alles musste desinfiziert werden, wenn die Besucher gegangen waren, die sich darüber empörten, dass sie bei mir zu Hause einen Mundschutz tragen mussten.

Als Eduarda etwas größer wurde, ließen meine Zwänge nach. Ich besänftigte mich. War meiner Tochter nun näher, wurde liebevoller, doch nicht im Übermaß. Es war schön, wenn dieses gesunde Mädchen mich Papa nannte und mich anschließend in Ruhe ließ. Ich war das, was man als »Vater nach Vorschrift« bezeichnen kann, ein absenter Anwesender. Ich war nicht und irgendwie doch da.

Folglich geriet ich, als Eduarda mich anrief und mir mitteilte, sie wolle mich auf meiner Europatournee begleiten, in helle Verzweiflung. »Warum willst du mitkommen?«, fragte ich in meiner Not. »Ich habe Geburtstag«, antwortete sie. »Gib eine Party«, schlug ich vor. Doch meine Tochter wollte Europa kennen lernen. Ich versuchte, sie davon zu überzeugen, dass Europa fast nur aus Alteisen und Muffigkeit bestand. »Verreisen ist immer lästig«, sagte ich. »Flughäfen sind die Hölle, voller Terroristen und Spürhunde, ich finde es nicht gut, wenn du mitkommst.« Es war Teresa mit ihrer Theorie, mein »pathologischer Egoismus« werde mich noch »total kaputtmachen«, die mich dazu bewog, ja zu sagen und Eduarda mitzunehmen. »Sie gibt dir eine letzte Chance. Jetzt oder nie.«

Was sollte ich mit meiner Tochter anfangen? Wo sollte ich sie hingeben? Wie mich während der Proben von ihrer Gegenwart frei machen? Wie Geduld aufbringen, um mir ihre verquasten Geschichten anzuhören? Ich sah sie schon vor mir, in einen Guide Michelin vertieft, Sätze wiederholend wie »Salzburg ist das deutsche Rom« oder »Amsterdam ist das Venedig Hollands« und mich dazu nötigend, Touristenorte voller Japaner zu besuchen. Es gibt ein paar Regeln, hatte ich vor, ihr zu sagen. Es ist verboten, sich zu verlaufen, es ist verboten, mich zu wecken, mich zu unterbrechen, etwas von mir zu verlangen. Es ist verboten, viel zu reden, komplizierte Dinge zu wollen, mich zum Fastfoodessen aufzufordern. Es ist verboten, Konsumtourist zu sein. Ich stellte eine lange Liste auf, doch es war nicht nötig, irgendetwas davon zu sagen. Im Grunde genommen kannte ich Eduarda überhaupt nicht. Ich wusste nichts über sie.

Eduarda machte alles mit, interessierte sich für alles, verwarf alles, probierte alles aus, wollte alles, lachte über alles und ging auf alles ein. Sie war wirklich sensationell. »Ich bleibe lieber bei meinem Vater«, sagte sie mit köstlich kindlicher Hartnäckigkeit, wenn jemand ihr bei den Proben ein Alternativprogramm vorschlug. Und bei mir zu bleiben bedeutete wortwörtlich, dass sie bei mir blieb. Sie nahm an meinen Proben und Konzerten teil, aß mit mir in meinen Lieblingsrestaurants zu Abend, gemeinsam mit allen möglichen Sorten von Nervensägen, die mich bei solchen Gelegenheiten begleiten, Nervensägen, die nicht reden, Nervensägen, die zu viel reden, ungebildete Nervensägen, gebildete Nervensägen, Nervensägen, die allen möglichen Unsinn sammeln, kurzum, Musiker im Allgemeinen. Ich hätte nie gedacht, dass es mir so gut gefallen würde, mit meiner Tochter zusammen zu sein, mir ihre radikalen Ansichten zu allen möglichen Themen anzuhören, ihr begeistertes Gelächter zu vernehmen.

Damals war meine Geduld für bestimmte europäische Orchester, für die »Rindvieh-Musiker«, wie ich sie nunmehr nannte, bereits erschöpft. Völlig emotionslos weideten sie auf der Bühne. Bei der ersten Probe imponierten sie durch ihre Virtuosität, bei der letzten durch ihre Fähigkeit, hartnäckig auf der Stelle zu treten, sie wurden nicht besser, nicht schlechter, empfanden nichts. Sumpfkühe. Sie können zwar spielen, verabscheuen aber das, was sie tun. Das ist nicht ausschließlich bei den europäischen Musikern so. In den USA ist die Lage sogar noch schlimmer. Die Amerikaner, selbst die der Big Five, hassen es, Orchestermusiker zu sein. Es ist der meistverachtete Beruf des Landes, er steht dem des Gefängniswärters in nichts nach. Es ist sehr unerquicklich, diese Bürokraten zu dirigieren, vor allem, wenn ihre Begabung von der Pöbelherrschaft zernagt wurde. Sie können sich alles erlauben, die Musiker in Genf. Sie dürfen fehlen, sie dürfen zu spät kommen, sie dürfen sich sogar bei der *Achten* von Beethoven verspielen, denn sie werden niemals entlassen. Einige von ihnen sind schon seit fünfzehn Jahren dabei. Fünfzehn Jahre lang immer das Gleiche tun, mit dieser

Schweizer Gefühligkeit. Es kam häufig vor, dass ich nach solchen Proben meinen Agenten in England anrief und ihn fragte, warum ich eigentlich dieses Orchester dirigieren sollte. »Weil du Dirigent bist«, antwortete Freddy. »Und weil du nicht im Range eines Altmeisters stehst, der sich aussuchen kann, wen er zum Teufel schickt.« Ich dachte nicht so wie Freddy. Ich wusste sehr wohl, warum ich dort war: Ich war dort, weil ich Brasilianer war. Wenn man in Brasilien Musiker sein will, muss man ins Ausland gehen. Brasilien hat keine Achtung vor Leuten, die sich entscheiden zu bleiben. Um in Brasilien als Dirigent respektiert zu werden, muss man dem Land praktisch den Rücken kehren. Das gehört zum Geschäft, ich habe das sehr früh gelernt.

Doch schließlich war Eduarda de facto für einen meiner besten Auftritte in Europa verantwortlich. Es war ihr Geburtstag, und ich wollte ihr das Konzert in der Genfer Victoria Hall widmen. Die Sumpfkühe beabsichtigten, mir tatsächlich nicht mehr als ihr technisches Können und ihre musikalische Schweizer Fadheit zu geben. Wir lieferten uns eine Schlacht, die Musiker und ich. »Sie mögen mich nicht«, sagte ich, »und ich mag Sie nicht. Ich verspreche Ihnen, dass ich nicht wieder hierher komme. Aber Sie werden so spielen, wie ich es will.« Bei den Proben gebärdete ich mich wie ein gepeinigtes Tier, ich war ein Alptraum für die Musiker. Ich weiß, sie hassten mich, doch nur bis zum Tag des Konzerts. Am Schluss unserer ersten Aufführung, als der Applaus des Publikums widerhallte, trampelten sie, noch auf ihren Stühlen sitzend, diskret mit den Füßen und bekundeten mir ihre Zufriedenheit und Bewunderung.

Ich weiß, dass Eduarda das Konzert gefallen hatte. Nie werde ich vergessen, wie wir uns überwältigt und schweigend umarmten, auf dem Weg zu Fuß zum Restaurant, in dem wir zur Feier ihres vierzehnten Geburtstages zu Abend aßen. »Weißt du, Papa«, sagte sie, »wir könnten öfter zusammen verreisen.«
Ich hatte eine Woche frei und fuhr mit Eduarda nach Rom, wo ich ein paar Jahre meiner Jugend verlebt hatte. Ich war so begierig darauf, meiner Tochter die Stadt zu zeigen, dass wir am Tag nach unserer Ankunft Blasen an den Füßen hatten. »Papa, du könntest gut einen von diesen Reiseführern schreiben, so etwas wie Lernen-Sie-Rom-kennen-wie-Ihre-Westentasche.« Wir liefen die ganze Via Giulia hinunter, von der von Michelangelo entworfenen Brücke, die den Palazzo Farnese mit der Villa Farnesina verband, bis zur florentinischen Kirche, sahen uns alles an, ohne jede Eile, das Haus Sangallos, das von Michelangelo, die Fresken von Caravaggio im Castello Rizzi, das Museum des Verbrechens, die Galerien, kurzum, es war herrlich. Teresa war nie eine gute Reisegefährtin gewesen; sie liebte es, einzukaufen und Schaufenster zu betrachten. Und Marie war nicht so neugierig wie Eduarda. Morgens entschieden wir, was wir unternehmen würden, verbrachten den ganzen Tag draußen und »inspizierten jeden Winkel Roms«, wie Eduarda es ausdrückte. »Wir können einen Guide Michelin schreiben, Papa. Im Ernst. Erkunden Sie Rom in zwölf Jahren. Denn bei unserem Tempo, wenn wir überall stehen bleiben und uns sämtliche unwichtigen Details anschauen, dann wirklich nur, wenn wir hier leben.« Am fünften Tag der Reise war sie schon nicht mehr so fidel. »Wir sind den

ganzen Tag unterwegs, Papa, wir haben gar nichts vom Hotel. Lass uns ausschlafen. Das Frühstück aufs Zimmer bestellen. Sie haben Filme zum Ausleihen. Ich kann keine Kirchen, Plätze, Ruinen und auch keine Skulpturen von Bernini mehr sehen. Ich weiß nicht mehr, wer Sangallo war, welche Kirche die von Santa Maria in Cosmedin und welche die von Santa Maria in Campitelli war, wer was gemacht hat. Ich habe vergessen, was romanisch, was gotisch ist, die Stile, in meinem Kopf hat sich alles verknäuelt.«

Unsere Tage in Rom waren der schönste Teil der Reise. Ich fühlte mich ausgeglichen, schlief gut, war konzentriert bei meiner Arbeit. An Marie dachte ich fast überhaupt nicht. Ich empfand fast keine Liebe für sie. Um ehrlich zu sein, war es so, als ob Marie gar nicht existierte, und ich verspürte nicht das geringste Bedürfnis, mit ihr zu sprechen. Manchmal rief sie mich im Morgengrauen an, holte mich aus dem Bett, vermutlich bekifft, um völlig überzuckerte Dinge von sich zu geben. »Sag mir, dass du mich liebst«, bat sie, »sag mir, dass du mit mir ins Bett gehen willst, sag, dass du aufgeschmissen bist ohne mich.« In diesem Augenblick war es völlig absurd, diesen Unsinn nachzusprechen. Ich war nicht aufgeschmissen, ich war konzentriert und dirigierte ausgezeichnet. Dirigierte mit solcher Begeisterung, dass ich sogar die Schweizer Musiker angesteckt hatte. »Unser Timbre hat sich verändert, seit Sie hier sind, Maestro«, sagten sie. »Brasilianischer Dirigent offenbart Schönheit lateinamerikanischer Kompositionen«, stand in den Zeitungen. Man kann unmöglich von brasilianischer Musik reden, ohne unsere südländische Exotik hervorzuheben. Wir schleppen Brasilien mit uns auf dem Rücken, wir Brasilianer. Aber ich war, kurz gesagt, kein bisschen aufgeschmissen. Mir riss die Geduld mit Marie. Besonders an dem Tag, an dem sie zu mir sagte: »Ich muss dir etwas erzählen. Am kommenden Feiertag fahren wir mit meinem Vater nach Chile. Er hat uns eingeladen, es ist ein Geschenk von ihm. Es wird herrlich werden, du musst dich ausruhen, wir nehmen ein paar von deinen Partituren mit, Bücher, und wir können jeden Tag wandern gehen. Ich habe mit Adriana schon nachgeschaut, du hast in der Woche keine Konzerte. Meine Cousine Fanny fährt auch mit. Und ihr Freund, ein Künstler aus New York, meiner Mutter zufolge ein hochinteressanter Junge. Und ihr? Was gibt es Neues?« »Du kannst alleine nach Chile fahren«, antwortete ich. Marie knallte den Hörer auf. Am nächsten Tag waren gleich mehrere Nachrichten auf dem Anrufbeantworter des Hotelzimmers, es waren ziemlich idiotische Mitteilungen: »Guten Morgen, du undankbarer Kerl, nur damit du weißt, dass ich an dich gedacht habe«, »Ich wollte dir nur sagen, dass ich dich liebe«, »Ich wollte dir nur mitteilen, dass du mich nicht los wirst«. Und sie wurden von Mal zu Mal schlimmer. »Ich bin gekränkt. Warum rufst du mich nicht mehr an?« Na bitte, dachte ich, die Litanei hat begonnen. Da kommt das Frauchen zum Vorschein. Gekränkt. Das ärgerte mich ungemein. Ich kann gar nicht erklären, warum. Vielleicht, weil in meiner Vorstellung unsere Geschichte noch nicht einmal richtig begonnen hatte, und schon bildete sich dieser Bodensatz rings um uns her.

So war meine seelische Verfassung. Und dann plötzlich wurde es schlimm. Es war in Triest, unmittelbar nach meinem Konzert. Wir waren im Hotel, Eduarda schlief im Nebenzimmer, ich war nicht müde. Nach einem Konzert kann ich nie schlafen. Die Musik klingt noch eine gute Weile in meinem Kopf nach. Es war schon nach drei Uhr morgens, ich las einen Artikel über den Selbstmordanschlag eines Palästinensers. Gleich nach Marie beschäftigte mich bei meiner Lektüre vorrangig die Frage des Nahostkonflikts. Zurück zu dem Selbstmordattentäter: Vier Tage vor dem Ereignis, so der Artikel, hatten drei Selbstmordattentäter fünfundzwanzig Juden getötet. Und wiederum drei Tage zuvor hatte ein anderer Selbstmordattentäter drei Juden an einer Bushaltestelle in die Luft gejagt, während fast zur gleichen Zeit in einem anderen Stadtteil jüdische Soldaten zwei Palästinenser umgebracht hatten. Und zwei Tage davor hatten zwei Palästinenser zwei Juden in einer Eisenbahnstation getötet und waren unmittelbar darauf von Juden umgebracht worden. Dieses Artikels wegen beschloss ich, Marie anzurufen. Sie behauptete ständig, dass sie diesen Hass verstehen wolle. Dort war die Erklärung. Umkehreffekt. Alle bringen sich gegenseitig um. Der Grund war nicht mehr von Bedeutung. Deswegen rief ich Marie an. Um über den Krieg zu reden. Bei uns zu Hause ging niemand ans Telefon. Und dabei war es in Brasilien bereits elf Uhr. Später, um zehn nach elf, ließ ich es weiterklingeln, pausenlos. Halb zwölf, Mitternacht, zwei, drei, fünf Uhr morgens. Nichts. Als ich es auf dem Handy versuchte, nahm zuerst keiner ab. Bei den nächsten Malen wurden die Anrufe direkt an die Mailbox weitergeleitet.

Es dauerte keine halbe Stunde, bis ich in meinen alten Zustand der Unruhe verfiel. Mein altes, verletzliches und schutzloses Ich funktionierte wieder bemerkenswert schnell. Was ist los?, fragte es. Es war, als ob auf einmal mein gesamtes Mark zernagt würde. Nichts schützte mich, ich war weder imstande, sitzen zu bleiben noch zu stehen. Grauenvolle Bilder tauchten vor meinem geistigen Auge auf. Marie, die flüsterte, stöhnte, unsere im Bett gesagten Worte, aber was sie sagte, galt nicht mir, ich war nicht dort, jemand anderes war an meinem Platz. Alles, was wir miteinander trieben, tat sie auch mit anderen, mit jemandem aus ihren Kreisen, einem Juden, einem Musiker vom Orchester, einem Fremden, einem Feind. Jemand in ihrem Alter. Ich dachte an Adriana. Auch meine Sekretärin hatte eine ernsthafte Beziehung. Trotzdem hatte sie mir ihr Piercing gezeigt, trotzdem hatte sie mir bei der erstbesten Gelegenheit die Zunge in den Mund geschoben. Ich musste an unser letztes Gespräch zurückdenken, als ich sie in Brasilien angerufen hatte und wissen wollte, wie es mit dem Orchester lief.

»Es war göttlich, als du mich auf den Mund geküsst hast«, sagte sie.

»Ich habe dich nicht auf den Mund geküsst«, erwiderte ich.

»Nicht? Und was war das dann bei mir auf dem Bett?«

»Du hast mir deine Zunge in den Mund gesteckt.«

»Ach, wirklich? Wie aufdringlich, wie unhygienisch, anderen Leuten einfach die Zunge in den Mund zu stecken. Du solltest mich entlassen, Maestro.«

So sind die Frauen. Sie betrügen. Und die Männer desgleichen. Wir barbieren die Menschen, die wir lieben, über den Löffel. So lautet die Regel. Sie gilt für alle, für mich, für Adriana, warum sollte sie nicht für Marie gelten? Ich verbrachte die Nacht damit, die Nummer von zu Hause zu wählen. Der Fernseher zeigte ohne Unterlass Kriegsbilder. »Freundliches amerikanisches Feuer«, sagte der Reporter, um zu erklären, dass die USA ihren eigenen Arsch mit dem getroffen hatten, was sie als »intelligente Missiles« bezeichnen.

Ich hatte noch ein weiteres Konzert in Neapel. Bereits vor sieben Uhr duschte ich und regelte alles. Ich sprach mit meinem Agenten in London, es war nicht schwer, einen Ersatzdirigenten aufzutreiben. Verfügbare Dirigenten gibt es auf dem Markt wie Sand am Meer.

Ich fuhr zum Flughafen, meine Tochter im Schlepptau, ohne zu wissen, ob wir an Bord konnten, die Flüge nach Brasilien waren ausgebucht. Schließlich flogen wir nach Lissabon, übernachteten in einem grässlichen Hotel und bekamen einen Tagflug nach Brasilien. In der Maschine war ich wie eine Bestie. Ich machte Eduarda das Leben schwer, ich glaube, endlich war sie so weit, dass sie nicht mehr mit mir verreisen wollte.

Ich kam um fünf Uhr nachmittags in São Paulo an. Es regnete stark, der Himmel war düster, und mein Gefühl sagte mir, dass alles noch viel schlimmer kommen würde.

11

Ich spritzte mir Wasser ins Gesicht und betrachtete mich im Spiegel. Fletschte die Zähne. »Du siehst furchtbar aus«, hatte Teresa Minuten vorher zu mir gesagt, als wir uns in der Flughafenhalle getroffen hatten. Außerdem hatte sie gesagt: »Wenn du das nächste Mal deine Pläne änderst, sei nicht so egoistisch.«

Teresas Auftritt hatte mir nicht gefallen. Wir waren bereits aneinander geraten, als ich sie aus Portugal angerufen hatte, um ihr mitzuteilen, dass Eduarda und ich den Rückflug nach Brasilien vorverlegt hatten. »Jetzt hast du mir mein Wochenende verdorben«, sagte sie. Sie hatte vor, »mit Freunden zu verreisen«, und musste ihr Programm unserer unverhofften Rückkehr wegen absagen.

So benahm Teresa sich jetzt. Benutzte Ausdrücke wie »unsere Philosophiestudiengruppe« und »nördliche Küstenregion« auf eine besonders affektierte Art und Weise und setzte sie wie Waffen ein, um mich zu kränken, Ausdrücke, die vollendet mit den hohen Absätzen und den extravaganten Ringen harmonierten, die sie nun trug. Mir fiel auf, dass sie dünner war. Und muskulöser. Und außerdem größer. Ich hatte das Gefühl, dass Teresa seit unserer Trennung ein paar Zentimeter gewachsen war. Und dass sie mir nichts mehr zu sagen hatte als eben das.

Es war traurig, mich von meiner Tochter zu verabschieden. Unsere Reise hatte unschön geendet, ich war ungeduldig mit ihr gewesen, vor allem auf dem Flug. »Denk nach, Eduarda«, hatte ich gesagt, »bevor du mir blöde Fragen stellst. Überspann nicht den Bogen.« Und als sie sich unmittelbar nach der Durchsage aus dem Cockpit vergewissern wollte, dass der Flug tatsächlich zehn Stunden dauerte, konnte ich meine schlechte Laune nicht zügeln. »Haben sie nicht genau das eben gerade gesagt? Wenn sie von zehn Stunden geredet haben, dann, weil es zehn Stunden sind. Oder meinst du, dass sie uns anlügen?« Eduarda zeigte in solchen Situationen keinerlei Reaktion, keine Gekränktheit. Auch darin waren wir uns ähnlich. Wir hatten beide das, was ich »die Mauer« nannte. Eine Mauer dort im Inneren, vor dem Gesicht, die nichts durchschlüpfen ließ. Nichts trat heraus, keine Information, kein Gefühl. In ihrem Alter war ich ganz genau so gewesen. Ich verstand es bestens, mir die größten Unverschämtheiten anzuhören und sie zu ignorieren. Verstand es, reglos und überdies unsichtbar zu bleiben. Aus dieser Reglosigkeit hatte ich mich hinausgerettet, indem ich Dirigent geworden war. Hermetisch geworden war. Indem ich eine merkwürdige Art entwickelt hatte, die anderen zu lieben. Doch Eduarda konnte sich noch nicht schützen. Sensibel nahm sie meine rüden Zurechtweisungen auf, nichts an ihrem sanften Gesichtsausdruck veränderte sich. Bei unserem Abschied wollte ich zuerst etwas über das »nächste Mal« sagen, doch hielt ich es für besser, den Mund zu halten. Ich wollte keine Verpflichtung eingehen.

Teresa hatte recht. Ich sah tatsächlich furchtbar aus. Der Geruch der Flughafentoilette hatte zur Folge, dass ich mich noch schlechter fühlte. Mit der Globalisierung ist alles Schlechte auf der Welt gleich geworden, die Vorstädte, die Flughäfen, die Hotellobbys und auch die Gerüche. Ein globalisierter Gestank nach Desinfektionsmittel, Air Condition und Lavendel. Mein Kampfer war ausgegangen, ich hatte den Rest auf dem Rückflug nach Brasilien aufgebraucht.

Ich ging in die Apotheke, kaufte welchen und begab mich zum Abflugterminal. Es war zu früh für meine Pläne, überlegte ich, obwohl ich mir noch gar nicht genau darüber klar war, welche meine Pläne waren. Ziellos schlenderte ich ein wenig umher, gereizt von der Betriebsamkeit rings um mich herum. Der fliegende Mob, eine riesige, mit Mobiltelefonen ausgestattete Menschenmasse, die von Garantie- und Lieferkonditionen, Ersatzteilen, ursprünglichen Laufzeiten redete. »Wir wollen einen gesonderten, schriftlichen Vertrag, haben Sie gehört?« »Die Probleme resultieren aus dem Chronogramm.« Und die Namen, die sie nannten, Odair, Ednéia, Amílton, »das bleibt Ihrem Urteil überlassen, Ivaldo«. Ich malte mir aus, wie wohl das Urteil von Ivaldo am anderen Ende der Leitung ausfallen mochte. Ein Stall, der Flughafen. Das Vieh darin die Manager, Geschäftsleute, der Pöbel, die Marketingleiter. »Omar, wir haben ein Meeting mit den Leuten von der Geresa im Dip.« »Er ist der CEO von Pix.« Lärmende Tiere. Ich versuchte, der Menge zu entfliehen, und betrat eine Buchhandlung. Doch dort war

eine noch größere Menschenansammlung, die Zeitschriften kaufte. Ungeheuerlich, diese Blätter, die sie vertreiben. Und die Leute kaufen sie. Ständig die gleichen Magazine, mit den gleichen Titelbildern, den gleichen Artikeln, den gleichen Schauspielerinnen, den gleichen Partys, den gleichen Diäten, eine komplett blonde Welt. Brasilien war jetzt ein Land der Blondinen, so der Schluss, zu dem ich gelangte, als ich die Titelblätter der Illustrierten sah. Selbst unsere Negerinnen sind blond. Und das in Brasilien. Teresa war ebenfalls blond, das war mir aufgefallen. Sie hatte sich die Haare gefärbt. Und es stand ihr gut, der Goldton hatte ihr ausdrucksvolles Gesicht sanfter, ihre Züge milder gemacht. Ich war im Begriff, ihr das zu sagen, »du siehst großartig aus«, aber Teresa war schneller und erklärte, ich sähe »schlimm« aus. »Einfach grässlich.«
Um Viertel vor sechs kaufte ich ein Buch von Coetzee und ging in die Bar des Flughafens. Es gelang mir nicht, auch nur eine Zeile zu lesen. Nicht einmal der Kampfer übertönte den furchtbaren Geruch des Teppichs. Ich war Spezialist für die Identifizierung von Teppichgerüchen, selbst wenn die Teppiche bereits entfernt worden waren. Der Gestank prägt sich der Umgebung ein, genau so, wie der von einem guten Dirigenten erzeugte Ton im Orchester zurückbleibt. Es gibt Orchester, die so von dem Ton eines Dirigenten durchdrungen sind, dass es vieler Proben bedarf, sich von ihm zu befreien. Das ist der Vorteil der Musik. Bei Teppichen hingegen gibt es nichts, kein Mittel, das den verfluchten Geruch zu beseitigen imstande ist.
Um sieben Uhr rief ich von einem öffentlichen Telefon aus Marie an.

»Wo bist du? Man hat mir gesagt, du seist aus dem Hotel ausgezogen«, sagte sie.
»Wir sind unterwegs nach Ligurien. Am Sonntag fahren wir nach Neapel zurück. Und du?«
Ich weiß nicht, worüber wir sonst noch sprachen, ich war zu aufgewühlt. Ich erinnere mich nur noch daran, dass sie etwas sagte wie »Cláudio ist dabei, eine sehr gute Beziehung zum Orchester aufzubauen«, und dass mich das aufbrachte. »Cláudio ist ein Schwachkopf«, antwortete ich, bevor ich auflegte, obgleich ich anderer Meinung war. Ich respektierte meinen Assistenten.
Ich ging zurück zur Bar, der Kellner hatte den Fernseher angeschaltet. Eine ganze Weile lang blieb ich auf dem Sofa sitzen und spürte, wie das Blut in meinen Schläfen pochte. Und dann wurde auf einmal alles ganz klar. Es reicht nicht, dass man etwas besitzt, man kann es immerzu verlieren, alles kann jederzeit vorbei sein. Das ist die Liebe. Etwas, das im Nu zu Ende sein kann. Marie, die mein gewesen war, gehörte mir nicht mehr, unsere Bindung, unser Pakt, alles hatte sie auf den Müll geworfen. Ich durchschaute die Situation völlig. Marie betrog mich. Dieser Gedanke kam mir genau in diesem Moment. Bis dahin war das, was ich verspürt hatte, eine diffuse Seelennot gewesen. Es dauerte, bis mir das Wort einfiel, das mit allem Nachdruck alles zusammenfasste. Verrat. Dann doch sie lieber verlieren. Sie mir tot vorzustellen war weniger schmerzlich. Es ist eigenartig, wie die Gedanken in den Köpfen der Menschen entstehen. Das dachte ich jedes Mal, wenn ich die Schreckensmeldungen in der Zeitung las. Ist das tatsächlich einfach so passiert, dachte ich, ungeplant? Ist das Schicksal? Sind tatsächlich alle

Ereignisse schon irgendwo in der Zukunft vorhanden und treten, egal, was man tut, eines Tages in unser Leben? Wie kommen die Tragödien zustande? Sie passieren einfach. Die Gedanken tauchen plötzlich in unserem Kopf auf. Zuerst sind sie ein Fädchen, quasi ein Nichts, und man versucht, nicht daran zu denken, doch man denkt die ganze Zeit daran. In dem Moment war alles sonnenklar. Ich war voller Hass. Dachte an Rivalen, Schwüre, geheime Dinge. Und an Dolche. Messer. Gift. Stricke. Stiche. Kalium. Wo war Marie gewesen in der Nacht, als ich sie angerufen hatte? Nach dem dritten Whisky wurde alles leicht. Ich ersann eine Form, mein Problem endgültig zu lösen, eine perfekte Art und Weise, um keinerlei Schmerz mehr zu empfinden. Doch dann zerrann alles, und ich schlief ein.

Abends um Viertel nach zehn erwachte ich in ebenjener Bar, rings um mich war großer Lärm. Mir war leicht schwindelig. Ich überlegte, zu Teresa nach Hause zu fahren, vielleicht wäre das besser. Sicherer, dachte ich. Ein paar Minuten lang verspürte ich Sehnsucht nach meinem Leben mit ihr, nach unserer Harmonie. Ich musste auch daran zurückdenken, welchen Genuss es mir bereitet hatte, mir eine neue Partitur vorzunehmen, mich ans Klavier zu setzen, im Wohnzimmer unseres Hauses, eine Tasse Kaffee in der Hand, und in aller Ruhe dort zu sitzen, mir mein Orchester vorzustellen, das ich so gut kannte, mir jedes einzelne Solo auszumalen, und dazu Teresa auf dem Sofa, die alles so friedlich machte. Ich verspürte Sehnsucht danach, nach Hause zu kommen und vor dem Einschlafen meine Nase in Teresas kurzem Haar zu vergraben, sonntags schweigend mit Teresa im Wohn-

zimmer zu sitzen, nur wir beide, und Zeitung zu lesen. Doch all das hielt nur ganz kurz an; wenn ich mir vorstellte, wie ich dort eintraf, war mein Bedürfnis zurückzukehren wie weggeblasen.
Ich nahm ein Taxi, es regnete ziemlich stark. Der nasse Asphalt und die sich darin spiegelnden Lichter ließen die Stadt weniger schmutzig wirken. Doch der Eindruck täuschte. São Paulo war nach wie vor verkommen.
Ich bat den Taxifahrer, bei mir zu Hause an der Ecke zu halten. Ich stieg aus, ging die Straße entlang, meinen Rollenkoffer hinter mir herziehend. Ein paar andere Leute taten das Gleiche mit ihren Hunden. Zumindest scheißen Koffer nicht, dachte ich.
Um zehn Minuten vor Mitternacht stand ich vor der Tür meiner Wohnung. Ich zitterte wie Espenlaub. Mir war bange zumute, doch nicht unbedingt wegen dem, was ich möglicherweise dort drinnen vorfinden würde. Hauptsächlich hatte ich Angst vor mir selber. Ich schloss die Tür auf und ging hinein.

12

Es war ein Schuh mit länglicher Spitze aus feinem Leder in einem Farbton von verbranntem Rot, innen ganz und gar mit blassrosa Seide ausgekleidet; dort stand in vertiefter Reliefschrift »Valentino« zu lesen. Obendrauf drei winzige, handgefertigte Rosen. »Ich glaube, das sind die schönsten Schuhe, die ich je besessen habe«, hatte Marie gesagt, als ihre Mutter sie ihr schenkte. An ihren schmalen Füßen wirkten sie wie Juwelen, und dort in meinen Händen waren sie wie eine Trophäe, die zu gewinnen ich niemals wert sein würde. Ich hatte verloren, dachte ich.

Kurz nachdem ich Marie kennen gelernt hatte, war ich zu dem Schluss gelangt, dass es überhaupt nicht schwer sei, mit einer dreißig Jahre jüngeren Frau zu leben. Es erfordert vor allem, dass man sich die ganze Zeit über verstellt. Und wir verstehen es, uns zu verstellen, wir Dirigenten. Es gibt keinen anderen Beruf, in dem man so viel vortäuschen kann. Begeisterung, Vitalität. Effizienz. Gelehrtheit. Macht. Erfolg. Männlichkeit. Ich kann das Phänomen nicht mit anderen Worten erklären, aber es hat viel mit der sexuellen Anziehungskraft zu tun, die ein Dirigent weckt. »Frauen lieben Dirigenten«, sagte mein Professor für Dirigieren in Deutschland. »Wenn wir aufs Podium steigen, mit unserem Taktstock in Aktion, hören sie Chopins Ausruf vor Delfina Potocka: ›Gott rette den allmächtigen Penis!‹.«

Ich aber hatte mich letztlich nicht genug verstellt, dachte ich und legte den Schuh auf den Boden.

Mit aller Vorsicht ging ich weiter und musterte jede Einzelheit, mein Studio, mein Klavier, meinen Brahms an der Wand, meine Bücher, alle meine Sachen standen dort, aber es war so, als ob in Wirklichkeit nichts stimmte. Es war nicht mehr meine Wohnung. Die verstreuten Zeitungen, Partituren, alles Lüge. Ich war verstört, überlegte fortzugehen, in ein Hotel zu gehen, doch stattdessen begab ich mich in die Küche und ergriff das Sashimi-Messer, das wir in New York gekauft hatten.

Ziellos lief ich eine Weile damit umher, ehe ich zu unserem Schlafzimmer ging und reglos vor der Tür stehen blieb; ich spürte, wie rasch ein eisiger Strom in mir aufstieg, der aus der Klinge zu wachsen schien. Ich versuchte zu erlauschen, was drinnen im Schlafzimmer vor sich ging, doch in meinem Kopf war ein Sausen, eine Art Maschine, ein laufender Motor, der mich nichts hören ließ. Ich fühlte, wie ich von einem Sturzbach furchtbarer Gedanken überschwemmt wurde.

Ich öffnete die Tür und sah: den laufenden Fernseher und Marie, die in Slip und T-Shirt mit einem Buch im Arm in unserem Bett schlief.

Ich machte Licht und begann, das Zimmer auf den Kopf zu stellen. Marie schreckte hoch, ohne zu verstehen, was los war. »Wo ist er?«, fragte ich, während ich Schränke

und Schubladen durchwühlte und alles auf den Boden warf.
Ihr blöder Gesichtsausdruck erboste mich. Auf der Bettkante sitzend, mit wirrem Haar, war plötzlich alle Schönheit aus Marie verschwunden. Eine gewöhnliche Frau, ganz ohne jeden Reiz. Sie sah aus wie eine verblichene, verrenkte Puppe, die nichts als »hm« und »sch« und Schluchzer von sich zu geben imstande war. Selbst ihre Zerbrechlichkeit erboste mich in diesem Moment.
Marie versuchte, aus dem Schlafzimmer zu entkommen, doch ich war schneller und stellte mich vor die Tür.
»Weißt du, wer ich bin?«
Sie antwortete nicht, und das machte mich rasend. Die Augen weit aufgerissen. Wenn es brenzlig wird, werden die Frauen zu Opfern, das hat mich schon immer frappiert. Sie verzapfen den größten Blödsinn, verraten, betrügen, lügen, nerven, machen alles kaputt, und wenn es keinen anderen Ausweg mehr gibt, fangen sie an zu weinen.
»Ich weiß alles übers Lügen und Betrügen«, sagte ich. Marie weinte, aber das zog bei mir nicht. Ich redete weiter auf sie ein, ich sei Dirigent und wisse Bescheid, was im Hause vor sich gehe, wisse von der Verschwörung, wisse, dass dort drinnen jemand sei, der mich zerstören wolle, aber ich sei stark und habe ein Messer. »Niemand wird meinen Platz einnehmen«, schrie ich. Ich wollte all diese Dinge gar nicht sagen, aber ich konnte einfach nicht aufhören. Ich verlor mich in den Sätzen, verlor den Verstand, alles in mir war durcheinander. Ich sprach von einem Komplott, in das hochrangige Leute verwickelt waren. Und dass sie auswärts mit irgendeinem meiner

Feinde geschlafen habe. Sie habe mich betrogen. Habe mit zig Männern gebumst. Mein Herz sei verstümmelt. Ich würde sie lieben. Und Mahler habe gesagt, wo die Musik sei, da sei auch der Teufel. Ich sagte, sie sei bloß »eine Streicherin«, und die Streicher seien die Mittelschicht des Orchesters, die Kinder- und die Zahnärzte, die armseligen kleinen Musiklehrer, die frustriert seien, weil sie es nie zum Solisten gebracht hätten. Sie seien dort in ihrem jämmerlichen Mittelschichtleben hängen geblieben und würden ihren jämmerlichen, mittelmäßigen Dienst verrichten. Nicht mal zu den Holzbläsern gehöre sie. Wenn sie wenigstens zu den Holzbläsern gehörte, dann könnte sie sich als Aristokratin betrachten und die Streicher verachten, so wie Marie Antoinette den hungrigen Pöbel verachtete. Und dass sie am besten mit den Posaunen und den Trompeten verkehren solle, unserem Proletariat, ungebildeten, ungehobelten Leuten, ausgezeichneten Ziegelsteinschleppern.

Dann, so erzählte mir Marie, hätte ich sie an den Haaren gepackt und sie gezwungen, sich auf den Boden zu hocken und gemeinsam mit mir unters Bett zu schauen. Ich kann mich nicht daran erinnern, das getan zu haben. Aber ich weiß noch, dass ich das Messer auf sie gerichtet habe. Ich erinnere mich auch an das Schreckgefühl, das jäh von mir Besitz ergriff, als ich die Waffe zwischen uns bemerkte.

»Benutz das Ding doch«, rief ich, während Marie mir zu entkommen versuchte und ich mich bemühte, ihr gewaltsam das Messer in die Hand zu drücken.

Das geschah, nachdem ich das ganze Zimmer auf den Kopf gestellt und alles auf den Boden geworfen hatte, einschließlich Maries Geige. Mir war der Gedanke gekommen, sie habe in dem Instrument womöglich etwas versteckt, Beweise, Papiere. Ich zertrümmerte alles.

Ich hörte, wie Marie hinausging. Ich hätte hinter ihr herlaufen können, doch beschloss ich, meine Durchsuchung zu Ende zu führen. Ich durchwühlte die gesamte Wohnung; nirgendwo war etwas, in keiner Schublade, in keinem Schrank, weder unter den Möbeln noch hinter den Bildern noch in den Koffern oder den Schuhkartons. An der Seife im Badezimmer kein einziges Haar. Das Einzige, was ich fand, waren Stapel von Zeitungen mit Nachrichten über Israel unter unserem Bett. Die meisten berichteten über Bombenexplosionen und zeigten Fotos von blutüberströmten Menschen und Soldaten, die sich um ihre Rettung bemühten. Ich las fast alles durch. Das Problem für die Ärzte im Gaza-Streifen sind die Fälle von *drop foot*, schrieben die Zeitungen. Die Palästinenser schicken Kinder los, um die israelischen Soldaten mit Steinen zu bewerfen, welche den Knirpsen zur Antwort in die Beine schießen. Selbstmordattentäter in Israel tötet neunzehn Menschen. Selbstmordterrorist ermordet vierzehn Israelis. Siebzehn Tote und neunundneunzig Verletzte. Schwarzer Freitag: fünfundvierzig Tote. In Ramallah haben einhundertfünfzig Panzer die Stadt besetzt. Überall befanden sich Freischärler. Das war es, was in den Zeitungen stand. Ich weiß nicht, wie Marie überhaupt noch an einen Frieden mit den Palästinensern denken konnte. Das hatte sie zu mir gesagt, sie glaubte an den Frieden. Daran, dass alles tatsächlich nur eine Frage der Aufteilung des Landes und der Schaffung zweier Staaten sei. Frieden. Ich musste lachen, als mir das wieder einfiel. Und dann warf

ich mich auf den Boden, hatte nicht einmal mehr die Kraft zu gehen.
Ich schleppte mich ins Wohnzimmer und verbrachte den Rest der Nacht wach, dachte nach. Zuerst überkam mich ein Gefühl großer Erleichterung. Eigentlich war es ausgezeichnet, dass Marie gegangen war, dass alles auf diese Weise geendet hatte. Endlich war ich befreit. Befreit von dieser Hölle. Von den Zweifeln. Von den Zeitungen voller Blut und Hass unter unserem Bett. Mit der Zeit, so dachte ich, würde ich Marie vergessen. So viel würde ich gar nicht verlieren. Letztlich war es mir zu keiner Zeit gelungen, sie gänzlich zu besitzen. Es hatte immer auf tönernen Füßen gestanden, unser Glück. War immer flüchtig, vorübergehend. Kaum war ich in sie eingedrungen, war sie nicht mehr da. Und wenn ich sie verließ, kehrte sie zurück. Und ließ mich draußen stehen. Ein Wetterleuchten und Schluss. Hinaus und herein und alles vorbei, das bedeutete es, Marie zu lieben. Viel besser, Schluss zu machen, dachte ich. Vielleicht würde ich sogar zu Teresa zurückkehren. Ich rief auch bei meiner Exfrau an, doch Eduarda sagte mir, Teresa sei noch nicht heimgekommen. Fast zwei Uhr morgens und sie aushäusig. Damit musste es ebenfalls ein Ende haben. Mit Teresa und diesem lächerlichen Benehmen. Diesen allzu engen Klamotten, und jetzt war sie auch noch blond. Absolut faltenfrei. Als wir uns trennten, war Teresa voller Runzeln, und dann waren sie wie durch ein Wunder auf einmal weg. Eine Posse. Und ich war jetzt frei. Ich würde die ganze Hölle meiner Ehen vergessen. Die Arbeit würde mir dabei helfen. Ich hatte die Musik. An erster Stelle die Musik.

Die ganze Nacht über verspürte ich Erleichterung. Dann, als der Morgen graute, überwältigte mich ein riesiges Schuldgefühl. Erst in dem Moment wurde mir klar, was geschehen war. Ich hatte mich vergiftet. Vielleicht war es etwas gewesen, das ich im Flugzeug gegessen hatte. In meinem Magen lag ein Kuchen aus Stahl. Mein Nacken war steif. Meine Arme schmerzten. Womöglich war das wirklich eine Art Krankheit. Vielleicht sollte ich einen Arzt aufsuchen. Vielleicht gäbe es etwas, das den gesamten Prozess aufhalten könnte. So, blockiert, würde ich mit Marie glücklich sein. Wir würden in dem Stadium verharren, in dem ich nach ihr verrückt war und sie nach mir.

So zu denken gab mir Frieden. Ich hatte mich vergiftet, das würde ich Marie sagen. Ich durchsuchte die Wohnung, im Badezimmer waren ein paar Tabletten. An die Badewanne gelehnt schlief ich mit dem Gefühl ein, alles sei praktisch gelöst. Es war nur eine Frage der Absprache.

13

Eine Krankenschwester und eine Nadel, die sich in meinen Arm bohrte, waren mein erster Anblick. Erst dann verspürte ich den Geruch von Marie. Sah ihren Haarschopf. Ihr Gesicht war verschwommen, ich konnte seine Züge nicht unterscheiden. Monique stand neben ihr und sagte etwas in ihrem Mezzosopran. Vielleicht sprach sie mit mir. »Sie hat eine hübsche Stimme«, sagte ich. Ich fühlte mich etwas bleiern, brauchte eine Weile, ehe ich begriff, was vor sich ging. Nach und nach konnte ich wieder normal sehen. Ich bat alle hinauszugehen. Marie blieb bei mir; sie erklärte mir, am Tag nach meiner Ankunft in Brasilien habe Jânia, unsere Hausangestellte, mich im Badezimmer liegend gefunden. Ich hatte eine größere Dosis Schlafmittel geschluckt und gleich, nachdem ich ins Krankenhaus eingeliefert worden war, zweimal einen Herzstillstand erlitten. Ich hatte ein paar Tage auf der Intensivstation verbracht und war nun außer Gefahr.

Wir haben so große Angst davor zu sterben, zittern unser Leben lang vor dem Ende, leiden bei dem Gedanken an das Nichts, und alles, was ich über den Moment, in dem ich fast gestorben war, sagen konnte, war, dass es ihn nicht gab. In dieser Hinsicht ist der Tod überaus unspektakulär. Ich erinnerte mich an nichts, nicht einmal daran, dass ich hatte sterben wollen, falls ich das denn tatsächlich gewollt hatte. Man hört auf zu fühlen, es ist aus und vorbei, das bedeutet sterben.

Alles erschien mir angenehm in diesen Tagen. Marie kümmerte sich eifrig um meine Gesundheit, vielleicht, weil sie sich verantwortlich fühlte für das, was geschehen war. Es hatte durchaus etwas Erheiterndes, die Verlegenheit der Menschen rings um mich her zu beobachten, alle fühlten sich ziemlich unwohl neben einem Selbstmörder, wussten nicht, worüber sie sich mit mir unterhalten und noch viel weniger, wie sie verheimlichen sollten, was sie über meine Verzweiflungstat wussten. Außerdem ist ein gescheiterter Selbstmörder nicht nur ein Rekonvaleszent, er ist auch eine Art Held, dem man mit einer gewissen Bewunderung begegnet, schließlich legt nicht jeder x-beliebige Hand an sich. Man versuche nur, sich in die eigene Brust zu schießen. Im Krankenhaus wurde dem Umstand, dass ich berühmt war, keinerlei Beachtung geschenkt. Was mir zu echtem Ansehen verhalf, war mein Selbstmordversuch. Tatsächlich stellen Selbstmörder in der Welt der Pathologie die Klasse der Künstler dar. Man kann alles Mögliche an den Menschen beobachten, die einen nunmehr umgeben, Mitgefühl, Neugier, sogar das Bedürfnis nach Autogrammen und Ratschlägen. Hätte ich in dem Moment eine Gemeinschaft der Selbstmörder gründen wollen, dann wäre das überhaupt nicht schwierig gewesen. Wenn ich mich in den Park setzte, um mich zu sonnen, eilten zuhauf die klinisch Depressiven mit irgendwelchem Geschwätz über Musik herbei und kamen alsbald auf das zu sprechen, worum es ihnen eigentlich ging: perfekte Techniken, sich umzubringen. Eine Dame sagte zu mir: »Eines Tages wird es uns gelingen.« Sie hatte es bereits zweimal versucht. »Schlafmittel taugen nichts«, schloss sie. »Am besten ist immer noch Strychnin.«

Nur der Pöbel begegnet einem mit Verachtung. Wenn es Zeit ist, das Zimmer sauber zu machen, wird er von einem Gefühl großer Überlegenheit ergriffen, und er schaut einen an, als sei man der Teufel, und das hat etwas damit zu tun, was in seinen Kirchen über Selbstlosigkeit und Schicksalsergebenheit gelehrt wird. Töten ist leicht; schwer ist es, weiter Fußböden zu schrubben und im Schlamm des Slums Capão Redondo zu versinken. Schwer ist es, Kinder großzuziehen und schmutzige Wäsche zu waschen. Das ist schwer, schienen die Putzfrauen mir zu sagen.

Mit einem Wort, es geht nichts über einen Beinahe-Selbstmörder. »Der Maestro ruht sich gerade aus«, sagte Marie, wenn jemand vom Orchester anrief, »der Maestro darf sich nicht aufregen.« Das gefiel mir natürlich. Wir Dirigenten lieben es, so behandelt zu werden. Mein Professor für Dirigieren in Deutschland war so an diesen gespreizten Umgang gewöhnt, dass er am Ende von sich selbst in der dritten Person sprach. »Der Maestro wünscht, dass Sie auf den Schwung acht geben«, sagte er gleich in der ersten Stunde zu mir. »Welcher Maestro?«, fragte ich, der seine Idiosynkrasien noch nicht kannte. Naiv glaubte ich, dass es noch einen »Maestro« über ihm gebe, eine Art Gott, an den wir uns zu wenden hatten und welcher der höchste Richter bei unserer Abschlussprüfung sein würde. »Ist hier noch irgendjemand anderes im Raum?«, antwortete mein Lehrer. »Ich bin der Maestro. Der Einzige.« Am Anfang fand ich seine exzentrische Art amüsant, doch ein paar Jahre später, als ich überall auf der Welt die Orchester dirigierte, die wir dirigieren müssen, in jener Phase des Lebens, in der wir keine jungen Talente mehr, aber auch noch keine weisen Altmeister sind, wenn wir uns also in der Vorhölle unseres Berufes befinden, zwischen dreißig und fünfzig, und allen Schund dirigieren müssen, der uns vor die Nase gesetzt wird, verstand ich, dass unser Berufsstand nicht von ungefähr so verehrt wird. Es ist eine Art Lohn. Es gibt nichts Einsameres als das Leben eines Dirigenten. Wie schon gesagt, befinden wir uns immer zwischen dem Felsen und dem Meer, in jenem luftleeren Raum, der sich zwischen Musik und Musikern, zwischen Musikern und Publikum, zwischen Partitur und Interpretation bildet. Außerdem hat die Musik in der modernen Welt keinerlei Bedeutung mehr. Klassische Musik ist für einige wenige da. Das war sie schon immer. Selbst die Oper. Ehe sie in Italien populär wurde, war sie eine höfische Kunst, eine Kunst der Liebhaber der griechischen Tragödie und der Geschichtskenner. Wir sind immer noch genauso elitär wie im siebzehnten Jahrhundert. Nur dass wir isolierter, ohne Prestige, fast überflüssig sind. Es ist ein zum Untergang verdammter Beruf, prophezeien manche. Deshalb werden wir mit der gleichen Ehrfurcht behandelt wie die Goldäffchen oder andere vom Aussterben bedrohte Arten.

»Ich will weder König sein noch Kaiser«, sagte Wagner, »Dirigent reicht mir schon.« Es hatte gedauert, bis Marie das begriff. Schließlich hatte ich fast sterben müssen. Ich erinnere mich, dass es bei Teresa sehr viel schneller gegangen war. Aber nach unserer Trennung hatte sich ihre Haltung radikal gewandelt. Sie sagte nie wieder »Servieren Sie dem Maestro einen Kaffee«, wie sie es zu tun pflegte. Aus mir wurde nun »er«. »Frag, ob ›er‹ Kaffee möchte«, sagte sie, wenn ich Eduarda besuchte. Marie jedoch begann dort im Krankenhaus, mich mit meinem Titel anzureden. Anfangs tat sie das nur, wenn Ärzte oder Krankenschwestern im Raum waren, doch dann nannte sie mich aus Spaß auch so, wenn wir alleine waren. »Ich bin ganz versessen darauf, deinen Schwanz zu lutschen, Maestro.«

Im Krankenhaus kam ich endlich wieder zur Ruhe. Ich liebte den Geruch nach Alkohol, der sich von den anderen Düften abhob, den Geruch der sterilisierten Laken, nur der Essensgeruch war mir lästig, doch das verging, sobald man mir Kampfer brachte. Wegen der Medikamente fühlte ich mich manchmal wie ein Sack Kartoffeln auf dem Bett, doch selbst dieses Gefühl war angenehm.

Zwischen Marie und mir herrschte absoluter Frieden. Über das, was geschehen war, das Messer, meine Eifersucht, die zertrümmerte Violine, sprachen wir nicht. Es war, als wenn nichts geschehen wäre. Nicht einmal, als Marie die neue Geige, die ihre Eltern ihr geschenkt hatten, mit ins Krankenhaus brachte, verloren wir ein Wort über den Vorfall. Begeistert über die Schönheit des Instruments verbrachten wir den Nachmittag, und während sie Passagen aus einem Brahmskonzert spielte, betonte ich übertrieben seine harmonischen Qualitäten, obgleich sie nicht viel anders waren als die der alten Violine, die ich in Stücke geschlagen hatte.

Was uns beide anbetraf, so kam mir manchmal der Gedanke, dass solche Krisen uns letztlich zusammenschweißten. Es ist schwierig, unseren Prozess zu erklären, doch es war ein Spiel. Marie hatte dieses Spiel erfunden. Sie fing an, indem sie mich reizte. Ich reagierte, sie bestrafte mich. Es gehörte zum Spiel, dass ich der Schuldige war. Immer. Ich verzweifelte, sie amüsierte sich. Ebenfalls zum Spiel gehörte, dass ich die Spannung lösen wollte, dass ich übertrieb, flehte, schrie, Szenen machte, und so machte Marie einen Rückzieher. Alles kam wieder ins Lot. Nun befanden wir uns also an dem Punkt, wo der eine sich für den anderen umbrachte, und deshalb war sie im Krankenhaus so glücklich. Der Selbstmordversuch war der Höhepunkt unserer Liebesgeschichte. Das Leben im Krankenhaus, herrlich. Sie kam in der Frühe mit den Zeitungen, legte sich zu mir ins Bett, und gemeinsam lasen wir. Nachmittags gingen wir im Park oder auf dem Krankenhausflur spazieren, hielten Händchen, bummelten umher. Manchmal studierte ich irgendeine Partitur, während sie ruhig auf dem Sofa lag und las. Wir schauten uns auch einen Haufen Filme an, die sie in der Videothek neben unserem Haus auslieh. Aus der Bar ließen wir uns Espresso bringen, um ihn zusammen mit der Schokolade zu verzehren, die die Besucher mir mitbrachten. »Das Gute am Rekonvaleszentendasein ist, dass man all diese Dinge ohne das geringste Schuldgefühl tun darf«, sagte Marie. »Ich habe diese Freiheit des Rekonvaleszenten nur mit Haschisch erreicht. Bevor ich anfing, Shit zu rauchen, habe ich es niemals geschafft, einen Nachmittag im Bett zu verbringen, ohne mich irgendwie unwohl zu fühlen. Manchmal hielt ich wie gelähmt die Geige umklammert und konnte weder die Konzentration zum Üben noch die Ruhe für irgendetwas anderes aufbringen. Ins Kino zu gehen, zum Beispiel. Was ist schon dabei, in die Nachmittagsvorstellung zu gehen? Dalva, die dicke Schwarze, die mich großgezogen hat, hat mir dieses preußische Pflichtbewusstsein eingeimpft. Sie war eine Protestantin von der alten Garde. Meine Eltern waren ständig auf Reisen, und Dalva war für meine Erziehung verantwortlich. Und für Dalva bedeutete Erziehung, für alles einen festen Zeitplan zu haben. Du machst dir keine Vorstellung, wie mein Tagesablauf aussah. Es gab feste Zeiten fürs Essen, zum Fernsehen, für die Hausaufgaben, zum Schlafen, zum Aufwachen. Und wenn meine Mutter von der Reise zurückkehrte, stritten die beiden sich, weil Dalva so übertrieb, doch Dalva gewann immer. Sie drohte damit zu gehen, und meine Mutter gab nach. Ich hatte eine Riesenangst davor, sitzenzubleiben. Dalva sprach von den »Sitzenbleibern«, als wären sie so etwas wie Leprakranke. Dalva war eine harte Nuss. Eigentlich habe ich ihretwegen angefangen, Haschisch zu rauchen. Haschisch hat für mich das bewirkt, was sieben Jahre Therapie nicht geschafft haben. Ich habe mich von Dalva befreit. Du solltest ebenfalls rauchen. Haschisch erlaubt mir, nichts zu tun. Keine festen Zeiten zu haben. Mich aufs Sofa zu fläzen, ohne zu lesen, ohne zu üben, ohne Verpflichtungen. Zur Ecke zu gehen und ein Eis zu essen. Mich auf dem Platz auf eine Bank zu setzen und zu verweilen, ohne Hast die Obdachlosen, die Kindermädchen, die Tauben, die Popcornverkäufer zu beobachten. Den

Fernseher anzuschalten und mir den ganzen Schrott anzuschauen. Auch das gehört zum Leben. Irgendwann dieser Tage werde ich dir einen Joint drehen.«
Abends schalteten wir CNN an, um das Treiben der israelischen Armee zu verfolgen. Marie war zu einer Spezialistin auf dem Gebiet geworden, sie kannte sogar Einzelheiten wie das palästinensische Bruttosozialprodukt vor und nach der Intifada und die Namen von Selbstmordattentätern der Hammas und des islamischen Dschihad.
»Und unsere Gewalt?« fragte ich sie irgendwann einmal.
»Was meinst du damit?«
»Du interessierst dich so sehr für Gewalt, warum betrachtest du nicht auch unseren Krieg? Ich verstehe nicht, wie es möglich ist, dass du als Brasilianerin nur wahrhaft leidest, wenn die Araber jüdische Kinder mit Steinen bewerfen. Warum schaust du nicht in unsere Zeitungen?«
»Das ist etwas anderes. Das ist kein Krieg.«
»Es ist schlimmer als dein Krieg. Ihr habt ein Ideal.«
Bei Gelegenheiten wie dieser erteilte Marie mir Lehrstunden darüber, was es hieß, Jude zu sein, über die Bedeutung eines Konfliktes, der beinahe schon ein Jahrhundert währte, über die Schaffung des Staates Israel und andere damit verwandte Fragen. Ich fühlte mich unwohl bei diesen Gesprächen. Es war so, als ob sie zu mir sagte: Du bist ein Goj. Ich bin Jüdin. Dieser Schmerz, diese Erwartung, dieses Verlangen gehören mir, und du wirst sie niemals verstehen. »Du begreifst das nicht«, die gesamte Familie sagte mir das. Bei dem einzigen Mal, als sie mich besuchen kam, erzählte Mira, Maries Großmutter, mir ausführlich von ihrer Reise nach Jerusalem, als Israel den Sechstagekrieg gewonnen hatte. »Der Krieg war erst seit

einer Woche vorbei, von überall her kamen Juden, die ganz versessen darauf waren, zur Mauer zu gelangen, ich fühlte mich wie die Teilnehmerin an einer jener Wallfahrten, die vor tausend Jahren stattfanden, als die Juden den Heiligen Tempel besuchten. Bei der bloßen Erinnerung daran bekomme ich eine Gänsehaut. Du weißt nicht, was das ist«, sagte sie. »Ich kann es mir vorstellen«, antwortete ich aus Höflichkeit. »Nein, du kannst es dir überhaupt nicht vorstellen«, erwiderte sie. »Man muss Jude sein, um das zu verstehen.«

Besuche, Lektüre, Fernsehen, so verbrachten wir die Tage. Ich fühlte mich von Mal zu Mal besser. Mein Psychiater sprach mit Marie und mir und riet mir, eine Analyse zu machen: »Die Medikamente helfen«, sagte er, »aber eine therapeutische Begleitung ist fundamental wichtig.«

»Das mache ich nicht«, sagte ich zu Marie.

»Hast du Angst?«

»Ich bin zu faul. Zu faul zum Reden.«

»Aber es ist ein medizinischer Rat.«

»Du klingst wie Monique, wenn du ›medizinischer Rat‹ sagst. Marie, mein schönes Kind, meine Prinzessin, ich glaube an Medikamente. Frischfisch stinkt.«

»Da komme ich nicht mit. Hilf mir.«

»Brodsky und ich haben eine Theorie. Die Psychoanalyse taut den gefrorenen Fisch auf. Und die Psychiatrie sorgt dafür, dass der Fisch weiterhin gut riecht.«

Marie lachte. Dann ging sie zum Telefon und vereinbarte einen Termin bei Dr. Homero für die darauffolgende Woche.

Adriana besuchte mich am Tag meiner Entlassung. In der

Zeitung war eine Meldung über meinen Krankenhausaufenthalt erschienen, einige Journalisten hatten angerufen, um Genaues zu erfahren.

»Wenn sie etwas über die *Domestica* von Strauss schreiben sollen, sind diese Wichser lahm wie der hinkende Teufel, aber um zu fragen, ob du tatsächlich versucht hast, dich umzubringen …« Adriana brach den Satz jäh ab. Sie sah mich einige Sekunden lang an.

»Sprich weiter«, sagte ich.

»Ich glaube nicht, dass du versucht hast, dich umzubringen.«

»War es das, was die Journalisten wissen wollten?«

»Ich weiß nicht, woher sie das haben. Du würdest dich nicht umbringen. Ich weiß, wie Selbstmörder funktionieren.«

»Was ist mit deinem Freund?«

»Er ist weg. Willst du, dass ich meine Theorie zu Ende führe?«

»Was für eine Theorie?«

»Über Selbstmörder.«

»Nur zu.«

»Du bist nicht glücklich, das sieht jeder. Um glücklich zu sein, braucht man den automatischen Idioten. Weißt du, wie der funktioniert? Man schaut in den Spiegel und sagt, okay, alles ist gut. Du fällst auf die Schnauze, gehst zu den Anonymen Alkoholikern, stirbst beinahe, um mit dem Trinken aufzuhören, aber du sagst, okay, ich bin glücklich. Du verlierst deinen Liebsten und sagst, alles in Ordnung, ich werde mich nicht umbringen. Das ist bei dir nicht der Fall. Du bist voller Ängste, du leidest den ganzen Tag. Ich weiß das, seit ich ins Orchester gekommen bin. Du leidest wirklich, man merkt das. Aber du bist trotzdem nicht der Typ, der sich umbringt.«

»Nein?«

»Du bist kein Selbstmörder. Eher ein Mörder. Apropos, hast du gestern São Paulo gesehen?«

Marie mochte Adriana nicht. »Warum lacht ihr dauernd? Ich gehe hinaus, ihr lacht, ich komme wieder, ihr lacht immer noch. Was ist der Witz?«

Adriana war es, die lachte. Ich hörte bloß zu. Marie hatte vor allem etwas gegen die Kleidung meiner Sekretärin. »Sie weiß definitiv nicht, was eine ordentliche Bluse ist, die man sich in eine lange Hose hineinsteckt. Ich habe Adriana noch nie in einer Jeans gesehen. Nur mit kurzem Röckchen, Top, ständig reibt sie einem dieses Piercing unter die Nase. Außerdem ist das alles erstunken und erlogen mit ihrer Leidenschaft für den Fußball. Phrasendrescherei. Sie will bloß Eindruck bei dir schinden.«

Ich verließ das Krankenhaus an einem späten Freitagnachmittag. Als ich inmitten eines Gewitters die vom Verkehr völlig verstopfte Rua da Conceição entlang nach Hause ging, musste ich unweigerlich denken, dass ich diese Stadt liebte, dass ich Marie liebte, meine Arbeit, mein Orchester, und das hatte nichts mit dem automatischen Idioten zu tun. Es war alles in Ordnung, alles ruhig, die Aussichten waren gut. Und ich war ganz versessen darauf, zum Orchester zurückzukehren und unser nächstes Fußballspiel zu vereinbaren.

14

Haben Sie unsere Moscheen gesehen? Sie haben sie zerstört. Diese Mörder haben nicht einmal die Geburtskirche verschont. Sie finden hier nichts als Verwüstung. Unsere Kinder werden brutal getötet«, erklärte ein Palästinenser. Die Äußerung eines Israeli: »Wir haben diesen Zynismus satt. Wir zerstören keine Kirchen.« Als ich auf der Flucht vor Jânia das Wohnzimmer betrat, saß Marie vor dem Fernseher und sah gerade die Nachrichten mit Bildern von Anschlägen auf Hotels und Restaurants.

»Bleib bei mir«, sagte sie.

Ich legte meinen Kopf in ihren Schoß. Marie strich mir durchs Haar, während eine Reportage über die Beschlagnahmung von Terroristenhandbüchern mit Rezepten für Nitroglycerin und Ammoniumnitrat in Jordanien gezeigt wurde.

Pausenlos hatte ich den Flur im Auge, gab immerzu acht auf Jânias Bewegungen. Ich hatte das Gefühl, dass sie unaufhörlich hin- und herlief, uns vielleicht nachspionierte.

»Wirst du nicht mehr üben?«, fragte Marie.

Ich tat so, als ob ich mich für die Nachrichten interessierte. Ich wollte nicht allein im Studio bleiben. Seit ich aus dem Krankenhaus zurück war, hatte ich das Gefühl, dass Jânia mich in der Wohnung verfolgte und nach einer Gelegenheit suchte, mit mir alleine zu sein. Gleich bei meiner Ankunft empfing sie mich an der Tür und drückte mir die Hand mit einer Kraft wie zum Reifenwechseln. Das gefiel mir nicht. Minuten vorher an diesem Abend hatte ich, als ich alleine in meinem Studio war und das *Konzert für Orchester* von Lutoslawski analysierte, das ich in Kürze dirigieren würde, ein Werk voller technischer und formaler Schwierigkeiten, welches mir eine enorme Konzentration abverlangte, ihre Gummilatschen über den Flur schlappen hören. Ein entsetzliches Gefühl überkam mich, obgleich ich keinerlei Grund hatte, Jânia zu fürchten oder ihr aus dem Wege zu gehen, außer einem gewissen Unbehagen, weil ich ihr früher einmal vorgeschlagen hatte, Marie zu überwachen. Doch das hatte sich erledigt. Ich hatte ihr unmissverständlich erklärt, dass ich nichts wissen wolle.

Das Problem war, dass Jânia ein merkwürdiges Verhalten an den Tag legte. Egal, was ich zu ihr sagte, ob ich ihr auftrug, ein Hemd zu bügeln oder eine Bestellung beim Pförtner abzuholen, sie lächelte einfach, ein Lächeln, das Bereitwilligkeit, Gleichgültigkeit oder Drohung bedeuten konnte. An diesem Abend stand sie plötzlich in der Tür des Studios und machte mir ein Zeichen. Es stimmt, vielleicht verabschiedete sie sich bloß, aber ich hätte beinahe schwören können, dass sie mich zu einem persönlichen Gespräch aufforderte. »Kommen Sie«, sagte sie. Natürlich ging ich nicht hin. Doch blieb das Gefühl einer unmittelbar bevorstehenden Tragödie in mir zurück, so als würde sie mir irgendeine schreckliche

Eröffnung machen. Der bloße Anblick Jânias ließ mich auf der Hut sein, versetzte mich in eine Erwartung von Gefahr.

Ich schlief schlecht in jener Nacht. Im Haus fand eine Party statt, und mehrmals weckte mich die Musik. Eine Weile lang wälzte ich mich im Bett und sah die Stunden verstreichen, unruhig, mit schlimmsten Vorahnungen. Alle naslang stand ich auf, um zu überprüfen, ob die Fenster geschlossen waren.

Am nächsten Morgen bat ich Marie, dafür zu sorgen, dass Jânia nicht ins Wohnzimmer kam, während wir frühstückten.

»Warum nicht?«

»Weil sie uns beobachtet«, sagte ich.

»Jânia? Jânia vergöttert mich.«

Maries Selbstliebe war etwas, das mich von Anfang an beeindruckt hatte. Die Köchin vergötterte sie. Der Portier des Orchesters vergötterte sie. Der Autowächter. Der Kneipenwirt. Marie bereitete es ein besonderes Vergnügen zu sagen, dass sie von den Menschen geliebt wurde, die sie bedienten. Jede Äußerung von Respekt, Herzlichkeit, Aufmerksamkeit oder Unterwürfigkeit interpretierte sie als Bewunderung. Die Reichen haben in der Tat verschiedene Formen des Umgangs mit der Schuld entwickelt; manche werden zu Philanthropen, andere gründen Nichtregierungsorganisationen, Stiftungen, und Marie gehörte zu jener Sorte, die den Armen mit Ehrfurcht begegnet. Sie bewunderte den Pöbel und umgekehrt. Alle liebten sie. Einschließlich Jânia.

»Du behauptest, dass sie uns nachspioniert, dass sie hinter der Tür steht und unsere Gespräche belauscht?«

»Vielleicht. Ich weiß nicht. Sie ist neugierig, was uns betrifft.«
»Jânia versteht kaum, was unser Beruf ist. Wozu sollte sie uns ausspionieren? Sie ist ein armes Würstchen.«
Ich schwieg. Vielleicht hatte Marie recht, vielleicht war es bloß Misstrauen. Ich überlegte, ob ich ihr erzählen sollte, wie Jânia mich an dem Morgen erschreckt hatte, als sie das Bad betrat, während ich mich rasierte. Ich wurde von ihrem Anblick im Spiegel überrascht, genau wie in den Thrillern der B-Movies. Ich hatte den Eindruck, Jânia habe etwas zu mir gesagt. Möglicherweise kaute sie auch nur ein Kaugummi, das stimmt. Aber ich sah, wie ihre Lippen das Wort *Mo-ne-ten* formulierten. Ich bin mir nicht sicher, aber vielleicht war es so.
Ich ging sehr zeitig ins Orchester, in jenen Tagen hatte ich ziemlich viel zu tun, ich war lange Zeit im Ausland gewesen, und die Arbeit hatte sich aufgetürmt. Als ich mein Büro betrat, brachen die Probleme sogleich über mich herein. Noch vor der Probe hielt ich zwei Besprechungen ab, stritt mich mit meinem Agenten über den Vertrag mit der deutschen Aufnahmefirma, sprach mit unserem Anwalt über die Tantiemen der Orchestermusiker, trug Adriana auf, neue Vorspieltermine, weitere Besprechungen zu vereinbaren, und rief Pedro Ricardo an, um ein neuerliches Fußballspiel zu verabreden. Vielleicht war es wirklich eine gute Idee, die Musiker auf eine Wellenlänge zu bringen, und die Fußballmethode war noch nicht vollständig ausgeschöpft. Pedro Ricardo machte eine Bemerkung über eine Meisterschaft, die er gerade im Landesinneren organisierte. »Kleine Orchester. Auch ein paar Bands.«

Adriana nahm mir meine Illusionen. »Sie wollen nicht spielen.«
»Wer?«
»Die Musiker. Außerdem ist Fußball nicht die Lösung für das Problem von unseren Irren. Musiker sind alle miteinander verrückt. Richtiggehend plemplem. Wir brauchen konventionelle Methoden, Elektroschocks, Prozac, Lithium, Schlaftherapie, derlei Dinge. Es hat keinen Zweck, hier mit diesem Fußballgewäsch anzukommen. Das Einzige, was hilft, ist, sich jeden Irren einzeln vorzunehmen, zu einem festen Termin, und sich sein Drama anzuhören. Seine ganze Lebensgeschichte. Warum besorgst du nicht einen Psychiater für uns alle? Ich wäre dabei. Ich würde jedem Doktor, der hier aufkreuzt, meine Geschichte erzählen. Ihn mit meiner furchtbaren Kindheit und meinem Alkoholismus quälen. Aber nur, wenn er mir versprechen würde, mir Psychopharmaka zu verschreiben. Und zwar richtig gute. Von der Sorte ›eingenommen-eingeschlafen‹. Herkömmliche Behandlung ist das Einzige, was bei uns funktioniert. Ich hoffe, du musst niemandem mehr das Schulterblatt brechen, damit Pedro Ricardo das begreift.«
Die Probe verlief miserabel. Seit meiner Schulzeit hatte ich gelernt, auswendig zu dirigieren. In dieser Hinsicht war Bülow mein Meister: »Du musst die Partitur im Kopf haben und nicht den Kopf in der Partitur.« Doch an diesem Tag kam mir die Musik zweimal völlig abhanden. Die Noten waren einfach weg. Auf dem Weg in mein Büro dachte ich gerade besorgt darüber nach, als Marie mich auf dem Flur einholte. Sie wollte mich im Namen des Orchesters um etwas bitten. »Sie sind immer noch

sauer auf dich wegen dem, was mit Rodrigo passiert ist«, sagte sie. »Vergiss die Geschichte mit dem Fußball.«
»Was ist denn mit Rodrigo passiert?«, fragte ich.
»Du hast ihm bei dem Spiel die Schulter ausgerenkt. Deshalb ist er beurlaubt.«
Marie beschwerte sich, wenn die Musiker sie als meine Spionin behandelten, doch offenbar machte es ihr nichts aus, als Nachrichtenkurier benutzt zu werden. Irgendwie traf mich das.
Vielleicht hätte ich Rodrigo nicht wieder einstellen sollen, dachte ich.
»Was ist das für eine Geschichte mit Rodrigo?«, fragte ich. »Wer hat dir aufgetragen, mit mir zu sprechen?«
»Warum schreist du so?«
»Gibt dieser Kerl denn nicht auf?«
»Mein Gott! Wovon redest du?«
»Von Männern, die dir bei der Probe auf die Brüste schauen. Von Männern, die keinen Fußball spielen können. Von Männern, die Schulterblätter brechen und die Musiker gegen mich aufhetzen.«
Marie schloss die Augen, schwieg einige Momente lang, so als ringe sie nach Worten. »Schau mal«, sagte sie. »Hör mir gut zu.« Pause. »Lass uns Folgendes abmachen.« Ruhelos die Hände in die Hüften gestemmt, gelang es Marie nicht, zu gliedern, was sie sagen wollte, sie brauchte eine Weile, um ihre Entrüstung zu kaschieren. Unterdessen schaffte ich es, mich zu beruhigen.
»Entschuldige«, sagte ich. »Rodrigo ist ein prima Kerl.«
»Du redest von dem Jungen, als ob …« Marie hielt inne und seufzte.
»Als ob was?«

»Zum Teufel mit Rodrigo. Und zum Teufel auch mit dem Spiel. Ich habe das Thema nur deshalb angesprochen, weil ich dachte, es wäre gut für dich. Für deine Beziehung zu den Musikern.«

»Du hast es heraus, mich zu überzeugen«, sagte ich in heiterem Ton. Marie schlang die Arme um meinen Hals.

»Wirklich? Was war heute bei der Probe los? Du warst unkonzentriert.«

»Hör dir meinen Vorschlag an. Wir machen ein Tauschgeschäft.«

»Was für ein Tauschgeschäft?«

»Jânia. Du schickst sie weg, und ich sage das Spiel ab.«

Argwöhnisch wich Marie zurück. »Ist mit dir alles in Ordnung?«

Ich lachte nervös. Vielleicht war es kein guter Moment, um dieses Thema anzuschneiden.

»Wo ist das Problem?«, fragte Marie.

»Ich mag sie nicht.«

»Jânia ist keine außergewöhnlich gute Hausangestellte. Sie kann nicht kochen, sie hat dieses einfältige Gesicht, da gebe ich dir recht. Aber sie ist ein guter Mensch. Sie ernährt ihre Mutter, hat einen grässlichen Stiefvater, einen Trinker, der nur herumnervt. Ich weiß nicht, was du gegen sie hast.«

»Ich habe ein ungutes Gefühl, es ist schwer zu erklären.«

»Was für ein Gefühl?«

»Überwachung. Verschwörung. Sie wird uns verraten.«

Marie sah mich misstrauisch an. Sie sagte, sie verstehe nicht, wie ich von Verschwörung sprechen könne. Und von Rodrigo. Sie stellte mir eine Menge Fragen. »Fühlst du dich verfolgt?« Sie wollte wissen, ob ich gut schlief.

Ob ich meine Medizin ordentlich einnahm. Ob ich regelmäßig zu den Sitzungen bei Dr. Homero ging.
Ich verhaspelte mich ein wenig bei dem Versuch, sie zu beruhigen. Ich hielt eine lange Rede über Rodrigos Ausdruckskraft, über die unglaubliche Reinheit seines Klanges. »Ich habe nichts gegen ihn.« Ich versprach auch, dass ich das Spiel absagen würde. »Behalte Jânia«, sagte ich schließlich.
Als wir uns verabschiedeten, wirkte Marie ziemlich besorgt.
Ich kehrte zurück in mein Büro und bat Adriana, das Spiel abzusagen. Den Rest des Tages verbrachte ich damit, die Partitur zu studieren. Ich hätte Marie gegenüber nichts von Verschwörung sagen sollen. Aufmerksam sah ich mir abermals die Passagen an, die mir bei der Probe entfallen waren. Auch nichts über Rodrigo. Ich hatte dieses Stück so oft dirigiert, wie konnte ich es vergessen haben? Das, ja, das war Verrat.
Bevor ich nach Hause ging, tauchte Cláudio, mein Assistent, ein wenig nervös bei mir im Büro auf. Zwischen seiner Gemütsverfassung und dem Zustand seiner Haarmähne bestand eine eigentümliche Übereinstimmung.
»Bring dein Haar in Ordnung«, sagte ich.
Seit langer Zeit hatten wir uns nicht mehr privat unterhalten. Cláudio war in den Monaten zuvor viel gereist, hatte in Boston und Toronto dirigiert und den Weg für seine Karriere außerhalb Brasiliens geebnet. Wir mochten uns sehr, doch in letzter Zeit hatte er sich von mir entfernt. Anfangs dachte ich, es sei nur eine Frage des Terminkalenders. Doch an diesem Tag wurde deutlich, dass es noch etwas anderes gab.

»Und?«, fragte ich.

Er erzählte mir von der Reise, berichtete, die kanadischen Musiker hätten Strauss sehr gut gespielt, der Pianist sei eine jener Musikmaschinen gewesen, die nicht eine Note verspielten, nicht einen Zweifel aufkommen ließen, »eine Nervensäge«, sagte er, »den Villa haben sie ohne Esprit und ohne Seele gespielt«. Cláudio vermied es, mich anzuschauen. Er sagte noch etwas über Toronto, zitierte ich weiß nicht wen, der behauptet hatte, die Stadt bestehe nur aus Chinesen, Juden und Negern, die alle unter sich blieben, und noch irgendwelchen Blödsinn in der Art.

»Ist alles in Ordnung?«, fragte ich, als er schon im Begriff war zu gehen.

»Das Orchester ist großartig. Ich war bei deiner Probe dabei.«

»Ich habe nicht nach dem Orchester gefragt. Ich meine dich.«

»Alles bestens«, sagte er und konnte gar nicht schnell genug aus dem Büro kommen.

»Er hat eine Geliebte«, erzählte mir Adriana hinterher. Ihre Theorie war, dass wir Cláudios Geliebte kannten. Sonst hätte er sich am Telefon nicht »in dieser Art und Weise« benommen. »Hallo! Wo bist du? Kann ich dich in zwei Minuten zurückrufen?«, sagte Adriana, indem sie Cláudio nachahmte. Und fügte hinzu: »Nur jemand, der eine Geliebte hat, ist am Telefon so darum besorgt, nicht ihren Namen zu nennen. Ich verstehe was davon.«

»Meinst du, dass es Marie sein könnte?«, fragte ich.

Adriana sah mich erstaunt an. »Das sagst du nicht im Ernst, nehme ich an.«

»Doch, selbstverständlich«, antwortete ich.

Als ich nach Hause kam, war Jânia noch da. »Maestro«, sagte sie.

Ich tat so, als hätte ich nichts gehört. Ich nahm meine Pillen, ging ins Schlafzimmer, schloss die Tür ab und wartete darauf, dass Marie zurückkam.

15

Ich musste den Atem anhalten und mit einer raschen Handbewegung die Brieftasche öffnen, die Scheine herausholen und das Geld übergeben, so als wenn nichts wäre. Schlimmer noch, als wenn das alles ganz normal wäre, eine ordnungsgemäße Bezahlung. Ein Vertrag. Sobald Jânia vor mir auftauchte, händigte ich ihr das Geld aus. Wir sprachen kein Wort, meistens schaute ich ihr nicht einmal ins Gesicht, ich legte nur die Scheine auf das Tablett und tat so, als konzentriere ich mich auf meine Beschäftigung.

Der Gedanke, aus heiterem Himmel überrascht zu werden und mit leeren Händen dazustehen, wenn der Augenblick zum Abkassieren gekommen wäre, versetzte mich in Angst und Schrecken. Von nun an frequentierte ich unermüdlich Bankautomaten und deponierte Geldscheine strategisch zwischen Wäschestücken und in den Schubladen im Haus.

Noch heute erinnere ich mich daran, wie Jânias Erpressungen begannen. An einem Montag, Marie schlief noch, saß ich beim Frühstück und las die obligaten Horrormeldungen, Morde, Skinheads und ihre Baseballschläger, irrwitzig hohe Raten von allem möglichen Schweinkram, Entführungen, Uganda, kurzum, ich verdaute gerade meine tägliche Ration Tragödie, bevor ich ins Orchester ging, als ich von Jânia das Zeichen erhielt. Ich war diese verschlüsselten Signale, die sie mir heimlich sandte, absolut leid. Ich beschloss, die Sache ein für allemal zu erledigen, und ging zu ihr in die Küche. Ich fand sie ans Waschbecken gelehnt beim Bestreichen einer Scheibe Brot mit Margarine.

»Sie wollen mich sprechen?«, fragte ich.

Mir war so, als habe sie bejahend mit dem Kopf genickt, doch über ihre Lippen kam ein sonores Nein.

Ich erinnere mich nicht an die Einzelheiten des Gesprächs, doch ehe ich mich versah, bot ich Jânia auch schon Geld. Danach bekam unsere Beziehung etwas Mechanisches. Es genügte, dass wir miteinander alleine waren, und schon holte ich die Brieftasche hervor und gab ihr etwas Geld. In Wirklichkeit fühlte ich mich gezwungen, das zu tun, so als könnte ich damit ein Ungemach abwenden.

Das Beklemmendste war das Gefühl, mit Jânia verbunden zu sein, als gehörten wir einer Terroristengruppe an, die sich trifft, um zu entscheiden, wer der nächste Selbstmordattentäter sein wird. Meine Wohnung verhieß nun nicht Behaglichkeit, sondern Bedrohung, Eingeengtheit. Kaum hatte ich mich aufs Sofa gesetzt, um ein Buch zu lesen oder zu lernen, tauchte alsbald Jânia auf, um abzukassieren. Es war egal, wie viel ich ihr gab, die Frau wollte mehr, sie wurde nicht müde, mich zu erpressen. Und Marie weigerte sich, sie zu entlassen, sosehr ich auch darauf bestand.

Um Unannehmlichkeiten zu vermeiden, verlegte ich mich nun darauf, wenn ich das Haus betrat, den Portier zu fragen, ob meine Frau schon eingetroffen sei, denn ich hatte bereits bemerkt, dass Jânia sich durch ihre Anwesenheit eingeschüchtert fühlte. Wenn Marie ausgegangen war, fuhr ich zu Rachels Wohnung hoch. Meine Nachbarin war den Gips los und ging nun mühsam auf Krücken gestützt.

Seit längerer Zeit erledigte die Verwaltung des Orchesters ihre Zahlungen und Bankgeschäfte, und es war gang und gäbe, dass Rachel mich anrief und mich bat, in der Apotheke Medikamente zu kaufen. Sie liebte Arzneimittel jeder Art, war Spezialistin für Migräne und gebrauchte Ausdrücke wie »neueste Generation« und »rückstandsfrei«, wenn sie von den Vorzügen ihrer Lieblingsprodukte sprach. Ich besuchte Rachel gerne und nahm sie auch gerne zu meinen Konzerten mit und platzierte sie in meiner Loge. »Ich will dir was sagen: Du machst eine gute Figur auf der Bühne. Du siehst aus wie ein Schauspieler. Weißt du, dass mir dieses Galanhafte an dir noch nie aufgefallen war?« Wir setzten uns in die Küche, sie brühte Kaffee, wir aßen frisches Brot mit Butter, und ich hörte zu, wie sie immer wieder in die gleiche Kerbe hieb, das stumpfsinnige Leben ihrer Tochter. »Sie wird sehr gut bezahlt, zweifellos. Und hat zudem Prestige. Ständig ist sie mit diesen Leuten vom Weltwährungsfonds zusammen, dieser ganzen Wirtschaftsbagage. Aber ich frage mich immerzu, Maestro, ob es normal ist, so zu leben, das ganze Jahr über in der Bank, ohne einen Sonnenstrahl zu sehen, ohne Mann, ohne Freund, kein Urlaub, keine Kinder, kein Hund, nichts? Eine Frau, die nicht einmal Zeit hat, einen Mann zu lieben? Sollen die Feministinnen sagen, was sie wollen, aber es gibt in unserem Leben eine Zeit, in der nichts wichtiger ist, als Mutter zu werden. Es stimmt, hinterher schaut man komplett in die Röhre. Man träumt davon, auf ewig die Liebe seiner Kinder zu besitzen, und glaubt, das süße, kleine Baby, das vor Freude die Ärmchen reckt, wenn es einen sieht, werde nie imstande sein, einen im Stich zu lassen. Und was passiert dann? Man wird Witwe, und sie kümmern sich einen Dreck um deine Einsamkeit.« Nach einer Pause: »Seit vierzehn Tagen hat sie mich nicht angerufen. Genauer gesagt, seit sechzehn.«

Im Wohnzimmer stand ein Bilderrahmen mit einem Foto von Ester, das mich mit Neugier erfüllte. Kostüm, intelligenter Blick, eine interessante Frau. Sie hatte bestimmt Erfolg bei den Ministern. »Die Wahrheit ist nämlich die«, folgerte Rachel am Ende unserer Gespräche, »meine Tochter mag mich nicht.«

Marie mochte Rachel ebenfalls nicht, »die alte Klatschbase«, sagte sie, und in der Tat redete Rachel zu viel, doch irgendetwas an ihrer Schwatzhaftigkeit oder an ihrer Wohnung mit den alten Möbeln und den düsteren Farben beruhigte mich. Manchmal schlief ich im Sessel ein, und dann musste Marie persönlich kommen und mich aufwecken, denn Rachel weigerte sich, mich zu stören.

So weit, so gut. Das Entscheidende war nun, dass ich bei der Rückkehr von einem meiner häufigen Besuche bei Rachel Jânia und Marie in der Küche antraf. Als die beiden mich bemerkten, unterbrachen sie ihr Gespräch. Ich geriet in Panik. Schaff mir diese Frau von hier fort, dachte ich. Marie war schneller, sie bat mich, sie ein paar Minuten alleine zu lassen. Ich postierte mich im Flur und hörte, wie Jânia von den Schwierigkeiten berichtete, mit denen sie sich im Hause ihrer Mutter konfrontiert sah. Ihr Stiefvater stellte ihr allnächtlich nach und bedrohte sie. Zu meinem Erstaunen löste Marie die Angelegenheit innerhalb von zwei Sekunden, indem sie Jânia aufforderte, zu uns zu ziehen. Es gab ein ordentliches Dienstmädchenzimmer mit Bad, dort könnte sie problemlos unterkommen. »Wenn der Maestro nichts dagegen hat«, schloss Marie.

»Ich will nicht, dass das Mädchen hier wohnt«, sagte ich zu Marie, als sie ins Bad ging, um sich die Zähne zu putzen. »Das ist alles erstunken und erlogen«, sagte ich vom Schlafzimmer aus. »Ich habe meine Zweifel, dass irgendwer ihre Möse sehen will.«

Marie kam zur Tür, so als wolle sie sich vergewissern, dass ich diese Grobheit gesagt hatte. Nachdem sie sich den Mund ausgespült und das Gesicht gewaschen hatte, kam sie zurück ins Schlafzimmer und fragte, ob ich kein Mitleid empfände. Sie ließ sich lang und breit darüber aus, was ihr Sorgen bereitete, Jânias Verletzlichkeit, die Möglichkeit einer ungewollten Schwangerschaft, die schwerwiegenden Konsequenzen einer solchen für die Familie. Ich blieb stur.

»Es ist nur für eine gewisse Zeit«, beharrte Marie. »Versprochen.«

»Sie lieben dieses Chaos.«

»Wer sie?«

»Sie«, antwortete ich.

»Sie. Natürlich. Die Armen. Das Pack, stimmt's? Sie, der Pöbel, wie du dich ausdrückst. Der Mob, das Gesocks.«

Wütend behauptete Marie, »das Pack sei das einzig Gute in diesem Land«, und dass sie »im Übrigen« diese Art »hasse«, in der ich über die »ganz einfachen Leute« redete, der Umstand, dass ich das Wort *Pack* benutzte, zeige, wie sehr ich »die Menschen« verachtete, und Jânia stelle ein »Humankapital« von hohem Wert dar.

»Ich bin voll und ganz deiner Meinung«, sagte ich. »Sie ist besser als alle Tenöre zusammen.«

Marie fand meine Bemerkung kein bisschen komisch. Sie sagte wie aus der Pistole geschossen, in dieser Hinsicht sei ich eben ganz und gar »ein Dirigent«. Na bitte, dachte ich. Jetzt war es so weit. Sie war schon genau so wie meine früheren Flammen, die mich zu Beginn der Beziehung liebten, weil ich Dirigent war, und die mich, wenn nicht alles so lief, wie sie es wollten, hassten, eben weil ich Dirigent war.

Marie war nun richtig in Fahrt gekommen mit ihrer Litanei. Verblüfft erfuhr ich, dass sie »diese düstere Seite« meiner Persönlichkeit nicht ausstehen konnte, dieses »widerwärtige Überlegenheitsgefühl, das unter Dirigenten so verbreitet ist«. Ich hörte mir ihre Kritik aufmerksam und ernst an, doch als sie begann, mir vorzuwerfen, ich sei ein »Gegner des Nordostens«, und behauptete, ich verachtete die Volkskultur, die Folklore, ich hasste »intelligente Rockmusik«, kam mir das so hirnlos vor, dass ich mir das Lachen nicht länger verkneifen konnte. »Hoch leben die Indios«, rief ich.

Ohne jeglichen Sinn für Humor teilte Marie mir mit, Jânia werde zu uns ziehen. Das sei beschlossene Sache.

Verzweiflung überkam mich. Es gab keinen Ort in der Wohnung, an dem ich mich sicher fühlte. Mit ihren kurzen Beinen und ihren heimlichen Plänen würde Jânia mich jederzeit gefangen nehmen können. Von nun an litt ich unter Schlaflosigkeit. Aufgrund dieser Ereignisse beschloss Homero, mein Psychiater, meine Medikation zu ändern. »Diese Geschichte verstärkt meinen Verdacht. Dein Krankenbild sah mir von Anfang an nicht nach Depression aus. Ich glaube, du leidest unter einer Zwangsstörung. Die negativen Gedanken, die dich befallen und die in der Psychiatrie als ›Introjekte‹ bezeichnet werden, verursachen dieses Gefühl, beobachtet, verfolgt zu werden. Ich habe lange mit Marie gesprochen. Jânia hat wohl kaum einen Grund, so zu handeln, wie du es beschreibst. Mir scheint vielmehr, dass du selbst diese Situation schaffst.«

»Sie erpresst mich.«

»Wie?«

Ich erzählte ihm die ganze Geschichte.

»Aber verlangt sie Geld von dir? Droht sie dir?«

»Nicht mit Worten. Aber ich weiß, dass es Erpressung ist. Sie sieht mich drohend an.«

»Wie fühlst du dich, nachdem du ihr Geld gegeben hast?«

»Erleichtert.«

»Schaffst du es, Jânia zu begegnen und ihr kein Geld anzubieten?«

»Ich habe es noch nie versucht. Sie zwingt mich dazu.«

Homero überzeugte mich davon, dass mein Verhalten zwanghaft sei, dass es eine von mir selbst gefundene Methode sei, mich von einem unangenehmen Gefühl zu befreien.

Wir änderten also die Medikamente, und ein paar Wochen später waren die Veränderungen spürbar. Ich fühlte mich weder mehr dazu gezwungen, Jânia Geld zu geben, noch dachte ich länger daran. Eigentlich konnte ich an gar nichts mehr denken. Ich konnte auch keine Erektion halten, konnte nicht üben, nichts. Medikamente beseitigen tatsächlich unsere sämtlichen Qualen, doch sie nehmen einem dabei auch den Lebenssaft weg. Man trocknet vollständig aus.

Das Zeichen dafür, dass die Behandlung mir nicht bekam, tat sich in der Mitte der darauffolgenden Woche dar, bei der letzten Probe zu *Sacre du Printemps*. Ich kannte das Werk, seine aggressive Instrumentierung, seine ständig wechselnden Rhythmen, kurzum, ich hatte das Stück bereits in Bern und in Genf dirigiert und hielt es für einfach und leicht wie wenige. Die beiden letzten Proben waren sehr gut verlaufen, was mir Sorge bereitete. Hervorragende Proben, mittelmäßige Konzerte. Übermäßig zufriedene Musiker sind stets ein Problem. Kaum hatte ich die Generalprobe begonnen, überkam mich das Gefühl, dass ich auf einer riesigen Welle surfte, deren Bestimmung es war, mein Gedächtnis zu verschlingen. Es war, als flöhe ich gehetzt vor dem Vergessen, indem ich den Rhythmus rasend beschleunigte. Erschöpft wurde ich irgendwann von der Welle erfasst. Ich fühlte mich leer, verwirrt. Ich brachte alle aus dem Lot und zettelte ein unbeschreibliches Chaos an. Die Musiker hielten inne und sahen mich verwundert an. Totale Stille im Saal.

Am Abend warf ich sämtliche Medikamente weg. Ich rief Homero an und sagte ihm, dass ich diesen Mist nicht länger nehmen wolle. Der Medikamente wegen könne ich nicht einmal mehr bumsen. Mein Schwanz werde einfach nicht mehr steif. »Ich sage meinen Patienten immer, dass sie die Beipackzettel nicht lesen sollen. Sie lassen sich beeindrucken und glauben, sie seien anfällig für sämtliche mögliche Nebenwirkungen. Tabletten wie diese können die Libido beeinträchtigen. Aber du nimmst diese Medikamente erst seit kurzer Zeit. Ich halte es nicht für wahrscheinlich, dass sie dein Gedächtnis beeinflussen. Und auch nicht dein Liebesleben.«

»Schau nur«, sagte Marie, wenn wir, bevor ich die Medikamente einzunehmen begann, ins Bett gingen, »ich brauche bloß mit meiner Zunge über deinen Mund zu fahren, und schon schwillt dein Schwanz an wie ein Airbag.«

Sie bildete sich etwas ein auf die Macht, die sie über mich ausübte, als sie es bemerkte. »Du kannst kaum meinen Atem hören«, sagte sie, »schau nur«, erklärte sie und überprüfte mit der Hand an meinem Penis die Verwandlung. Doch die Medikamente bereiteten dem ein Ende. Ich fühlte mich ausgelaugt, leer, lustlos. »Sexuelle Dysfunktion einschließlich Impotenz und Ejakulationsstörungen«, das stand auf dem Waschzettel.

Am Abend zuvor war ich sehr deprimiert gewesen. Ich kam nach Hause, Marie sah bezaubernd aus, sie trug einen kurzen, schwarzen Rock und eine weiße Seidenbluse. Sie ergriff die Handtasche, »du brauchst die Tür nicht abzuschließen«, sagte sie, »wir gehen gleich. Du musst dieser Tretmühle aus Zuhause und Arbeit entfliehen. Ich habe Karten für den Scorsese-Film gekauft.« Es war alles wunderbar. Ich war in Stimmung, verliebt, gelassen. Nach dem Kino gingen wir in einem italienischen Lokal etwas essen, Marie trank mehr als gewöhnlich, wir lachten viel. Auf dem Nachhauseweg sagte Marie, sie sei glücklich mit mir. In den letzten Tagen lief alles großartig zwischen uns. Es war schön, wenn der Tag zu Ende ging und ich wusste, dass sie auf mich wartete. Marie war keine gute Köchin, sie kochte nicht allzu gerne, aber sie bereitete delikate Salate aus Parmaschinken und Feigen und dergleichen, leichte Kost, die wir gemeinsam verspeisten, ehe wir uns DVDs anschauten oder im Bett lasen, übten, kurzum, es war eine schöne Zeit in unserem Leben.

Doch als wir an jenem Abend voller Verlangen ins Bett gingen, regte sich bei mir gar nichts. Ich hatte schon häufig keine Erektion bekommen, das passiert jedem Mann, doch jetzt wusste ich, dass es mit den Medikamenten zusammenhing. Ich zeigte Marie den Waschzettel, »was nützt es mir, mich gut zu fühlen, ausgeglichen zu sein, wenn mein Schwanz schlappmacht?«, fragte ich. »Dieser ganze Kram gehört auf den Müll.«

»Du bist müde«, sagte sie. »Leg dich her zu mir. Es ist schön, so an dich geschmiegt dazuliegen und mit dir zu schmusen. Leg dich her.«

Ich gab nicht auf. Ich schloss mich im Bad ein und bearbeitete meinen Schwanz, dachte an alles Mögliche dabei, an Maries Möse, ihren wundervollen Hintern, unsere Schweinereien, doch nichts vermochte meinen Schwanz aufzurichten. Am Boden zerstört ging ich zurück ins Bett, Marie schlief bereits tief und fest.

Am nächsten Tag bestätigte das Drama bei der Probe meine Theorie. Diese Medikamente machten mich fix und fertig. Ich konnte schon nicht mehr vögeln, und nun war ich nicht einmal mehr imstande zu dirigieren.

Auch wenn Homero steif und fest behauptete, die Absetzung der Medikamente habe keine unmittelbare Wir-

kung auf den Organismus, kann ich nur sagen, dass das Konzert in der Woche hervorragend verlief, weil ich mich von den Tabletten befreit hatte. Dirigieren hat ebenso wie der schöpferische Akt mit Wut zu tun, mit Willen und auch mit einem steifen Schwanz. Wie in alten Zeiten dirigierte ich voller Vertrauen und voller Lust.
Als ich am Montag erwachte, kam sogleich die Erpresserin, um mir Geld abzuknöpfen. Ich gab ihr nicht einmal die Gelegenheit, mir einen guten Morgen zu wünschen. Bereits am Freitag hatte ich mit meinem Buchhalter gesprochen und alle Papiere und die Abrechnung vorbereitet.
»Sie sind entlassen«, sagte ich.
Jânia lächelte dieses widerwärtige Lächeln. Vielleicht wollte sie mich herausfordern.
»Versuchen Sie«, sagte ich, »auch nur einen einzigen Centavo mehr aus mir herauszupressen, und ich mache Sie fertig.«

16

Es gab eine Zeit, in der ich zu einer Bedrohung für die Gesellschaft wurde, wenn ein Solist ein Konzert absagte. Das war ganz am Anfang, als ich das Orchester übernahm und gezwungen war, meiner Schweizer Agentin zu erklären, dass São Paulo, Bolivien und Uruguay verschiedene Orte waren. Doch seither hatten sich die Dinge sehr geändert. In der Tat war es gar nicht schwer, Ersatz zu finden für einen Violinisten, der ein Konzert abgesagt hatte. Wieder einer. In letzter Zeit schienen Absagen in Mode gekommen zu sein. Ich verbrachte zwei Stunden mit Hanna im Gespräch am Telefon und durfte aussuchen. »Die Gastkünstler fragen mich jetzt nicht mehr nur nach Gewalt, Ärschen und Dengue-Fieber«, erzählte mir Hanna, »sie interessieren sich auch für dein Orchester.«

Wir luden Enrique Lamadrid ein, einen außergewöhnlich begabten Musiker, der laut Hanna wegen seiner unlängst geschehenen Trennung »eine schwierige Phase« durchmachte. Wie ich später erfuhr, war er gegen einen Lambretta-Verkäufer eingetauscht worden.

Lamadrid landete an einem Montag in São Paulo, und

Adriana rief mich gleich, nachdem sie ihn am Flughafen in Empfang genommen hatte, besorgt an. »Ich glaube, du musst auf den Kerl aufpassen. Ich bin mir nicht sicher, ob er sich im Hotel nicht umbringen wird«, sagte sie. Noch am selben Tag lud ich ihn zum Abendessen zu mir nach Hause ein. Es war bestimmt nicht leicht, gegen einen Lambretta-Verkäufer eingetauscht zu werden. Ich erinnerte mich gut an Lamadrids Exfrau, eine Architektin, die Gedichte las, eine sehr interessante Frau. So zu enden, mit einem Lambretta-Verkäufer? Wie es wohl dazu gekommen sein mochte? Es gibt sicher nicht viele Lambretta-Verkäufer in Barcelona. Wie Frauen doch sind, dachte ich, als ich Lamadrids ausdruckslose Augen wiedersah. Die besten Frauen, so wie Carmen, die begabtesten, die nettesten, enden stets mit dem Pizza-Ausfahrer. Sie brauchen eine unterwürfige Aufmerksamkeit, die wir Kopfmenschen ihnen nicht geben können. Wir sind viel zu beschäftigt damit, zu üben, etwas Schöpferisches zu leisten oder Geld zu verdienen. Und dann kommt so ein Lambretta-Verkäufer daher, und bums ist die Sache erledigt.

Lamadrid war definitiv nicht mehr derselbe gutaussehende Verführer, den ich zuvor in London kennen gelernt hatte. Von dem alten Lamadrid waren nur mehr die melancholischen Augen übrig, mehr nicht. Ansonsten war der Mann nur ein Schatten seiner selbst, der nichts als Schmerz anzubieten hatte. Nach zwei Whiskys kam er mit einer ziemlich hochgestochenen Theorie über den biologisch bedingten Hang des Menschen zum Verrat, die er in einer dieser Wochenzeitschriften gelesen hatte. »Ein steifer Schwanz bedeutet, dass Blut gepumpt wird.

Sogar beim Betrügen arbeitet der Mann mehr. Die Frauen brauchen nichts zu tun. Sie machen die Beine breit und fertig, die Sache ist erledigt. Die Forscher behaupten, dass sogar Läuse sich betrügen.«

Vielleicht tröstete Lamadrid diese wissenschaftliche Erklärung.

»Was ist mit Carmen passiert?«, fragte ich. Eine Minute lang herrschte Stille, Lamadrid hielt den Blick gesenkt wie eine Kuh in der Schlinge. Es wäre ein widerwärtiges Spektakel mit erbärmlichen Details geworden, wenn nicht Marie mit glänzender Haut im bunten Gymnastikanzug in den Raum gestürzt wäre. Auf der Stelle verwandelte sich der verlassene Frauenhasser in ein Wesen, dessen einzige Aufgabe darin bestand, meiner Frau Komplimente zu machen. Ich war sprachlos ob der Metamorphose. Wie durch Zauberhand wurde aus dem Leichnam eine schlanke Gestalt mit tiefschwarzem Haar und schneeweißer Haut, eleganten Bewegungen und spitzen Ohren wie denen des Teufels. Da ist er, der Geiger, dachte ich. Da haben wir ihn, den Violinisten. So verstrickte er Marie diabolisch, verführerisch, in ein langes Gespräch über Geigen, gespickt mit Gelächter und Schmeicheleien, die in meine Ohren drangen und sich in meinem Nervenkostüm einnisteten.

In der Nacht dauerte es dank des Weines keine Minute, bis Marie eingeschlafen war, doch ich lag da, wahnsinnig vor Wut, ohne etwas tun zu können, und wälzte mich mit der fehlerlos in meinem Kopf widerhallenden Musik von Mignone, die ich den Nachmittag über einstudiert hatte, wie ein wildes Tier im Bett herum. Warum nur war ich so ärgerlich auf Marie, wenn es doch letztlich die

Mumie gewesen war, die meiner Frau den Hof gemacht hatte? Ein feines Arschloch, dieser Lamadrid. Carmen hatte sehr gut daran getan, ihn gegen einen Lambretta-Verkäufer einzutauschen. »Marie ist die Einzige am Tisch, die vernünftig isst«, hatte er gesagt und meine Frau dafür gelobt, das Nudelgericht, das ich höchstpersönlich zubereitet hatte, nicht so herunterzuschlingen wie er selbst. Die schwachsinnigen Sprüche des Geigers kamen bei Marie gut an. Die beiden amüsierten sich. Lamadrids Gelächter jagte mir ins Gehirn und brachte mich dazu, quälende Dinge zu ersinnen.

Inmitten dieser Pein spürte ich, wie Marie ihre Beine zwischen meine klemmte. Es war eine Art wohliger Messerstich, eine elektrische Welle, die durch mein Herz floss und alles in Brand steckte. Endlich wurde ich wieder zu dem, der ich war. Rasch ging ich zum Badezimmerspiegel und schaute mich einige Minuten lang euphorisch an. Wie schön war es doch, meinen steifen Schwanz wiederzuhaben. Was ist ein Mann letzten Endes ohne ihn? Wozu sind das Gedächtnis und das Talent gut, wenn unser Schwanz sich nicht aufrichtet? Ich ging wieder ins Bett, Marie schlang schlaftrunken die Arme um mich, und während wir uns liebten, konnte ich nur eins denken: wie herrlich es doch ist, einen richtig steifen Schwanz zu haben.

Unser Vormittag verlief friedlich: Wir frühstückten, ich half Marie beim Geschirrspülen, und wir brachten die Wohnung in Ordnung. Seit ein paar Tagen hatten wir keine Hausangestellte mehr. Marie hatte noch versucht, mich zu überreden, Jânia wieder einzustellen. Wir hatten deswegen gestritten, doch ich war nicht bereit nachzugeben.

»Lass uns eine Zeit lang ohne auskommen«, sagte ich.

Als wir zum Kiosk gingen, um die Zeitung zu kaufen, fragte ich, wie sie Lamadrid gefunden habe.

»Ein Blödmann. Er redet viel und hält sich für den Größten.«

Händchenhaltend gingen wir zurück nach Hause, und ich fühlte mich ruhiger, es gab keinen Grund, den Spanier zu fürchten.

Auf dem Weg ins Theater unterhielten wir uns über eine mögliche Reise nach Israel. Der Vorschlag kam von mir, doch Marie war nicht begeistert. »Ich weiß nicht, ob ich jetzt gerne wieder dorthin fahren würde«, sagte sie. »Als ich in Jerusalem ankam, haben meine Freundinnen mir einen Ratgeber geschenkt. Meiden Sie Menschenmengen. Meiden Sie Busse. Kaufen Sie so viel wie möglich per Telefon. Schon damals boten alle Geschäfte Televerkauf und Lieferservice nach Hause an. Jetzt ist bestimmt alles noch schlimmer. Und solange Scharon an der Macht ist, wird es weiterhin übel bleiben.« Wir verabredeten, nach Griechenland zu fahren, ich wollte in meinen Terminkalender schauen, damit wir unsere Ferien planen konnten.

Kurz gesagt, zwischen uns war Frieden.

Umso größer war mein Erstaunen, als ich beim Betreten der Bühne wenig später bemerkte, dass Marie sich nicht zu unserer Probe eingefunden hatte. Und Lamadrid ebenfalls nicht. Die beiden erschienen mit vierminütiger Verspätung, Lamadrid ohne jede Spur von Depression und Selbstmordgedanken und Marie mit der Erklärung, sie habe dem Violinisten das Gebäude gezeigt. Die ganze Nacht lang hatte ich ihr ozeanische Lustgefühle beschert, mein Schwanz war ganz wundgerieben von der vielen Vögelei, und sie gab sich her, für diesen Bock die Fremdenführerin zu spielen? Mein Magen begann zu schmerzen, als ich feststellte, dass Lamadrid Maries Geigenkasten trug. »Ein Blödmann«, hatte sie gesagt. Dessen ungeachtet war sie nun dabei, den Knaben zu verhätscheln.

Die folgenden Tage waren schwierig. Lamadrid besaß eine außergewöhnliche Technik auf der Geige, doch war dies nicht der einzige Grund für seine Beliebtheit bei meinem Orchester. Die Musiker waren im wahrsten Sinne des Wortes verzaubert von seiner spanischen Mähne. Besser gesagt: von seinem Schopf. Das Einzige, was man sah, wenn er spielte, war ein riesiger Schopf; es fehlte nur, dass er gesprochen hätte. Er war fast schon ein Wesen, dieser Schopf. Nach den Proben trampelten die Musiker mit den Füßen, um dem Schopf ihre Anerkennung auszudrücken, und mir gelang es kaum, meine Verärgerung zu verbergen. War es nur mein Eindruck, oder tauschten Marie und er Blicke aus? »Ihr müsst zusammen angreifen«, rief ich, schaffte es indes nicht, dass die Geigen unisono spielten. Sie machten alles falsch, die Idioten, und ich gab ihnen unaufhörlich zu verstehen, dass ich nicht zufrieden war. »Ihr seid miserabel«, sagte ich. Aus purer Grausamkeit ließ ich einige Geiger alleine spielen. Marie traf es am schlimmsten.

Weitere Vorkommnisse schürten meinen Verdacht. Bei einer Probe sah ich während der Pause, wie die beiden sich in der Cafeteria unterhielten. Ich sah auch, dass Marie ihm unseren Restaurantführer von São Paulo auslieh. Zu Hause trennte sie sich nicht von ihrem Handy, nahm es sogar mit ins Bad. Bei manchen Gesprächen war sie einsilbig, sprach, wie Verliebte es tun. Und an einem Dienstagabend verschwand sie einfach und kam um elf Uhr nach Hause. »Ich habe dir doch gesagt, dass Onkel Moisés Geburtstag hat«, erklärte sie mir. »Ich bin extra zu dir ins Büro gekommen, um dir das zu sagen, aber du warst gerade in einer Besprechung mit den Produzenten.« Sie war tatsächlich bei mir im Büro gewesen, aber ich konnte mich an nichts von wegen Onkel Moisés erinnern. Im Übrigen hatte ich noch nie von diesem Onkel gehört. Und weshalb hatte sie das Handy ausgeschaltet?

Am Mittwoch fiel mir auf, dass Marie es vermied, Lamadrid anzuschauen. Es war, als beabsichtigten sie, mir eins auszuwischen. Sie wollten nicht, dass ich die Intimität zwischen beiden bemerkte.

Lamadrid war so tollkühn, mich zum Mittagessen einzuladen. Ich nahm Marie mit, ich wollte sehen, wie weit die beiden zu gehen imstande wären. Es war ziemlich unerfreulich. Am Ende, als Lamadrid, dessen Mutter Amerikanerin war, bemerkte, die Frische unseres Orchesters habe mit unserer fehlenden klassischen Musiktradition zu tun, verlor ich die Fassung.

»Wer hat Ihnen diesen Unsinn erzählt?«, fragte ich. »Als die Vorfahren Ihrer Mutter die Indianer abschlachteten, haben wir bereits sechzehnstimmige Motetten komponiert.«

»Er hatte nicht die Absicht, dich zu beleidigen«, bemerkte Marie später.

»Und was geht dich das an? Was für ein Interesse hast du an dem Riesenschopf?«

Nach der Probe am Nachmittag sagte ich meine Verpflichtungen ab, und als Marie die Garage des Orchesters verließ, saß ich schon im Auto, bereit, sie zu verfolgen. Fahrtroute: Consolação, Avenida Paulista, eine andere Strecke als die, die sie für gewöhnlich fuhr. Sie hatte mir gesagt, dass sie nach Hause fahren werde, doch nun kutschierten wir die Augusta hinunter. Marie fiel nicht auf, dass ich hinter ihr war, nicht einmal, als sie in die ruhigen Straßen von Jardim Europa einbog. Sie stoppte den Wagen in der Garage des Hauses ihrer Eltern, die ins Ausland verreist waren. Gab es einen besseren Ort für ein heimliches Treffen? Wer würde Verdacht schöpfen?

Ich parkte einen Block weiter und ging zu Fuß zum Haus; dabei dachte ich, dass die Menschen immer genau das sind, was wir von ihnen denken. Sie sind nur das, mehr nicht. Sie schaffen es niemals, ein klein wenig besser zu sein. Aber sie können noch viel schlimmer sein, das ist wahr. Grenzenlos schrecklich und verabscheuungswürdig können sie sein. Grenzenlos lügen und betrügen können sie. Es gibt kein Ende für diese Art von Schweinereien.

Ich ging durch den Garten und ums Haus herum, betrat es durch die Küche und gab den Hausangestellten ein Zeichen, meine Anwesenheit nicht zu melden.

Ich fand Marie im Salon beim Telefonieren. Sobald ich hereinkam, legte sie auf.

»Hallo, Liebling. Geht es dir gut?«, fragte sie.

Ich ordnete mein Haar. Dann nahm ich das Telefon, das sie benutzt hatte, und drückte auf die Wiederwahltaste.

»Ich bin gekommen, um mit deinem Vater zu reden«, sagte ich.

»WJSP Sicherheitsdienst«, sagte eine weibliche Stimme am anderen Ende der Leitung. Ich legte auf.

»Meine Eltern sind verreist«, sagte Marie. »Ich dachte, das wüsstest du. Wen rufst du da an?«
Ich stellte das Telefon auf die Station. »Im Orchester. Besetzt.«
»Ich bin gekommen, um nachzusehen, was mit der Alarmanlage vom Haus los ist«, erklärte sie. »Sie geht ständig los, die Techniker werden gleich da sein.«
Ich starrte Marie unverwandt an. Sie fing an, in den Ordnern zu wühlen, die auf dem von Papieren übersäten Couchtisch lagen.
»Willst du nicht mit mir zu Mittag essen? Dalva frittiert gerade Teigtaschen.«
Nachdem ich mir die Meinung der Techniker zu der Alarmanlage angehört hatte, ging ich, den Bauch voller Teigtaschen, und kam mir ein bisschen dämlich vor, war einigermaßen zerknirscht, doch das währte nur ein paar Stunden.
Am darauffolgenden Tag erwachte ich bereits voller Argwohn. Nur um die Irrungen und Wirrungen besser verfolgen zu können, sagte ich einige Verabredungen ab. Ich kontrollierte Maries Handy, notierte die Nummern, die unter »eingegangene Anrufe« aufgezeichnet waren. Auf der Suche nach Beweisen rief ich eine nach der anderen an. Ich verglich die Informationen, die sie mir gab. Ich rief beim Zahnarzt an, fragte, ob sie dort gewesen war. Das Gleiche tat ich beim Friseur, wo sie sich angeblich das Haar hatte schneiden lassen, obwohl ich von besagtem Schnitt nichts sehen konnte.
In jener Woche bekam ich keinen Schlaf. Ich wartete, bis Marie eingeschlummert war, und ging dann ins Wohnzimmer, um in ihrem Portemonnaie, ihrem Terminka-

lender, ihrer Handtasche zu stöbern. Sogar die Partituren, die Notizen, überprüfte ich auf der Suche nach irgendeinem Geheimkode, irgendeiner Verschwörung.
Du wirst etwas finden, sagte ich zu mir selbst. Mach weiter. Wühl alles durch.
Am Tag des Konzertes fühlte ich mich besonders schlecht.
»Glaubst du, dass ein Mann, der gerade gegen einen Lambretta-Verkäufer ausgewechselt worden ist, derart glücklich sein kann?«, fragte ich Adriana.
»Ich muss sehen, welche Antidepressiva er nimmt. Die will ich auch haben. Hast du gesehen, wie er sein Haar kämmt?«
An dem Abend scheuchte ich das Orchester so sehr, dass ich Lamadrid wie eine gesengte Sau dastehen ließ. Er hastete durch die Sätze und suchte verzweifelt meinen Blick. Für den letzten Satz hatten wir ein Ritenuto vereinbart, doch ich hielt das gedämpfte Tempo nicht ein und ließ Lamadrid alleine gegen die Wand rennen.
Das Konzert war ein Reinfall. Doch das Publikum, das irgendjemand einmal als »dieses umfassende Etwas, das nichts ist« definiert hat, bemerkte es wohl nicht. Das Pack weiß stets von nichts. Für das Pack ist alles Feijoada, Bohneneintopf, Hauptsache, man kann sich vollstopfen. Die Kritiker waren vermutlich ebenfalls zufrieden, schließlich ist es immer bequemer, etwas niederzumachen als zu loben.
In der Garderobe fragte Marie mich, was passiert sei.
»Frag den Rollkragen«, sagte ich und meinte Lamadrid.
»Er hat alles verdorben.«
Ich war ziemlich erregt, und es störte mich, als ich Maries Gelassenheit bemerkte. »Deine Ruhe sticht mir in den

Magen«, sagte ich. Ich sagte auch, dass ihre Art mich anzuschauen, so als ob sie alles verstünde, mir den letzten Nerv raubte. »Ich hasse deine verständnisvolle Art. Warum schreist du nicht ab und zu? Eines Tages werde ich dir beibringen, wie man gegen die Tür tritt.«

Als Marie die Garderobe mit ihrem überlegenen Gesicht verließ, war mein Hals so steif, dass ich kaum atmen konnte. Es gab keine Position, in der ich mich wohl fühlte, mein Rücken schmerzte enorm. Die Wahrheit ist, dass Dirigenten ständig Rückenschmerzen haben.

»Dir geht es gar nicht gut«, sagte Adriana und fing an, mir den Nacken zu massieren. Wunderbar, die Berührung ihrer Hände. Ich spürte, wie es mir heiß den Rücken hinunterlief, hastig stand ich auf.

»Ich gehe«, sagte ich.

Adriana versuchte, mir den Weg zu versperren. »Willst du nicht, dass ich dich massiere?«, fragte sie.

Ich hatte mich wegen dieser Geschichte schon in große Schwierigkeiten gebracht und eine Lektion wirklich kapiert: Wenn man eine Massage haben möchte, dann bezahlt man am besten tatsächlich einen Japaner.

17

Ich muss nur die Augen aufschlagen, und zack, bin ich wach und aktiv. Doch an diesem Morgen war es, als müsste ich aus weiter Ferne, aus einem tiefen Brunnen, hochgehievt werden, so als würde ich allmählich an die Oberfläche gezogen. Ich vernahm Schritte im Haus, undeutlich gesprochene Worte, das Telefon stand nicht still, und aus dem Bad drang ein angenehmer Duft nach Shampoo. Ich konnte mich nicht bewegen, nicht einmal, um mich von den Decken zu befreien, obwohl ich stark schwitzte. Das kam von den Schlafmitteln, sie machten aus mir eine völlig kraftlose Fleischmasse. Ich öffnete die Augen, doch noch ehe ich Marie fragte, wohin sie mit den Koffern ging, fiel mir ein Teil des Traumes ein, den ich über Nacht gehabt und in dem ich einem Mann den Kopf abgerissen hatte; erschrocken und aus Angst, ins Gefängnis zu kommen, hatte ich die beiden Leichenteile dann an der Ecke Alameda Itu und Bela Cintra in einen Gully gesteckt. Ich erzählte Marie davon. Ich sagte, im Traum habe mir jemand mitgeteilt, der von mir benutzte Gully sei der raffinierteste von ganz São Paulo, denn er habe ein recht effizientes Zentrifugiersystem, und ich hätte in Anbetracht der ganzen Tragödie den besten gewählt.

»Weißt du, wem dieser Kopf gehört?«, fragte Marie, während sie weiter in einem fort Kleidungsstücke faltete und im Koffer verstaute. »Dir. Du reißt dir deinen eigenen Kopf ab.«

Ich fragte sie, ob sie verreise, und sie teilte mir mit großer Bestimmtheit mit, dass sie mich verlassen werde. Die Rache für den Rollkragen, sagte ich mir im Stillen und dachte, noch schlimmer, als gegen einen Lambretta-Verkäufer eingetauscht zu werden, war nur, gegen jemanden eingetauscht zu werden, der gegen einen Lambretta-Verkäufer eingetauscht worden war. Ich fing an zu lachen.

»Jânia hat mir alles erzählt«, sagte Marie.

Ich wollte fragen, oder besser gesagt, abstreiten, vehement leugnen, was auch immer Jânia sich ausgedacht haben mochte, doch es war, als ob ich blockiert, verstopft wäre. Ich blieb im Bett liegen, gelähmt, und besah mir den Schaden. Marie hielt eine enorm lange Rede, sagte, sie könne nicht begreifen, wie ich imstande gewesen sei, unsere eigene Hausangestellte zu bezahlen, um sie zu überwachen. Sie habe nie gedacht, dass ich etwas so Niederträchtiges, so Gemeines tun könne.

»Hast du mir gar nichts zu sagen?«

Ich versuchte, irgendetwas herauszubringen, aber aus meinem Mund drang nur ein höhlenartiger Ton, der eher einem Grunzen ähnelte.

»Ich nehme an, dass auch mein Telefon abgehört wird. Vielleicht hast du einen Detektiv engagiert, um mich zu verfolgen. Ist es so? Was habe ich eigentlich verbrochen, dass du so etwas tust? Wie kannst du bei einer Frau wie mir so misstrauisch sein? Ich weiß nicht, ob dir das zu viel ist, aber die Wahrheit ist, dass ich dich liebe. Wer hat dich so verdorben? Ich nicht. Teresa ebenfalls nicht. Soweit ich weiß, war Teresa eine großartige Frau. Was also ist los? Warum musst du uns das Leben so zur Hölle machen? Unsere Besitzspiele sind eins, aber was du hier machst, ist etwas anderes. Du behauptest ständig, du seiest kein Jude. Und dass ich dir nicht verzeihe, dass du kein Jude bist. Warum zum Teufel stört dich das so? Du bist kein Jude. Und nichts wird aus dir einen Juden machen. Ich will auch gar nicht, dass du ein Jude bist. Wenn ich einen Juden zum Mann wollte, dann würde ich einfach einen heiraten. Du bist sogar eifersüchtig auf das, was ich über Israel lese. Du schnüffelst in meinen Büchern herum und schaust nach, was ich unterstreiche. Wenn ich mich dafür interessiere, welche Position Arafat einnehmen wird, wenn ich mich für die Frauen in der israelischen Armee interessiere, wenn ich etwas über die Moslems lese, die sich als Selbstmordattentäter andienen, wenn ich vor dem Fernseher sitze und CNN sehe, dann stört dich das, weil es nichts mit dir zu tun hat, weil es nicht dein Thema ist. Und du verstehst nicht, wieso du nicht das Zentrum aller Dinge in meinem Leben sein kannst. Und wenn jemand Neues im Orchester auftaucht, dann kommt dir als Erstes in den Kopf, dass ich hinrenne und mich diesem Menschen an den Hals werfe. Weißt du, warum ich nicht mit Rodrigo, mit Sandorsky, mit Lamadrid ins Bett gegangen bin? Weil ich mit keinem von ihnen bumsen wollte. Auch sie wollten nicht. Der Einzige, der sich das vielleicht gewünscht hat, warst du. Vielleicht hat diese Vorstellung dich glücklich gemacht. Vielleicht brauchst du irgendjemanden, die Musiker, das Orchester, deine Angestellten, mich, der dich verrät. Damit du sagen kannst: Sieh nur, wie recht ich doch habe, die Welt ist so beschissen, dass ich wirklich nur Gründe habe, sie zu hassen. Du hast keine Freunde. Wer ist dein Freund? Bisher habe ich dich nur mit Gastdirigenten zusammen gesehen. Nicht einmal Eduarda hat Platz in deinem Leben. Du hasst die ganze Welt. Du hasst meine Mutter. Hasst meinen Vater. Teresa. Meine Großmutter. Den ersten Violinisten. Du kehrst der Welt den Rücken, und sie kehrt ihn dir – das glaube ich, ist dein Lebensprojekt. Ich habe deine Einstellung satt. Deine schlechte Laune. Deinen schrecklichen Umgang mit den Musikern. Du bist derjenige hier im Haus, der Verrat übt. Du hast mich verraten, als du Jânia Geld geboten hast. Ich nehme Entschuldigungen an. Sie werden nicht bewirken, dass ich bleibe, aber es wäre großartig, wenn du zumindest sagen würdest, dass du dich schlecht fühlst bei der ganzen Geschichte. Sag irgendetwas. Bitte, sprich.«

Wir schwiegen einige Minuten lang. Marie setzte sich aufs Bett, verbarg das Gesicht und weinte eine Weile. Es stimmte nicht, dass ich unsere Hausangestellte bezahlt hatte, um hinter Marie herzuspionieren. Ich hatte ihr einfach nur Geld gegeben, und ich war es leid, ihre Dankbarkeitsbekundungen zu hören. Ihre Mutter hatte sich von meinem Geld die Beine operieren lassen. Auch den Computerkurs des Neffen hatte sie mir zu verdanken. Ganz zu schweigen von dem Kauf des Fernsehers und der Waschmaschine. Aber wie schon gesagt, die Menschen rächen sich nach Leibeskräften für die Gefallen, die man ihnen tut. Jânia hatte den Bogen überspannt, sie war darauf verfallen, mich zu erpressen, und als ich dem ein Ende bereitet und sie auf die Straße gesetzt hatte, war die Hexe auf die Barrikaden gestiegen und mit einem Haufen widerlicher Lügen zu Marie gegangen. Niemals hätte ich ihr Geld anbieten dürfen. Ich weiß nicht einmal, warum ich es getan habe. Ich bin nie religiös gewesen, doch war in mir eine Kraft, die ebenso stark war wie die, mit der manche Menschen an die Heiligen oder an den lieben Gott glauben, und die mich dazu trieb, mich auf eine bestimmte Art und Weise zu verhalten. Beispielsweise zwang ich mich dazu, Ärzte – obwohl ich sie hasste – gut zu behandeln und nett zu ihnen zu sein, weil ich daran »glaubte«, dass ich andernfalls stets Gefahr lief, die Nachricht zu erhalten, dass ich Krebs hatte. Wie sollte ich Marie diese Art von Idiosynkrasie erklären?

In diesem Moment verspürte ich eine enorme Zärtlichkeit für sie. Ich hatte das Bedürfnis, mich neben sie zu setzen, ihre Tränen zu trocken, das ganze Durcheinander zu erklären, aber ich tat ganz einfach nichts. Ich ließ es geschehen, dass sie heftig weinte, aufstand, die Koffer nahm und ging.

Sobald Marie fort war, schaltete ich den Fernseher ein. Es dauerte eine Zeit, bis Nachrichten über den Konflikt im Nahen Osten kamen. Die israelische Anti-Terror-Politik würde nicht mehr die gleiche sein, hieß es in der Reportage. Israel würde jetzt die palästinensischen Gebiete besetzen, solange die Gewaltaktionen andauerten. Irgendwie bewirkten diese Nachrichten über Israel, dass ich mich Marie nahe fühlte. Ich überlegte, sie anzurufen. Aber ich fühlte mich nicht imstande, irgendetwas zu tun.

Den Rest des Vormittages verbrachte ich im Bett unter

der Daunendecke, bei laufender Klimaanlage, und fühlte mich hohl, ohne jeden Elan. Ich rührte mich nicht einmal, als ich Adrianas Stimme auf dem Anrufbeantworter vernahm, die mir mitteilte, dass der Präsident der Pro-Symphonischen Vereinigung im Orchester auf mich wartete.

Ich schlief und wachte häufig auf, stets mit dem Gefühl, grauenvolle Alpträume gehabt zu haben, doch konnte ich mich an nichts erinnern. Mein Kopf pochte, und als es klingelte, schaffte ich es gerade eben mit großer Mühe bis zur Tür. Wenn es Rachel ist, dachte ich, werde ich sie fragen, ob sie Tonopan im Haus hat. Was mich in Wirklichkeit zum Aufstehen bewegte, war der Gedanke, meine Nachbarin habe möglicherweise Neuigkeiten von ihrer Tochter. »Sie hat Probleme in der Bank«, hatte Rachel ein paar Tage zuvor erzählt, »wegen einer anderen Frau. Weißt du, um eine Frau fertig zu machen, gibt es nichts Besseres als eine andere Frau. Ich weiß nicht, wie es im Orchester funktioniert, aber im wirklichen Leben ist es so, einer Frau darf man niemals vertrauen. Wenn du mit einer Frau zusammenarbeitest, wenn du ihr Vorgesetzter bist, dann ist es gut zu wissen: Sie wird dich stürzen. Und wenn du eine Frau bist, umso schlimmer, denn Frauen wollen nicht nur deinen Platz einnehmen, sie wollen dich auch noch vernichten.« Rachel hatte mir grauenvolle Geschichten über den Kampf erzählt, den Ester auszustehen hatte, und seither fragte ich sie jeden Tag, ob ihre Tochter entlassen worden sei. »Noch nicht«, antwortete sie. Es ist beeindruckend, wie lange die Menschen brauchen, um Entscheidungen zu treffen. Ich weiß gar nicht, warum mich diese Sache so interessierte, aber manchmal rief ich während der Probe in der Pause meine Nachbarin an, um zu erfahren, ob irgendetwas passiert sei. Spannung lag in der Luft, und ich muss sagen, dass mich das letztlich noch mehr mit Rachel verband.

Als ich die Tür öffnete, stand ich unverhofft Eduarda, meiner Tochter, gegenüber, mit der ich seit über drei Wochen nicht gesprochen hatte. Erst als Teresa mit dem Hund und den Koffern aus dem Fahrstuhl stieg, fiel mir ein, was ich einige Tage zuvor am Telefon versprochen hatte. Meine Exfrau würde den ganzen Monat außerhalb der Stadt verbringen und wollte, dass »die Tochter beim Vater bleibt«. Wir hatten uns damals ziemlich gestritten, ich fühlte mich tief gekränkt wegen der Art und Weise, wie sie »beim Vater bleiben« gesagt und mich der Abwesenheit bezichtigt hatte. »Du bist abwesend«, hatte sie erklärt, »das ist kein Vorwurf, das ist eine Tatsache.« Ein eisiges Gefühl durchfuhr mich, als Teresa mir eröffnete, dass außer Eduarda auch der Hund bei mir bleiben würde. »Cláudio und ich können ihn nicht mitnehmen.«

»Welcher Cláudio?«, fragte ich.

Teresa lachte. »Tu nicht so blöd.« Alle wussten es schon, versicherte sie mir. Die Nachricht war sogar in den Klatschspalten erschienen, bemerkte sie mit einem gewissen Stolz. Eigentlich hatte sie die Klatschspalten schon immer geliebt. Während unserer Ehe waren sie das Erste, was sie las. Noch bevor sie nachschaute, ob in der Zeitung irgendeine Kritik über meine Konzerte stand, noch bevor sie die Notierung des Dollars las, all die Tragödien, die Nachrichten über unsere katastrophale Wirtschaft, überprüfte sie, wer auf welche Partys, wer zu welchen Abendessen gegangen war, wer sich getrennt und wer wen betrogen hatte. »Dieses Völkchen«, sagte sie, »ist ein Schwarm von Aasgeiern, Würmer, die von unserem Fleisch leben.« Doch jetzt waren die Würmer offenbar gar nicht so schlecht. Teresa und Cláudio, mein Assistent, gemeinsam in der Klatschspalte. »Fest zusammen«, betonte sie. Cláudio prüfte ein Angebot, das Orchester von Fort Worth in Texas zu übernehmen. Sie würden an diesem Abend in die Vereinigten Staaten reisen.

Ich hörte nicht, was Teresa noch sagte, ich war einige Momente lang taub, mir war schwindelig, ich dachte daran, dass es eine Zeit gegeben hatte, in der ich Teresa so gerne gehabt, in der ich so viel Zärtlichkeit für sie empfunden hatte, dass mir sogar der Gedanke gekommen war, sie zu töten, um ihr den Kummer der Trennung zu ersparen. Als Marie aus Israel zurückkehrte und unsere Romanze vor das Alles oder Nichts stellte, verbrachte ich ganze Tage damit zu überlegen, wie ich Teresa am besten umbringen würde. Ich wollte keinesfalls, dass Teresa litt, nie und nimmer. Und jetzt sagte sie mir, dass sie mit meinem Assistenten zusammen war.

Die letzten fünf Jahre über hatte ich ständig Lob von Cláudio bekommen, seit langem erzählte das Arschloch Gott und der Welt, ich sei sein Meister. Ich hätte misstrauisch werden sollen, niemand verteilt so viel Lob, wenn er keine Schuldgefühle hat. Noch dazu als Musiker. Glaub nie an den Blödsinn, der in der Garderobe geredet wird. Gelobt wird bei uns nur hinter dem Rücken.

Ich hörte nur das Ende von Teresas Blabla: »Wir haben etwas miteinander.« Cláudio liebte solche Ausdrücke: »Ich habe es sehr mit Mahler«, hatte er einige Tage zuvor zu mir gesagt. Mein Gott, wie war es möglich, dass ich das nicht bemerkt hatte? Sein ganzes Geschwafel über die Bildung des Publikums, welche im Wesentlichen darin bestand, den Mittelmäßigen zu gefallen, obgleich er versuchte, allem Glamour zu verleihen, und den Ph.D. überbewertete, den er in Chicago gemacht hatte, all das war bereits Teil des Plans, und ich hatte nichts gemerkt. Er hatte mir meine Frau gestohlen, und bestimmt riss er sich auch schon das Orchester unter den Nagel, das Schwein. Sie konspirierten gegen mich. Sein Traum war es, mir das Orchester wegzunehmen. Deshalb reiste er so viel, um es zu vertuschen. Er behauptete zwar, er schaue sich irgendwelche Orchester im Ausland an, doch im Grunde genommen hatte er es auf meines abgesehen.

»Er ist zehn Jahre jünger als du«, sagte ich zu Teresa.

»Na und?«

»Er ist mein Assistent.«

»Und was ist dabei?«

»Begreifst du nicht, dass er nur deshalb mit dir zusammen ist, weil du meine Frau bist?«

»Ich bin nicht deine Frau.«

Der Hund verströmte einen Übelkeit erregenden Geruch, ich holte meinen Kampfer aus dem Badezimmer, aber als ich zurückkehrte, war Teresa bereits gegangen. Ich lief zur Gegensprechanlage: »Bitten Sie Teresa, auf mich zu warten«, sagte ich zum Pförtner.

»Wenn du über Cláudio reden willst, vergiss es«, sagte sie, als ich aus dem Fahrstuhl stieg.

Ich wollte nicht über Cláudio reden, ich wollte, dass sie den Hund wieder mitnahm, mehr nicht. Es dauerte, bis ich zur Sache kam, es fiel mir merkwürdig schwer, meine Gedanken in Worte zu fassen. In Wahrheit versuchte ich die ganze Zeit über herauszufinden, was an Teresas Gesicht neu war. Ich kam nicht sofort darauf, dass ihre Lippen geschwollen waren, hervorstanden, gewiss hatte sie irgendwelchen Schweinkram hineingespritzt. Warum machten Frauen so was? Alle hatten sie jetzt so einen Schmollmund wie die Schauspielerinnen im Kino. Traurig, auf diese Weise zu altern.

»Du siehst sehr hübsch aus«, sagte ich.

Sie schaute mich verächtlich an.

»Marie hat mich gerade eben verlassen«, fuhr ich fort. Das sollte selbstverständlich kein Antrag sein, es wäre mir niemals in den Sinn gekommen, die Beziehung zu Teresa wieder aufzunehmen. Ich wollte lediglich zum Ausdruck bringen, wie kompliziert meine Lage war, wollte sie überreden, mit in meine Wohnung hochzukommen und den riesigen Hund dort herauszuholen. Doch Teresa brachte alles durcheinander, sie meinte, ich trage ihr die Versöhnung an. »Sei nicht albern. Es gibt nicht die geringste Chance für uns beide, und weißt du auch, warum? Weil es sie noch nie gegeben hat. Ich habe dich nie geliebt. Erst heute merke ich, wie unglücklich ich mit dir gewesen bin. Ich musste mich erst von dir trennen, um das herauszufinden. Wir haben jeden Tag Sex, Cláudio und ich, weißt du, was das bedeutet? Er betet mich an, er behandelt mich wie eine Göttin. Und dann kommst du und sagst mir … sei nicht albern.«

»Komm hoch und nimm den Hund wieder mit«, schrie ich wutentbrannt.

Teresa stieg, immer noch lachend, ins Auto, sagte ein ums andere Mal: »Sei nicht albern«, und fuhr ab. Ich blieb stehen und dachte an unsere Trennung zurück. Gut, dass sie mich vorgewarnt hatte. Als ich ausgezogen war, hatte sie Wert darauf gelegt, mich mit den Worten *Ehemann, Ehebruch, Scheidung, Geliebte, Rechtsanwalt* und dem Satz »Ich werde dich fertig machen« zu vergiften.

»Ich will, dass du glücklich bist«, hatte ich damals gesagt.

»Geht ihr doch zum Teufel, du und das Glück.«

Im Fahrstuhl dachte ich, dass Teresa mir bestimmt nur aus Rache einen Labrador in die Wohnung gesetzt hatte.

Als ich sah, dass der Hund sich in meiner Wohnung ganz wie zu Hause fühlte, wuchs meine Empörung. Ich gab Eduarda Geld, um irgendwo zu Mittag zu essen. »Nimm den Hund mit«, sagte ich.

Ich duschte, zog mich an und litt, aber nicht, weil Cláudio mich hintergangen hatte. Wenn man Dirigent ist, lernt man, mit Treulosigkeit umzugehen. Das ist unsere erste Lektion: Meide die, welche dich Meister nennen, denn morgen sind sie es, die dir den Boden unter den Füßen wegziehen. Damit konnte ich gut umgehen. Was diese Agonie in mir hervorrief, war das Wissen darum, dass Marie mich verlassen hatte und dass es einen Hund in meiner Wohnung gab. Ehe ich ging, rief ich Homero an. »Komm vorbei«, sagte er, »lass uns reden.« Genau das tat ich auch.

»Wie geht es denn so?«, fragte er, sobald ich es mir in dem Sessel gegenüber von seinem Tisch bequem gemacht hatte.

Hitzig erzählte ich ihm alles, was mir in den letzten Stunden widerfahren war, von dem Hund, dem teuflischen Geiger, von Marie, von Cláudio mit seiner Verschwörung. Homero hörte mir ruhig zu, und dann bestand er auf der Frage der Medikamente. Ich ließ ihn nicht ausreden, sprach über mein fabelhaftes Gedächtnis, über die Wichtigkeit des Auswendigdirigierens und darüber, wie zerstörerisch die Chemie in dieser Hinsicht sei. Ich erzählte ihm, dass ich, nachdem ich die Medikamente abgesetzt hatte, nicht nur die Partituren im Kopf behielt, sondern darüber hinaus imstande war, mir Fragen zu beantworten wie: »Was stand in der Saison 1986 als Erstes auf dem Programm?« Oder: »Was habe ich am Montag vergangener Woche zu Mittag gegessen?« Ich sagte ihm, ich könne mich an alles erinnern, oder doch an fast alles, auch wenn mir das ziemlich viel Mühe bereite. Aber auch große Erleichterung bringe, wenn die Aufgabe gelöst sei. Ich nähme mir schwierige Divisionsaufgaben vor, ohne Stift und Papier, und bräuchte eine ganze Weile, doch dann käme der Augenblick, in dem die Zahlen mir tanzend im Geist erschienen. All das war laut Homero gar nicht gut.

Er sprach über meine Beziehung zu Marie, sagte mir, meine Eifersucht sei nicht normal, all das, was ich ihm erzählte über Neid, Besitzansprüche, Misstrauen, Wettkampf, Konkurrenz, Rivalität, Verdruss, Aufrechnungen, Wiederholung, Erleichterung, Verlustangst, sei Ausdruck einer pathologischen Störung. Mein Übel habe einen Namen: Zwangsstörung nannten die Spezialisten das. »Deshalb rufst du zum Beispiel mehrmals bei Marie an, die Vergewisserungsrituale sind ein Symptom deiner Krankheit.« Er sagte, mein bizarres Verhalten, mein übertriebenes und unbegründetes Misstrauen Marie gegenüber, all das sei »Teil der Krankheit«. Othello habe unter diesem Übel gelitten. Und José aus der Oper *Carmen.* »Und Pozdnyšev, du erinnerst dich? Aus der *Kreutzer-*

sonate? Und Freud, um jemanden aus Fleisch und Blut zu nennen. Wusstest du, dass Frank Sinatra einmal eine Show unterbrochen hat, um Ava Gardner anzurufen? Und warum? Weil er krank war. Es ist eine physische Krankheit, so wie Krebs. Wir haben wissenschaftliche Beweise dafür, dass die Krankheit mit dem Absinken des Serotonins im Organismus zu tun hat, einem Enzym, das mit der Selbstachtung verbunden ist.« Am meisten gefiel mir Homeros Erklärung, im Deutschen enthalte das Wort *Eifersucht* durch *Eifer* die Bedeutung des Umgangs mit Feuer, von »brennen«, und durch Sucht das »Siechtum«. Das heißt, Eifersucht ist ein »krankhaftes Brennen«. »Du bist krank«, sagte er, »und musst behandelt werden.« Er sagte, ohne die Medikamente würde sich mein Krankheitsbild verschlimmern.

Die Vorstellung, wieder Tabletten zu nehmen, behagte mir überhaupt nicht. Meine Argumente waren stärker als seine. Was schließlich kann wichtiger sein als unser steifer Schwanz und unser Gedächtnis?

Als ich im Orchester ankam, fühlte ich mich ein bisschen besser. Ich sprach mit der Verwaltung, gab Anweisung, Cláudio zu entlassen. »Er ist hier nicht mehr angestellt«, sagte man mir, »er wollte den Vertrag nicht verlängern.« Das gab mir den Rest. Warum hatte man mir das nicht erzählt? Hatte ich die Verlängerung nicht angeordnet? Ja, das hatte ich. Doch Cláudio war es, der nicht gewollt hatte. »Er wird pro Konzert bezahlt«, wurde mir mitgeteilt. Ich entließ den Geschäftsführer des Orchesters. So würden sie lernen, meinen Befehlen zu gehorchen.

Ich arbeitete den ganzen Tag, dachte an nichts, arbeitete nur. Manchmal zog ein Sturm der Erinnerungen durch

mich hindurch, Marie, Cláudio und Teresa, der Hund, und ein schlechter, saurer Geschmack blieb in meinem Mund zurück. Jedes Mal, wenn das geschah, rief ich jemanden aus meinem Team zu einer Sitzung herbei.
Am Abend, als ich schon gehen wollte, bat Adriana mich, sie mitzunehmen. Während der Fahrt redete sie ohne Unterlass, ich aber achtete nur auf ihre straffen Beine. Als wir vor der Tür ihres Hauses ankamen, legte sie meine Hand auf ihre Knie und lud mich zu einer Cola Light ein. »Lass uns hinaufgehen«, sagte sie, »es wird schön werden.« Ich war müde, traurig. Doch ich ging hoch und mit Adriana ins Bett.

18

Frühstück im Bett«, sagte Adriana und kam splitterfasernackt mit zwei Dosen Cola Light, Eis und Zitrone ins Schlafzimmer. Ich schaute auf die Uhr, es war nach zehn. Sie stellte die Getränke auf den Nachttisch, ordnete die Kopfkissen und legte sich neben mich. »Vögeln ist etwas Wunderbares, nicht wahr?« Nach unseren Ausschweifungen hatte mich ein Wirrwarr von Gefühlen ergriffen. Erschöpft und begierig darauf, von dort fortzukommen, hörte ich mir die komplette Geschichte von Adrianas Alkoholismus an, seit sie angefangen hatte, sonntags mit ihrem Vater Wein zu trinken, bis hin zu den Episoden von Erbrechen, Gosse und Skandalen. Was mich besonders niederschlug war die Einsicht, dass wir beide dort überhaupt keinen Sinn ergaben. Doch in einem merkwürdigen Syllogismus war Adriana darauf verfallen, dass ich, weil ich ebenso gerne Cola Light trank wie sie, ebenfalls ein ehemaliger Alkoholiker sein müsse, und aus diesem Grund hielt sie mich für »einen speziellen Typen«. Für manche Leute ist Aufhören zu trinken eine Art Religion. »Eigentlich mochte ich keinen Alkohol. Mir ging es darum, betrunken zu werden. Hast du da keine Gelüste?«, fragte sie mich mehrmals. Es half nichts, ihr zu erklären, dass ich nie Alkoholiker gewesen war, sie behandelte mich weiterhin wie einen ehemaligen Süchtigen. Irgendwann im Laufe unseres Gesprächs kam es mir so vor, als hätte ich ein Ich-liebe-dich gehört; das war der Grund, weshalb ich so abrupt aufgestanden war. Ich habe nie begriffen, warum Frauen das tun. Kaum schlafen sie mit einem, schon fangen sie an, von Liebe zu reden, dachte ich und suchte meine Kleidung zusammen. Sex und Liebe in einen Topf zu werfen muss eine weibliche Krankheit sein. Wir Affen verbinden Sex mit nichts. Sex ist Sex.

Während ich mich anzog, erzählte ich Adriana, dass ich in der Zeitung eine Notiz über das Panda-Syndrom gelesen hatte, eine sexuelle Schwäche, die bei den asiatischen Bären auftritt. Ich erklärte ihr, dass die Tiere, die so groß seien wie Gorillas, nicht vögelten, weil es zu viel Mühe mache, ihren Schwanz von der Größe eines kleinen Fingers in die Möse der Bärin zu stecken. »So ist es überall auf der Welt«, sagte ich. »Keiner will mehr bumsen. Es macht zu viel Mühe«, schloss ich.

Adriana ging ins Bad und kam in einem satinglänzenden Morgenmantel mit roten Rosen darauf zurück. »Was redest du da von Pandas?«

»Willst du Mutter werden?«, fragte ich.

»Gehört das zu den Ausscheidungsfragen?«

»Wie bitte?«

»Wenn ich sage: Ja, ich will Mutter werden, fliege ich dann ins All?«

Lachend nahm ich Adriana in die Arme. »Die Antwort lautet nein. Ich will nicht Mutter werden. Ich will mit dir bumsen. Ich will deine Geliebte, deine Freundin sein. Ich will, dass du mich vögelst und mir Lust schenkst. Und ich will mich amüsieren. Fühlst du dich dabei besser?«

Ich bejahte. »Mit mir bist du angeschmiert«, sagte sie. »Im Gegensatz zu den Sängerinnen, die hier aufkreuzen, bin ich intelligent. Übrigens dachte ich früher, die Geschichte von den blöden Sängern sei leeres Geschwätz; heute weiß ich, dass sie stimmt. Sie hören bloß, nehmen die Welt durch die Ohren auf. Sie lesen nicht mal den Beipackzettel der Medikamente. Ich habe auch eine Theorie über die Blödheit der Tenöre. Sehr hohe Töne schädigen das Gehirn. Sie erzeugen ein Vakuum. Ich bin keine Sängerin. Ich habe Grips. Vorsicht mit mir.«

Als ich schon in den Fahrstuhl steigen wollte, zog Adriana mich am Hemd und küsste mich auf den Mund. »Und das mit dem Ich-liebe-dich war gelogen. Glaub nichts von dem, was ich dir sage, wenn wir vögeln, ja?«

Es herrschte eine Höllenhitze. Ich hielt mir die Nase zu, um mich vor dem grauenvollen Gestank der Stadt zu schützen, ging bis zum Ende des Häuserblocks und lachte über Adrianas Art, meine »Assistentin«, wie sie sich selbst gerne bezeichnete. Ein wenig ziellos lief ich umher, bis mir einfiel, dass ich mein Auto unten bei ihr im Haus abgestellt hatte. Ich ging zu dem Gebäude zurück, es war nicht leicht, in die Garage zu gelangen, der Pförtner verstand nicht, was ich sagte, und umgekehrt.

Sobald ich in dem nach Desinfektionsmittel riechenden Parkhaus ins Auto gestiegen war, überkam mich ein Gefühl der Einsamkeit und der Isolation. Ich war wie gelähmt. Ich dachte an Marie zurück, gleich nachdem wir geheiratet hatten, sie nackt an meiner Seite mit einem

Buch, in dem sich eine Passage aus dem Liebeskodex befand, der in einem Manuskript aus dem zwölften Jahrhundert entdeckt worden war. »Hör dir das an: Regel 23: ›Wer in Liebesgedanken gefangen ist, der isst und schläft weniger‹; ich esse und schlafe weniger. Regel 25: ›Wahre Liebe findet Glück nur in dem, was dem Geliebten gefällt‹; ich finde Glück nur in den Dingen, die dich betreffen, in deiner Musik, deinem Schwanz, deinen Ideen. Regel 26: ›Liebe kann Liebe nichts versagen‹; ich habe dir nie etwas ausgeschlagen und Israel verlassen, um hier zu leben. Regel 15: ›Jeder Liebende erblasst im Angesicht des Geliebten‹, ich kann mich nicht an deine Gegenwart gewöhnen, jedes Mal, wenn du vor mir erscheinst, schwindet mir das Blut. Regel 27: ›Der Liebende kann sich nur laben an der Lust des Geliebten‹; mich labt nur deine Lust. Regel 3: ›Der Liebende wird beständig und ohne Unterlass vom Bilde des Geliebten bewohnt‹; genauso ist es, ich denke die ganze Zeit an dich, an dich, an dich.«

Und nun hatte Marie mich verlassen. Ich malte mir aus, wie ihre Eltern auf hebräisch gegen mich konspirierten. Immer öfter benutzten sie in meiner Gegenwart diese Sprache, und zwar, damit ich nichts verstand. Ich beherrschte drei Sprachen, doch sie brachten es fertig, dass ich mich minderwertig fühlte, weil ich kein Hebräisch sprach. Mir fiel ein Abendessen bei ihnen zu Hause ein, bei dem ich mehr aus Anstand als aus Interesse nach dem Ritual gefragt hatte, wenn ein Mann konvertieren wollte. Monique hatte über meine Frage gelacht, was mich mit Wut erfüllt hatte. Später hatte Marie versucht, meinen Groll mit dem Argument zu besänftigen, ihre Eltern seien, nachdem sie gesehen hätten, wie die eigene Tochter ihre jüdische Identität eingefordert habe, erstaunt darüber gewesen, den nichtjüdischen Schwiegersohn vom Konvertieren reden zu hören. »In Wahrheit waren sie gerührt. Wir haben lange Zeit wie Nichtjuden gelebt, wir sind nicht in die Synagoge gegangen und auch nicht zu israelitischen Vereinigungen. Sie haben sich nie darum gekümmert, mir das Judentum zu vermitteln. Doch als Jugendliche wollte ich Jüdin sein. Ich habe der Geschichte meiner Familie nachgespürt, wollte nach Israel gehen. Ich war die Ursache dafür, dass sie wieder zur Gemeinde und ihrer Kultur zurückgefunden haben.« Marie spielte auf die Verweltlichung des Judentums an, die »jüdische Indifferenz«, doch es half nichts, von unserem gesamten Gespräch blieb in meinen Ohren nur das geringschätzige Lachen Moniques zurück. Du sprichst nicht unsere Sprache, du gehörst nicht dazu. Das war es, was dieses polternde Lachen zu bedeuten hatte.

Mit jagendem Herzen, Druck in der Brust, beugte ich mich über das Lenkrad. Ich war durcheinander, überlegte, zu Adrianas Wohnung zurückzukehren. Plötzlich bekam ich einen Lachanfall. So war es immer, ich fühlte mich, als hätte ich eine Luftblase in der Brust, und wenn ich dann versuchte zu weinen, kam nichts oder eben ein sinnloses Lachen wie dieses dabei heraus.

Als ich wieder in meine Wohnung kam, fand ich Eduarda vor dem Fernseher sitzend. »Papa«, sagte sie. »Jetzt nicht«, antwortete ich und ging in Richtung Schlafzimmer. Der Hund kam hinter mir hergelaufen. »Aus«, rief ich, »verschwinde«, doch das Tier hatte nicht den geringsten Funken Verstand. Ich hasste Hunde mehr noch als Katzen, Fische und alle anderen Tiere, ihre artbedingte Unterwürfigkeit reizte mich bis aufs Blut. Ich stampfte mit dem Fuß auf, um ihn zu erschrecken, doch aus Versehen trat ich ihm auf die Pfote.

»Papa«, schrie Eduarda und eilte dem Hund zu Hilfe, der übertrieben winselte.

»Es war keine Absicht«, sagte ich.

»Er heißt Nego.«

»Was?«

»Mein Hund heißt Nego.«

»Nimm Nego hier weg«, befahl ich. Unschlüssig schaute Eduarda mich an. Erst in dem Moment fiel mir auf, wie ähnlich sie ihrer Mutter war. Haargenau wie Teresa, der gleiche tadelnde Blick, die gleiche kritische Miene. Und auch der gleiche Tonfall.

Wütend auf mich selbst ging ich ins Schlafzimmer. Aufgelöst durchlitt ich alle möglichen Gefühle, rief mehrmals bei Marie auf dem Handy an und hinterließ grauenhafte Nachrichten, nannte sie eine Ausnutzerin, sagte, sie habe sich nur für mich interessiert, um an eine Stelle in meinem Orchester zu kommen, und dass sie eine miserable Geigerin sei.

Ich legte mich hin, versuchte zu lesen, aber ich fand keinen Frieden. Ich stand auf, lief rastlos im Zimmer umher, es war, als ob irgendetwas mich zwang, auf den Beinen zu bleiben. Ich fing an, die Schränke zu durchwühlen, ohne genau zu wissen, wonach ich suchen sollte. Es war nichts darin. Leere Schubladen. Kleiderlose Bügel. Ich zählte die Bügel. Dann lehnte ich mich aus dem Fenster, schaute dem Treiben unten in der Tiefe zu. Vielleicht würde Marie wiederkommen. Innerhalb von fünf Minuten zählte ich neun Hunde. Marie würde nicht zurückkehren. Vielleicht wäre das gut. Aber so funktionierte unser Spiel nicht. Sie hatte ihren Part absolviert und war gegangen. Der Rest oblag mir. Für die Rettung war ich zuständig. All das war mir auf einmal völlig klar. In Wirklichkeit ging das Spiel weiter. Wir rückten immerzu voran. Ich beobachtete noch ein paar Minuten lang die Passanten, ich mochte diesen Stadtteil. Dann duschte ich, rasierte mich und fuhr zum Haus von Monique.

»Ihr geht es nicht gut«, sagte meine Schwiegermutter, »es ist besser, wenn ihr ein andermal redet.« Ich schenkte ihr nicht die geringste Beachtung, stieg die Treppe hoch und begab mich in Maries Schlafzimmer.

»Lass uns gehen«, sagte ich, »nimm deine Sachen.« Noch bevor Marie antwortete, öffnete ich auf der Suche nach einem Koffer ihren Kleiderschrank.

»Hör auf damit«, sagte sie. »Ich werde nicht zurückkommen.«

»Du solltest Homero anrufen. Ich habe die Behandlung wieder aufgenommen.«

Ich öffnete die obere Schranktür, die Koffer waren drinnen.

»Du machst mir Angst. Wenn ich denke, dass alles gut ist …«

»Okay, es war ein Fehler«, sagte ich, indem ich sie unterbrach. »Jânia hätte nie bei uns arbeiten dürfen. Wo bekomme ich eine Leiter her?«

Marie seufzte, sie bedeutete mir, damit aufzuhören.

»Es ist nicht wegen Jânia.«

Im Schrank fand ich einen Regenschirm. Mit dem Griff versuchte ich, an einen der Koffer zu gelangen.

»Gut«, sagte ich. »Es ist vorbei. Ich habe mich geändert. Versprochen.«
Irgendetwas im Schrank behinderte den Koffer, er ließ sich nicht herausziehen. Ich zerrte mit aller Kraft. Vergeblich.
»Bist du nicht imstande, um Verzeihung zu bitten?«
»Was ist mit dem Koffer? Ich schaffe es nicht, ihn herauszuziehen.«
»Hör auf, in meinen Sachen herumzuwühlen. Lass das und bitte um Entschuldigung. Das könnte deine Lage verbessern.«
Ich strengte mich noch ein bisschen mehr an, und plötzlich fiel mir der Koffer auf den Kopf und landete mit großem Getöse am Boden.
»Entschuldigung«, sagte ich. »Entschuldige. Du hast völlig recht. Verzeih mir.«
Marie griff nach dem Koffer. Erschöpft setzte ich mich aufs Bett.
»Nimm deine Sachen«, sagte ich.
An diesem Tag hatte Marie keinerlei Gewissheit, in Wirklichkeit hatte sie Angst, war durcheinander. Trotzdem erklärte sie sich einverstanden, mit zurück in unsere Wohnung zu kommen.
Unterwegs war ich weder fröhlich noch traurig. Es wäre anders gewesen, wenn sie einfach von selbst zurückgekommen wäre.

19

»Du lügst, betrügst, bist ein Schwein, und du denkst, alle Menschen täten das Gleiche. Das ist dein Problem«, sagte Adriana.

Wir hatten gerade Sex miteinander gehabt, und nun war Adriana dabei, alles zu verderben. »Natürlich kann ich weniger unangenehm sein«, sagte sie, »du musst nur das Handy ausschalten und aufhören, alle fünf Minuten bei Marie anzurufen, um zu erfahren, wo sie gerade ist, ob sie gekommen, ob sie weggegangen ist und was sie über die Standpauke denkt, die du den Musikern bei der Probe gehalten hast. Das ist ein bisschen zu viel des Guten. Mich stört es, diese Gespräche mit anhören zu müssen, zu hören, wie ihr verabredet, welchen Film ihr heute Abend anschauen werdet. Und komm mir nicht mit diesem Gewäsch von wegen Ich-habe-dir-nichts-versprochen. Das hat überhaupt nichts mit Beziehung zu tun, und auch nicht mit Versprechen. Bloß mit Sensibilität.«

Aufgebracht ging ich. Ich liebte diese nachmittäglichen Treffen in Adrianas Wohnung, diese Augenblicke des Friedens, die sie mir verschaffte, bei von uns selbst bereitetem Mittagessen, alles war ganz wunderbar, doch dieses therapeutische Geschwafel über meine Ehe brachte mich immer mehr in Rage. »Diese Telefoniererei hat etwas Neurotisches«, sagte sie. Ich gab zu, dass ich es damit langsam übertrieb, aber es war etwas, das ich nicht zu kontrollieren vermochte. Ich verspürte erst eine gewisse Ruhe, nachdem ich Maries Stimme vernommen hatte. Wenn Eduarda an den Apparat ging und mir mitteilte, Marie sei im Bad, dann glaubte ich ihr nicht. Ich musste ihre Stimme hören. Ich befürchtete, dass ihr auf dem Weg vom Orchester nach Hause etwas Schlimmes zugestoßen sein könnte. Es war, als ob irgendetwas Ungutes uns umgab. Mein Gefühl war, dass durch die Telefonate die Gefahr abgewendet wurde. Je öfter ich anrief, desto mehr war alles unter Kontrolle.

Es gab schöne Momente zwischen Marie und mir. Gleich nach ihrer Rückkehr nahmen wir uns ein paar Tage frei und flogen nach New York. Ich war ruhig, schlief die ganze Nacht durch, war in sehr guter Stimmung. Wir unternahmen lange Spaziergänge durch die Stadt, ohne festes Ziel, hielten Händchen, gingen überall hinein, wo wir es interessant fanden. Marie machte einige Einkäufe, ich nutzte die Gelegenheit und besuchte meinen amerikanischen Agenten, wir entwarfen Zukunftspläne, es war großartig.

Gleich bei unserer Rückkehr nach São Paulo fand ich eine an mich adressierte Postkarte von Lamadrid, auf der er schrieb, er bedauere, was bei dem Konzert vorgefallen sei, und hoffe, dass wir in Zukunft wieder zusammenarbeiten würden. »PS: Grüßen Sie Ihre wundervolle Frau von mir.« Ich fragte Marie, wie sie dieses »wundervoll« finde.

»Nett.«
»Ihr habt euch sehr angefreundet, nicht wahr?«
»Ein rein beruflicher Kontakt.«
»Aber du hast ihm das Theater gezeigt.«
»Aus Höflichkeit.«
»Du hast gesagt, weil er dich darum gebeten hatte.«
»Ja, er hat mich darum gebeten, und ich war so freundlich und habe ihm das Theater gezeigt.«
Von da an ging es mit uns nur noch bergab. Es war gang und gäbe, dass ich sie nach der Probe mit Verhören dieser Art in meinem Büro festhielt. »Erzähl noch mal die Geschichte von Lamadrid«, sagte ich. Ich wurde ganz besessen, wenn ich irgendeine Unstimmigkeit bei den Antworten bemerkte, die ich allesamt in einem eigens dafür gekauften Heft notierte. Gerne inspizierte ich auch ihre Handtasche, öffnete ihre Post und überprüfte Belege und Telefonrechnungen. Wir stritten uns viel wegen meines Verhaltens. Sie verlor die Geduld, drohte damit zu gehen, ich machte einen Rückzieher, flehte, sprach von meiner Behandlung, von den zwanzig Milligramm Fluoxetin, die ich ihretwegen täglich einnehmen musste, was gelogen war, denn ich hatte nie wieder einen Fuß in Homeros Praxis gesetzt. Kurzum, das Spiel ging weiter, sie gewann, und ich fühlte mich immer labiler. Ihr zu Gefallen schnitt ich selbst die Artikel aus, die in den Zeitungen über Israel erschienen. Zehn Palästinenser getötet. Fünf Israelis ermordet. Neunzehn Palästinenser ums Leben gekommen. Zehn Israelis tot. Und so fort. Die Bombenexplosionen nahmen kein Ende. Aber es war nicht nur das. Israelische Agenten hatten einen Hinterhalt vorbereitet, um einen Hamas-Aktivisten zu töten, und sich in

einem Gemüselieferwagen versteckt. Und nun rüstete die israelische Regierung ausländische Arbeiter mit Gasmasken aus. Falls die Vereinigten Staaten den Irak angriffen und Israel von Bagdad attackiert würde, wären sie vorbereitet. All das stand in den Zeitungsausschnitten, die ich von nun an in unserem Schlafzimmer an die Wand klebte.

An diesem Abend beschloss ich, meine Kontrollmethode zu ändern.

»Sprich hier hinein«, bat ich sie und zeigte auf das Tonbandgerät, das ich gekauft hatte. »Ich hatte nichts mit Lamadrid.« Ich sagte, so würden wir eine »offizielle Erklärung« haben.

Ich log, so zu verfahren sei eine Idee Homeros gewesen, »um die Qualität unserer Beziehung zu verbessern«. Ich war übermäßig erregt, grauenvolle Gedanken kamen mir in den Sinn und verhinderten, dass ich mich auf irgendetwas konzentrieren konnte. Ich dachte, Marie würde mir eine Riesenszene machen, doch sie nahm einfach das Tonbandgerät und sprach die Aussage genau so hinein, wie ich vorgeschlagen hatte.

Anderntags verließen wir gemeinsam das Haus, um jeder in seinem Auto zur Probe zu fahren. Marie in Jeans, mit zusammengebundenem Haar, sah reizend aus. »Ich liebe es, wenn du Jeans trägst«, sagte ich.

Vor der Probe erhielt ich die Mitteilung, dass sie nicht kommen würde, sie hatte sich unterwegs schlecht gefühlt und war zu ihren Eltern gefahren.

Auf dem Rückweg von meinem Mittagessen bei Adriana fand ich Henri, Maries Vater, in meinem Büro vor.

»Die Situation ist unhaltbar«, sagte er. Ich dachte, wir

würden uns über den Finanzmarkt oder etwas in der Art unterhalten.
»Wir haben herausgefunden, dass du gar nicht mehr in Behandlung bist. Wir haben mit Homero gesprochen. Wir wollen nicht, dass Marie wieder zu dir zurückkehrt. Sie wird von jetzt an bei uns bleiben. Es ist endgültig.«
Nachdem er mein Büro verlassen hatte, lief ich wie ein Tier im Käfig hin und her. Ich wollte nicht, dass es nach ihrer Nase ging. Es musste unbedingt nach meiner gehen. Ich rief Homero an und hinterließ ihm eine ganz gemeine Nachricht auf dem Anrufbeantworter.
Um sechs Uhr rief ich Henri an und sagte, ich verstünde zwar die ganze Situation, wolle aber nicht, dass Marie das Orchester verlasse. »Sie ist sehr begabt. Es wäre ein großer Verlust für das Orchester und auch für Marie. Es gibt keinen anderen Ort, wo sie spielen kann.«
»Ich werde mit ihr reden«, antwortete mein Schwiegervater. Wir beendeten das Gespräch in freundschaftlichem Ton.
Am Abend versuchte ich, mit Marie zu sprechen, aber sie wollte nicht ans Telefon kommen. Am darauffolgenden Tag erschien sie jedoch zur Probe. Ängstlich, unsicher, begrüßte sie mich kaum, als ich die Bühne betrat. Ihre Mutter blieb die ganze Zeit über im Parkett sitzen und lächelte jedes Mal, wenn sich unsere Blicke kreuzten.
Nach der Probe bestellte ich Marie in mein Büro. Sie kam in Begleitung ihrer Mutter.
»Bitte lass uns alleine, Monique«, bat ich. Sie wollte um jeden Preis bei dem Gespräch dabei sein, doch Marie überredete sie, draußen bei Adriana zu warten.
»Es ist für uns beide die beste Lösung«, sagte Marie, als wir

alleine waren. Ich ließ sie eine ganze Weile reden, es bereitete mir enormes Vergnügen, all die Klischees vom Ende einer Liebe zu hören, die ich einige Zeit zuvor Teresa gegenüber aufgewärmt hatte.
»Ich möchte nicht, dass du sauer auf mich bist«, lautete ihr letzter Satz.
»Du bist entlassen«, sagte ich.
Marie schaute mich verständnislos an.
»Du kannst verschwinden«, befahl ich. »Geh mir aus den Augen.«
»Ich dachte, dass …«
»Du hast falsch gedacht.«
Wankend, kurz davor zu weinen, ging Marie hinaus, und gleich darauf kam Adriana mit ziemlich zufriedenem Gesicht herein. Sie bemühte sich nicht im Geringsten zu verhehlen, dass sie hinter der Tür alles mitangehört hatte.
»Maestro, das hast du sehr gut gemacht. Am besten das Übel bei der Wurzel packen.«
Adriana entließ ich ebenfalls. Ich hatte die Nase voll von Leuten, die glaubten, dass sie mich verstanden.

20

Meine liebe Eduarda,
eben hat Cláudio seinen Vertrag bekommen und wird endlich die künstlerische Leitung des Orchesters von Fort Worth übernehmen. Wir sind sehr glücklich; heute haben wir ein schönes Haus mit großem Garten gemietet. Du wirst begeistert sein, Liebling, die Stadt ist reizend und liegt wenige Minuten von Dallas entfernt. Morgen werde ich mir deine Schule ansehen, ich habe bereits einen Termin mit dem Direktor vereinbart. Halt noch ein bisschen durch, Liebling. Bald komme ich dich holen. Küsse von deiner dich liebenden Mama.«

Die Postkarte kam an, als Eduarda in der Schule war. Es erleichterte mich zu wissen, dass meine Tochter eine »Gültigkeitsdauer« hatte, wie ein alter Dirigentenfreund es ausdrückte, »das ist der Vorteil bei der Trennung. Wenn die Kinder einen besuchen kommen, weiß man, an welchem Tag sie wieder gehen.« Endlich würde ich diesen Riesenhund los sein, dessen Steckenpferd es war, Frauenmösen zu beschnuppern. Ein Labrador tut nichts anderes. Aber trotzdem ärgerte sie mich, diese ganze

Geschichte mit Cláudio und Fort Worth, dieses Klima offenkundiger Feindseligkeit mir gegenüber. »Halt noch ein bisschen durch«, hatte Teresa geschrieben. Was sollte das bedeuten? Dass es für Eduarda eine Qual war, bei ihrem Vater zu leben? Seit zwei Wochen, seit ich aus Maries Wohnung ausgezogen war, logierten wir im Caesar Park in der Rua Augusta.

Gleich nachdem Marie mich verlassen hatte, rief Henri mich an, um mir Bescheid zu geben, dass er »jemanden schicken würde«, um die Sachen seiner Tochter abzuholen. »Lass dir Zeit«, hatte er gesagt, »du kannst so lange in unserer Wohnung bleiben, wie es nötig ist.« Die Reichen lieben es, sich materiellen Dingen gegenüber gleichgültig zu geben.

Ich teilte ihm mit, dass ich noch am selben Tag ausziehen würde. Ich nahm absolut nichts mit. Nur ein paar Bücher von Marie, wegen der Sätze, die sie unterstrichen hatte. Mehr nicht.

Ohne mein Ansehen und meinen Einfluss hätte kein Hotel uns mit dem Hund aufgenommen. Wir bekamen zwei Suiten, Eduarda durfte mit dem Tier nur über die Personalaufzüge hinausgehen, unter der Bedingung, niemals die Eingangshalle zu durchqueren. Alle waren darum bemüht, dass wir uns dort wohl fühlten, doch sie machte ständig ein kritisches oder gelangweiltes Gesicht, hörte, ihr kleines Monster umklammernd, grauenvolle Musik oder sah im Fernsehen irgendwelchen Mist und wollte sich nie mit mir unterhalten. Gegenüber ihrer Mutter am Telefon aber war sie die Begeisterung in Person. Es ging so weit, dass sie ihr in Einzelheiten beschrieb, welche Kleidung sie gerade trug; manchmal flüsterte sie

ihre Sätze und brach dann in Gelächter aus, was mich völlig aus der Fassung brachte.
Wir hatten glückliche, herrliche Zeiten verlebt, so wie auf unserer Reise nach Rom, ich war stets ein liebevoller Vater gewesen, und nun behandelten sie und ihre Mutter diesen Cláudio, als wäre er sonst wer. Er würde es nie zu etwas bringen, der Typ. Ich war ganz begierig darauf, Eduarda all das zu sagen, nicht einmal das Hotel vermochte ich zu verlassen, ehe sie aus der Schule gekommen war.
»Halt noch ein bisschen durch«, las ich laut vor, als Eduarda das Zimmer betrat.
»Ich schnüffle nicht in deinen Sachen herum.«
»Ich nehme an, dass du deiner Mutter nette Dinge über das Zusammenleben mit deinem Vater erzählst.«
»Ich habe nur erzählt, dass du Nego nicht magst.«
Ich schrie Eduarda an, sagte, sie sei ein dummes Gör und habe keine Ahnung, sie wisse nicht, dass Cláudio ein Verräter sei.
»Du glaubst, dass alle gegen dich sind«, konterte sie.
»Deine Mutter hat mich gegen jemanden getauscht, der jahrelang versucht hat, meinen Platz im Orchester zu besetzen.«
»Du warst derjenige, der meine Mutter verlassen hat.«
Ich war innerlich völlig erregt, und es brachte mich auf, dass Eduarda mir in dieser Form antwortete. Sie war immer so folgsam gewesen, und nun forderte sie mich heraus. Sie und ihre Mutter, immer hielten sie zusammen.
»Geh doch nach Texas, geh doch nach Fort Worth. Aber merk dir, dass das nicht Dallas ist«, sagte ich. »Und komm

mir hinterher nicht damit und sag, dass du wieder bei mir wohnen willst.«

Als wir aus Maries Wohnung ausgezogen waren, hatte ich Teresa angerufen und ihr mitgeteilt, dass wir in ein Hotel gehen würden. »Wie lange soll deine Tochter eigentlich noch unter deinem sprunghaften Liebesleben leiden?« Teresa schlug vor, dass wir in ihrer Wohnung bleiben sollten, »wenigstens hat Eduarda es dort bequem.«

Der Tag hatte sehr schlecht begonnen an jenem Morgen. In Wirklichkeit war überhaupt nichts in Ordnung. Die ersten Tage ohne Marie waren unerträglich. Ich wachte auf, tupfte mir Kampfer in die Nase, um den Geruch des Teppichbodens im Hotel ertragen zu können, holte den Wagen und postierte mich vor dem Haus von Henri und Monique. Dort lauerte ich, bis Marie herauskam. Anfangs wollte ich sie bloß sehen. Dann ging ich dazu über, sie zu verfolgen, die Orte zu notieren, an denen sie zu Mittag aß oder Einkäufe machte. Ein paar Mal versuchte ich auch, mich ihr zu nähern.

Eines Freitags, als sie in der Oscar Freire ein Eis aß, sprang ich aus dem Auto, um ihr ein Buch zurückzugeben. Es stand ein von ihr unterstrichener Satz darin, über den ich wirklich gerne mit ihr diskutiert hätte: »Alle beschäftigen sich mit Israel (...), aber wissen Sie, womit ich mich beschäftige? Mit dem, was hier passiert. Mit den Vereinigten Staaten. Etwas Furchtbares geschieht hier vor unseren Augen. Ich fühle mich wie 1935 in Polen. Nein, es ist kein Antisemitismus. Der kommt sowieso noch. Nein, es ist die Kriminalität, die Straflosigkeit, Menschen voller Angst. Das Geld – alles ist käuflich, und das ist das, was zählt. Die jungen Leute sind ganz verzweifelt. Drogen sind die reine Verzweiflung. Keiner, der nicht zutiefst verzweifelt ist, hat das Bedürfnis, sich so grandios zu fühlen.« Ich wollte Marie sagen, dass ich damit nicht übereinstimmte; das Problem waren weder Israel noch die Vereinigten Staaten. *Selbstzerstörung* ist das Wort, das alles erklärt, wollte ich sagen. Wir alle sind Selbstmordattentäter. Wir durchleben den Augenblick unserer eigenen Ausrottung. Wir werden alles kaputtmachen. Das war es, was ich zu sagen hatte.

Doch Marie gab mir keine Gelegenheit, mit ihr zu sprechen. Sie wollte mich nicht anhören, versuchte, vor mir zu fliehen, und deshalb stritten wir uns. »Begreifst du nicht, dass es aus ist?«, sagte sie irgendwann. »Was muss ich tun, damit du das kapierst?« Ja, ich verstand jedes Wort, aber konnte sie denn nicht zu mir zurückkehren? Konnte sie mir nicht verzeihen?

Später wurde es noch schlimmer. Ich konnte mich Marie gegenüber nicht mehr zügeln. Unsere letzte Begegnung war bedauerlich gewesen; nachdem ich sie durch die Straßen von Jardins verfolgt hatte, hielt ich mit dem Wagen neben ihr an der Ampel, stieg aus und sagte, sie habe niemals bei Sandorsky Stunden genommen, die beiden seien Geliebte gewesen und ich wisse alles.

Nicht einmal während der Proben gelang es mir, mich von den grauenvollen Gedanken und Bildern zu befreien, die in meinem Geist gediehen. Ich weiß noch, wie ich während eines Konzertes in der Pause in mein Büro hochging und im Konservatorium von Tel Aviv anrief, obwohl ich wusste, dass es aufgrund des Zeitunterschiedes geschlossen hatte. Doch damals malte ich mir aus, Marie nutze die Zeiten, in denen ich dirigierte, um

Sandorsky anzurufen, und dass die Kontakte, weil der Dirigent verheiratet war, über das Konservatorium liefen. All das war konfus. Warum zog ich beispielsweise nicht die Möglichkeit in Betracht, dass die beiden nach Lust und Laune mit dem Handy telefonierten? Ich weiß es nicht. Die fixe Idee mit dem Konservatorium, den nächtlichen Telefonaten, war Gewissheit.

Ebenfalls nicht erklären kann ich, warum ich abermals vermutete, Marie habe romantische Rendezvous mit einigen meiner Musiker. Mein Kopf fand keinen Frieden, ich vereinbarte sogar einen Termin mit einem Privatdetektiv, um ihn über Telefonabhörgeräte auszufragen. Ich begab mich in sein Büro in der Rua da Consolação und setzte ihm gehörig zu. Ich sagte, meiner Meinung nach habe ein Mann, der überlege, das Telefon seiner Frau abzuhören, bereits die Hörner aufgesetzt bekommen. »Sicher ist, dass er betrogen wird«, behauptete ich.

»Nicht unbedingt«, antwortete der Detektiv. »Wir haben schon nette Überraschungen erlebt.« Er wollte mir keine Zahlen nennen, aber ich deutete an, irgendwo gelesen zu haben, dass sich bei neunundneunzig Prozent der Telefonüberwachungen der Verrat bestätige. »Wir haben keine Statistiken«, sagte er. »Jedenfalls ist es der Zweifel, der stört, nicht wahr?« Der Kerl wusste alles darüber, wie man seinen Mitmenschen das Leben versaut. Er erzählte mir, er sei in der Lage, in die Datenbanken jedes Unternehmens einzudringen, er bot mir eine ganze Palette von Dienstleistungen an. Ich sagte, ich werde es mir überlegen, ging aber nie wieder hin. Mich ekelte das alles an, einschließlich meiner selbst.

Zu jener Zeit ging ich mit Leontina aus, einer russischen Cellistin und sehr guten Freundin von Marie. Die Russen verwechseln das offene *o* und das *u* mit dem *a*. Sie sagen *blader Mist. Albaquerque*. Ich weiß nicht, warum ich das überhaupt erzähle, vielleicht weil der Reiz meiner Beziehung zu Leontina lediglich darin bestand, dass ich ihr die ganze Zeit über beizubringen versuchte, wie das offene *o* und das *u* richtig ausgesprochen werden. Jedenfalls war sie es, die mir erzählte, dass Marie zum Vorspielen bei Cláudio im Orchester von Fort Worth eingeladen worden war.

Das war am selben Tag, an dem Eduarda die Postkarte von ihrer Mutter erhielt, was mir die Gewissheit gab, dass eine Verschwörung gegen mich im Gange war. Ich wurde von allen Seiten gleichzeitig angegriffen. Leontina und ich aßen gemeinsam zu Mittag, sie bekundete ihre Zufriedenheit über die Nachricht. Sie fand, es sei förderlich für eine brasilianische Musikerin, in einem ausländischen *Archester* zu spielen, ganz so, als sei Fort Worth ein großes Haus und nicht bloß ein popeliges kleines Provinzorchester. Doch so sind die Russen, für sie ist jeder Ort prachtvoll, sogar Texas.

Nach dem Essen rief ich Hanna, meine Agentin, an und bat sie, einen Kontakt mit dem Orchester von Fort Worth herzustellen. »Was willst du von denen? Kann ich dir helfen?«

Mir konnte keiner helfen. Ich nahm die Nummern und rief persönlich bei dem Orchester an. Eine gewisse Alberta nahm ab und teilte mir mit, der Direktor sei noch nicht da. Das war alles, was ich sie sagen ließ. »Sie haben gerade Cláudio als Dirigenten engagiert, einen charakterlosen

Kerl, der alles, was es an Musikalischem bei Ihnen gibt, zugrunde richten wird«, sagte ich. Ich erzählte, dass ich ihn entlassen hätte und dass ich auch Marie entlassen hätte, ein junges Mädchen, das demnächst auf der Geige vorspielen werde. Die Frau versuchte mehrmals, mich zu unterbrechen. Amerikaner ertragen es nicht, wenn man nicht pathologisch sachlich bleibt. Bei jeder Art von einleitenden Worten verzweifeln sie, weil sie meinen, sie verlören ihre Zeit. Nichts bringt einen Amerikaner mehr auf die Palme als das Gefühl, dass er seine Zeit vertrödelt. Zeit zu verlieren ist für sie etwas äußerst Primitives, selbst für die Bewohner von Fort Worth. Ich gestattete besagter Alberta nicht, mich zu unterbrechen.

»Ich kann nicht dulden, dass unqualifizierte Musiker den Namen meines Orchesters missbrauchen, um eine Stelle bei Ihnen zu bekommen.«

»Im Augenblick ist niemand von der Verwaltung da. Rufen Sie später wieder an.«

Ich hinterließ meine Nummer, bat darum, der Manager des Orchesters möge sich mit mir in Verbindung setzen. »Es ist dringend«, sagte ich. Ich legte auf, wild darauf erpicht, irgendjemanden zur Schnecke zu machen. Manchmal beruhigte ich mich nur so, indem ich die anderen anschrie. Doch an diesem Tag machten alle im Orchester alles richtig. Rosa, die neue Sekretärin, war sehr effizient. Sie war acht Monate lang arbeitslos gewesen, und wie alle, die zu uns kamen, um bei uns zu arbeiten, hatte sie begonnen, sich für Musik zu interessieren. Als wir das erste Mal miteinander allein waren, erklärte sie mir, sie sei »ganz verrückt nach Liszt. Mögen Sie Liszt?«

Ich sagte ihr nicht, dass Liszt zu dem gehörte, was man als die »Mittelschicht der Komponisten« bezeichnen könnte, vielleicht würde sie eines Tages von selbst darauf kommen. »Hören Sie sich die Klavierstücke an«, antwortete ich. »Und Wagner?«, fragte sie. *Tannhäuser* ist Schrott. *Lohengrin* ist beinahe Schrott. Wagner taugt nur etwas in *Tristan und Isolde* und im *Ring*. Ich sagte nichts von alledem, sie konnte mich mal.

»Werfen wir einen Blick auf unseren Terminplan?«

In Wirklichkeit hatte ich Sehnsucht nach Adriana. Ich hatte sie schon ein paar Mal angerufen, hatte Nachrichten hinterlassen, doch sie hatte nicht zurückgerufen.

An diesem Nachmittag beschloss ich, bei ihr vorbeizuschauen. Adriana öffnete die Tür, und noch ehe ich ihren betrunkenen Zustand bemerkte, verspürte ich den scharfen Wodkageruch.

Mit nur einem Schuh am Fuß, schmutzigem Nachthemd, zerzausten Haaren tat Adriana mir leid. Sie umarmte mich ungestüm und lallte Sätze wie: »Lass uns ficken«, »Ich bin ganz versessen darauf, dass mich jemand ordentlich leckt.«

Ich brachte sie ins Schlafzimmer.

Ich legte sie ins Bett, ging in die Küche, wollte ihr eine heiße Milch bereiten, doch der Kühlschrank war leer. Ich benötigte eine weitere Dosis Kampfer um die Nase, um mich bewegen zu können inmitten des Chaos aus leeren Flaschen und Töpfen mit Essensresten, die seit Tagen dort herumstehen mussten.

Als ich ins Schlafzimmer zurückkam, schlief Adriana. Ich rief im Orchester an und trug Rosa auf, eine Putzfrau zu besorgen, wobei ich betonte, dass es sich um etwas Privates handelte und ich selbst sie bezahlen würde. Ich rief auch Eduardas Chauffeur an und gab ihm eine Liste mit Einkäufen durch, die ich ihn bei Adriana abzuliefern bat.

Marlene, die Putzfrau, kam noch vor vier Uhr. Sie brachte die Wohnung ordentlich in Schuss, wusch die Wäsche, machte Küche und Bad sauber, half alsdann, die Einkäufe zu verstauen, die Seu Mário mir brachte, und kochte eine Hühnerbrühe.

Adriana wurde erst um acht Uhr wach, sie war noch immer leicht benebelt. Ich half ihr in die Dusche, badete sie, zog ihr saubere Kleider an und kämmte sie. Dann nötigte ich sie, die Brühe zu essen, indem ich sie ihr löffelweise in den Mund flößte. Ich wechselte die Bettwäsche, und sie schlief weiter.

Ich rief im Hotel an. Eduarda sei mit dem Hund spazieren gegangen, teilte man mir am Empfang mit. Bei eingeschaltetem Fernseher blätterte ich in alten Zeitschriften, es lief eine Interviewsendung, in der ein Politiker sagte, Israel solle »irgendwo ein Gebiet kaufen«. Ich rief Marie zu Hause bei ihren Eltern an, doch nun antworteten die Angestellten bereits ganz unverblümt, sie sei nicht da. »Sagen Sie ihr, dass sie Kanal 13 einschalten soll«, erklärte ich. Ich wollte, dass Marie die Absurditäten hörte, die der Interviewte von sich gab. »Warum soll denn Israel von dort abziehen und nicht die Palästinenser?«, fragte der Journalist. »Die Palästinenser halten ein größeres Areal besetzt und sind zahlenmäßig mehr.«

Ich hörte mir den Blödsinn, den der Mann erzählte, noch ein paar Minuten lang an und schlief schließlich auf dem Sofa ein. Um Mitternacht wurde ich von Adrianas Stimme geweckt. Sie wollte wissen, was ich dort zu suchen hatte. Sie erinnerte sich an nichts, weder an das Bad noch an die Suppe. »Ich wette, dass nicht du hier sauber gemacht hast.« Ich zeigte ihr die Lebensmittel, sagte, dass ich sie sehr dünn fände, sie müsse auf sich aufpassen. Ich fragte sie, ob sie Geld brauche, erbot mich, ihr zu helfen. Mit widerstrebendem Gesicht bat Adriana mich zu gehen.

»Du gehörst in Behandlung«, sagte ich.

»Fühlst du dich gut dabei?«, fragte sie.

»Wobei?«

»Bei dieser Posse, mir zu helfen.«

»Wenn du wissen willst, ob ich Schuldgefühle habe, weil du wieder trinkst, nein, das habe ich nicht.«

Adriana stand auf, sie war so schwach auf den Beinen, dass sie mir leid tat. Sie zündete sich eine Zigarette an. »Außerdem rauche ich jetzt«, sagte sie. Dann öffnete sie die Tür, nannte mich einen »Drecksack von Dirigent«, sagte, sie brauche meine »blöden Ratschläge« nicht und wolle sie auch nicht hören. Und ich solle mich sehr wohl schuldig daran fühlen, dass sie wieder zu trinken angefangen habe. »Ich liebe dich«, sagte sie.

Wir schwiegen einige Sekunden lang, meine Augen fixierten den Boden.

»Ich wollte, du kämst zurück zum Orchester.«

»Warum?«

»Weil du die beste Sekretärin bist, die ich je hatte.«

»Leck mich am Arsch.«

Adriana wartete darauf, dass ich ging. Drinnen im Fahrstuhl hörte ich noch ihr Schluchzen.

Ich schaute nicht einmal mehr bei Eduarda in der Suite vorbei, um zu sehen, ob mit ihr alles in Ordnung war und

um ihr eine gute Nacht zu wünschen. Über das Handy versuchte ich, mit Marie zu sprechen, doch sie hatte die Nummer gewechselt.
Ich überlegte, ob ich hinfahren und in das Haus eindringen sollte, aber einen Moment lang erschien mir alles sinnlos. Was sollte ich ihr, Marie, sagen?
Ich nahm eine Tablette, um zu schlafen.

21

An dem Morgen fand keine Probe statt. Ich setzte mich im dunklen Saal ins Parkett und verweilte dort mit geschlossenen Augen, der Stille lauschend. Ich weiß nicht, wer gesagt hat, ein Leben ohne Musik sei ganz einfach ein Fehler, doch ist das ebenso wahr wie die Behauptung, ein Leben ohne Stille sei ein Fehler. Dies war einer der Gründe dafür, dass ich mich im Parkett meines Orchesters so wohl fühlte. Dort herrschte Frieden. Bei hermetisch verschlossenen Türen, völlig isoliert von der Außenwelt, vergrub ich mich in einem der Sessel und hörte dem Klang der Stille zu, den es bereits nirgendwo mehr gibt.

Kaum hatte ich mein Büro betreten, da kam Rosa mit der Neuigkeit. »Wir haben eine Anfrage von der Bundesregierung. Sie möchten unseren Saal für den Auftritt einer Sambaschule nutzen, mit der die internationale Tagung über nachhaltige Entwicklung abgeschlossen werden soll«, sagte sie begeistert. Ich befahl ihr, im Regierungspalast anzurufen und mitzuteilen, dass es leider nicht möglich sei, die Bitte zu erfüllen. »Dieser Raum ist für Orchestermusik bestimmt«, erklärte ich.

»Aber es ist für den Präsidenten«, beharrte sie.
»Sambaschulen kommen mir nicht ins Haus. Das gefährdet die akustische Qualität des Saals.«
»Unser Marketingdirektor hat gesagt, es sei keine schlechte Idee, unsere Räumlichkeiten für volksnahe Veranstaltungen zu nutzen.«
»Die Veranstaltung ist nicht volksnah. Sie ist für reiche Unternehmer, die Mulattinenärsche sehen wollen. An dem Tag, an dem wir eingeladen werden, in einer Sambaschule zu spielen, werde ich mir die Sache überlegen.«
An jenem Morgen war ich überreizt aufgewacht, die Schlafmittel verschafften mir keine ruhigen Nächte mehr. Letztlich verschlief ich, duschte rasch und schaute, bevor ich ging, in Eduardas Suite. Die Zimmermädchen hatten bereits aufgeräumt, und der Riesenhund war nicht da. Ich konnte mir nicht vorstellen, was sie mit dem Tier wohl gemacht hatte, aber es kam mir auch nicht in den Sinn, die Hotelangestellten zu fragen.
Den restlichen Vormittag verbrachte ich im Orchester mit Telefonaten.
Die Geschäftsführerin des Orchesters von Fort Worth rief mich zurück, doch zu dem Zeitpunkt hatte ich bereits die Lust auf den Feldzug gegen Cláudio verloren. »Cláudio ist ein erstklassiger Dirigent«, sagte ich zu ihr und meinte es ehrlich. Am Ende lud ich sie ein, mit uns zusammen zu spielen. Anschließend rief ich meine Agentin in der Schweiz an, aber ich muss wohl sehr durcheinander geklungen haben.
»Was willst du eigentlich? Hast du das Orchester von Fort Worth nun eingeladen, in Brasilien zu spielen, oder nicht?«, fragte sie.

Ich erklärte ihr, alles, was sie zu tun habe, sei, die Leute zu ignorieren und die Sache nicht weiterzuverfolgen.

»Was weiterverfolgen? Ich habe nicht mit ihnen geredet. Ich habe keine Einladung ausgesprochen. Du hast die ganze Geschichte angeleiert. Ich verstehe das nicht. Ist mit dir alles in Ordnung?«

Die Folgen des Durcheinanders, das ich mit dem Orchester von Fort Worth angezettelt hatte, waren offenkundig. Mit der Aussicht, in Brasilien zu spielen, würden die Dirigenten des Orchesters Marie beim Vorspielen bestehen lassen. Gewiss war die Geschäftsführerin bei unserem Gespräch davon ausgegangen, dass ich noch immer Maries Ehemann war. Sie musste daraus den Schluss gezogen haben, dass meine Einladung aus diesem Grunde erfolgt war. Ein Tauschgeschäft. Sie ließ Marie bestehen, und ich lud das Orchester ein, in Brasilien zu spielen. All das hatte ich Hanna erklären wollen, doch ich war zu faul. Sie war nicht gut gelaunt. Sie hatte kaum das Gespräch angenommen, da fing sie auch schon an, zu meckern und über ihre Künstler herzuziehen. Ich beruhigte sie, indem ich ebenfalls schlecht über alle redete, und legte bei der erstbesten Gelegenheit auf. Ich grübelte weiter über mein Problem nach und entschied, dass sie Marie nicht nach Texas schicken würden. Es war eine Frage der Zeit, dachte ich, bis sie wieder mit mir zusammenleben würde. Das Fort-Worth-Orchester würde jedenfalls nicht alles kaputtmachen.

Mit diesen Gedanken fuhr ich vor dem Haus von Maries Eltern vor, entschlossen, dort auf sie zu warten. Ich saß lauernd im Auto, als ich einen Mann bemerkte, der im Garten des Grundstücks auf der anderen Straßenseite ein

Schild anbrachte – »Zu vermieten«. Mir kam die Idee, in das Haus einzuziehen. Von dort aus könnte ich Marie permanent überwachen, könnte alle ihre Bewegungen relativ leicht verfolgen. Ich rief bei der Immobilienfirma an, verband sie mit meiner Sekretärin, und ein paar Minuten später erhielt ich einen Anruf von dem Hausbesitzer. »Ich bin ein Freund Ihres Schwiegervaters«, sagte er. »Es wird mir das größte Vergnügen bereiten, Ihnen das Haus zu vermieten, Maestro. Übrigens möchte ich Sie zu *Rake's progress* beglückwünschen. Ich habe mich auf die Vorstellung vorbereitet. Ich habe das Libretto von Auden gelesen. Wunderbar!« Neuerdings war ich richtig beliebt in Brasilien. Immer kam irgendjemand an und sagte mir, dass ihm das Konzert, das Programm, gefallen habe, und das verschaffte mir große Befriedigung.

Genau in dem Moment, als ich mir die Lobreden des Hausbesitzers anhörte, ging die Garage des Elternhauses von Marie auf, und ihr Auto erschien auf der Straße. Ich rannte hin, stellte mich vor den Wagen.

Ich bat sie, das Fenster zu öffnen, doch Marie gebärdete sich, als wolle ich sie überfallen. Ich hatte Lust, die Scheibe zu zertrümmern. Der Wachmann trat aus seinem Häuschen und kam näher. Ich schlug kräftig gegen das Glas. »Mach das blöde Fenster auf«, sagte ich.

Marie ließ die Scheibe herunter, aber nicht vollständig. Sie hatte Angst vor mir.

»Hast du meine Nachricht erhalten?«, fragte ich.

»Sag schon, was du willst, ich bin spät dran.«

»Warum gehst du nicht ans Telefon, wenn ich dich anrufe?«

»Du bist ein einziges Problem. Und du gehst mir auf die

Nerven. Warum lässt du dich nicht behandeln? Du bist ein Fall für den Arzt. Tut mir sehr leid, ich kann dir nicht helfen.«

»Ich weiß schon von deinen Plänen mit dem Orchester in Fort Worth.«

Marie zeigte keine Regung.

»Ohne ein Empfehlungsschreiben von mir wirst du nie bestehen«, sagte ich.

»Das werden wir ja sehen.«

»Doch welche Höllenqualen muss ein Mensch durchleiden, der aus Liebe zweifelt und verzweifelt liebt.«

Marie war nicht zu erschüttern.

»Du hast Shakespeare nie gelesen, stimmt's?«, sagte ich.

Abermals keine Antwort. Da kam mir in den Sinn, dass es sehr gut möglich war, dass Cláudio sich für Marie interessierte. Das wäre die perfekte Erklärung für die Einladung.

»Will Cláudio etwas von dir?«, fragte ich.

»Findest du, dass ich musikalisch völlig unbegabt bin? Ist das deine Einschätzung? Ich will arbeiten«, sagte sie. »Und Cláudio bietet mir eine Chance. Das ist alles.«

Ich lachte auf. »Ist das die neue Marotte der Reichen? Früher wollten die Reichen nichts wissen vom Arbeiten.«

Mir war danach, ihr zu sagen, dass sie ganz und ausschließlich mir gehöre und nicht das Recht habe, bei Cláudio oder in sonst einem Orchester zu spielen, aber aus irgendeinem Grund gelang es mir, meine Aggressivität zu zügeln. Mehr oder weniger jedenfalls.

»Du wirst das Vorspielen nicht bestehen«, sagte ich. »Weder dieses noch irgendein anderes. Ich kenne sämtliche Agenten. Keiner will dich engagieren.«

Marie fuhr los und ließ mich alleine dort stehen.

Als ich zurück ins Orchester kam, entschlossen, alle Agenten der Welt anzurufen und sie zu bitten, Marie nicht zu engagieren, klingelte mein Handy abermals. Es war Mário, der Chauffeur. Er fragte, was mit Eduarda los sei. Sie sei nicht im Hotel gewesen, als er sie morgens habe abholen wollen, um sie in die Schule zu fahren. Er hatte an ihrem Zimmer geklopft und, da niemand öffnete, geglaubt, sie habe wie so häufig bei einer Freundin übernachtet. Doch nun war er zur Schule gefahren, um sie abzuholen, und musste feststellen, dass Eduarda nicht beim Unterricht gewesen war.

Ich fuhr schnurstracks zum Hotel. Vielleicht wusste Teresa irgendetwas.

»Du machst mir Sorgen«, sagte sie am Telefon. »Wir haben gestern miteinander gesprochen. Sie rief mich an und sagte, sie wolle mit Nego spazieren gehen und dann für eine Mathematikarbeit lernen.«

An Eduardas Handy nahm niemand ab. Leontina kam ins Hotel, Rosa ebenfalls. Wir machten uns daran, alle ihre Freundinnen, alle Bekannten anzurufen, was uns eine Menge Arbeit bereitete, denn ich wusste absolut nichts über das Leben meiner Tochter, nicht einmal, in welche Klasse sie in der Schule ging. Die Direktorin zeigte sich einigermaßen entrüstet, als sie meine Unkenntnis bemerkte.

Der Lage bewusst kam der Hotelmanager und redete mit mir. Die Angestellten der Nachtschicht hatten mitbekommen, wie Eduarda mit dem Hund fortgegangen war, hatten sie aber nicht zurückkehren sehen.

Das bereitete mir Sorgen. Im Zimmer meiner Tochter fand ich ihre Handtasche mit sämtlichen Papieren; nichts deutete darauf hin, dass sie vorgehabt hatte, die Nacht außer Haus zu verbringen. Die Zimmermädchen erklärten, morgens sei das Bett gemacht gewesen, so als habe niemand darin geschlafen.

Teresa rief nun alle fünf Minuten an. »Willst du damit sagen, dass du nicht einmal weißt, ob sie im Hotel geschlafen hat? Was zum Teufel bist du für ein Vater?«

Inmitten dieser zahllosen Telefonate rief der Besitzer des Hauses gegenüber von Maries Eltern an, um mir mitzuteilen, dass er es sich anders überlegt habe, er werde das Haus nicht mehr vermieten. Ganz offenbar hatte der Kerl mit Henri gesprochen. Aber zu dem Zeitpunkt beschäftigte mich das Haus am allerwenigsten.

Am späten Nachmittag hatte ich keinerlei Neuigkeiten von Eduarda und war so angespannt, dass ich mich nicht einmal hinzusetzen vermochte.

»Ich denke, wir sollten Nachforschungen in den Krankenhäusern einleiten«, sagte der Hotelmanager. »Unser Frühportier hat gesagt, dass auf der Avenida Paulista gestern bei einem Verkehrsunfall jemand überfahren worden ist.«

Es war Mitternacht, als Leontina mich aus dem Leichenschauhaus anrief. Das überfahrene Unfallopfer war ein Teenager, sie war ohne irgendwelche Ausweispapiere dort eingeliefert worden.

»Es ist nicht Eduarda«, sagte ich.

»Sie hatte einen Hund dabei«, antwortete Leontina. »Ich glaube, du solltest jetzt sofort herkommen.«

Ich weiß nicht genau, wie ich dorthin gelangte, ich erinnere mich an alles auf sehr konfuse Weise, ein paar Leute redeten auf mich ein, doch ich vermochte nicht, ihnen zuzuhören. Der Geruch war grauenvoll, mir war übel. Wir betraten einen völlig aschfarbenen Raum. Ein junger Bediensteter entblößte den Leichnam, der auf einem Metalltisch ruhte.

Es war Eduarda.

22

Ich erwachte vom Fernseher, es lief Première Combat. »Du hast den Kampf von Ronnie Lynn und Mark Smith verpasst«, sagte Leontina, die seit Eduardas Tod nun bei mir im Hotel wohnte. »Außerdem hast du den zwischen Steve Malcon und Brad Dickson versäumt, aber der war auch nicht besonders. Er endete in der fünften Runde, Dickson sah aus wie eine Blutlache.« Ihre neuen Kenntnisse im Freistilringen beeindruckten mich; sie liebte es, die Punkte unserer Lieblingskämpfer, Leon Bruce, Warwick, Burn, zu notieren, wusste hinterher jedoch nie, wo sie die Ergebnisse aufgeschrieben hatte. »Wenn man Russe ist, interessiert man sich sehr fürs Austeilen und Einstecken.«

Ich hatte das Wochenende zugedröhnt vor dem Fernseher auf dem Sofa verbracht. Manchmal schaffte ich es, aufzustehen, irgendetwas zu essen, zum Fenster zu gehen, aber alles kostete große Überwindung.

Samstags, nach dem letzten Konzert der Woche, begann ich mit dem, was ich als »Homero-Molotow« bezeichnete, Frontal, Lexotan, Dormonid, es gab eine ganze Reihe von Medikamenten, die mir der Psychiater verordnet hatte, ich nahm mehrere und fühlte mich vielleicht gar nicht so viel anders als die Leute, die zur Totenwache meiner Tochter gekommen waren, Menschen, die es einfach gibt im Leben, aus Zufall, aus Pech, ohne Grund, jene Bekannten, Exfreunde, ehemalige Musiker, frühere Nachbarn, Frauen, an die man sich überhaupt nicht mehr erinnert, entfernte Onkel und Tanten, entfernte Cousins und Cousinen, all diese Menschen, denen man völlig egal ist, denen es aber ein Bedürfnis ist, zur Totenwache deiner Tochter zu kommen und gebührlich zu leiden, und denen es ein noch größeres Bedürfnis ist, alles zu vergessen, wenn sie nach Hause kommen.

In gewisser Weise besorgen dies die Psychopharmaka für uns, mit ihnen leiden wir so wie diejenigen, die nichts mit der Sache zu tun haben. So wie jene, die die Nachricht in der Zeitung lesen. So wie die, die mich bei der Totenwache anschauten, als verstünden sie voll und ganz das Drama eines Vaters, dessen einzige Tochter mit vierzehn Jahren auf der Avenida Paulista von einem Omnibus überfahren wird. Das war es, was ich dachte, als ich bei der Totenwache die Kondolenzbekundungen entgegennahm. Sogar Elias, der Dirigent, erschien dort. Ich hatte gedacht, er sei bereits gestorben, und auf einmal tauchte er auf, der Löwe, gebrechlich, wild darauf versessen, mich zu trösten. Er schaute mich an, als sei er mir in Sachen Verluste überlegen. Ich musste an das letzte Mal zurückdenken, als ich ihn hatte dirigieren sehen, diese zerzauste Mähne auf der Bühne, die miauenden Saiten, die quiekenden Bläser, nach der Hälfte des Konzertes war ich gegangen. Und bei der Totenwache stand er da und besah sich meinen Schmerz.

»Wenn sie Rivotril schon im Mittelalter erfunden hätten«, sagte Rachel zu mir, die ebenfalls eine Pillenspezialistin war, »dann hätte Gott nicht diese Popularität.«

Bei der Totenwache kam ein Mädchen mit einem Jungen an der Hand auf mich zu, der noch keine sechzehn Jahre alt sein mochte. Er war hochgewachsen, sah gut aus, hatte blutunterlaufene Augen, die an mir vorbeischauten.

»Maestro, das hier ist Eduardas Freund.«

Den Rest der Zeit blieb ich neben Eduardas Freund stehen, und ich weiß zwar nicht, warum, aber seine stumme Gegenwart war das Einzige, was mir eine Art Trost gab.

Die Woche über war ich ganz und gar mit dem Orchesteralltag beschäftigt. Alles, was nichts mit Musik zu tun hatte, ließ ich außer acht. Das war es, was ich in jenen Tagen als Frieden bezeichnen konnte. Nur auf diese Weise gelang es mir, nicht an Eduarda, an ihren zarten, auf dem Metalltisch des Leichenschauhauses ausgestreckten Körper zu denken. Gleich nachdem ich meine Tochter identifiziert hatte, sprach ein Mitarbeiter des Instituts für Rechtsmedizin mich an und überreichte mir einen Umschlag mit den bei ihr gefundenen Gegenständen: ein Kaugummi, Geschmacksrichtung Minze, und eine blaue Haarspange mit kindlichem Dekor.

Es wird behauptet, Toscanini habe an dem Abend nach dem Tod seiner vierjährigen Tochter dirigiert. Seit jener Nacht im Leichenschauhaus wurde Toscanini zu meinem Vorbild. Nie habe ich so viel gearbeitet wie in dieser Zeit. Es gab Tage, an denen ich mich so rastlos fühlte, dass ich nach der Probe, wenn ich in meinem Büro nichts mehr zu tun hatte, durch die Waschräume lief und das

Toilettenpapier kontrollierte. Einmal half ich sogar einer Putzfrau dabei, im Vestibül einen Fleck vom Boden zu reiben. »Tun Sie das nicht«, sagte Rosa, als sie mich dort ertappte. »Sie sind unser Dirigent. Bitte, das schickt sich nicht.«

Meine Proben waren eine Art Kampf mit den Musikern. Einmal lachte ein Geiger vom dritten Pult; ich entriss ihm den Bogen und schleuderte ihn ins Parkett. Glücklich machte es mich nicht, wenn ich die von meinem Geschrei und meinen Beschimpfungen verursachte Missstimmung bemerkte. Sie atmeten nicht einmal, aus Angst, mich zu verstimmen. Ich verlangte nicht nur wie gewöhnlich, dass sie hervorragend spielten. Ich war nicht nur streng. Es war nicht bloß Musik, was ich dort machte. Es war auch ein Überlebenstraining, eine Methode, um zu verhindern, dass das Unterirdische in mir an die Oberfläche kam.

Ein Glück, dachte ich, dass ich ein Orchester in Brasilien habe. Wenn ich bei Eduardas Tod der Orchesterleiter der New Yorker Philharmoniker gewesen wäre, hätte ich vielleicht Selbstmord begangen. Wenn ich eine dieser amerikanischen Profi-Assistentinnen gehabt hätte, die auf die Straße gehen und mit einem Sack voller Geld ins Orchester zurückkehren, hätte ich mir eine Kugel in den Kopf gejagt. Rings um mich herum funktionierte nichts so, wie ich es wollte. Ich musste schreien, schimpfen, entlassen, beleidigen, drohen, und das füllte mich ganz und gar aus. Keine innere Hölle schafft es unter solchen Umständen, bis an die Oberfläche aufzusteigen. Wahrer Schmerz bedarf einer weniger fordernden Umgebung. Man kann nicht mit Haut und Haaren leiden, wenn ringsherum so viel zu erledigen ist. So hielt ich mich die Wochen über aufrecht. Doch nach dem samstäglichen Konzert klappte ich zusammen. »Du solltest deinen Arzt auf das Rivotril ansprechen«, drängte Rachel; sie meinte, die ihr verschriebenen Medikamente seien besser als meine. »Wusstest du, dass Rivotril gegen Epilepsie ist? Als ich das in dem Beipackzettel gelesen habe, war ich geschockt. Warum hat mein Arzt mir das verschrieben? Ich bin nur niedergeschlagen. Ich bin verzweifelt. Ich habe bloß eine Tochter, die ständig mit dem Finanzminister zusammenhockte, und nun hat die Bank, bei der sie gearbeitet hat, sie entlassen. Bis vor kurzem hat sie mich gehasst, und nun braucht sie mich. Wusstest du, Maestro, dass Ester schwanger ist? Fast vierzig und schwanger. Ich habe keine Ahnung, wer der Vater ist. Sie weint nur noch, den ganzen Tag. Neulich hat sie bei mir geklingelt, und als ich die Tür aufmachte, hat sie sich mir weinend in die Arme geworfen wie ein achtjähriges Mädchen. Und mich Mama genannt. Weißt du noch, die beinharte Managerin, die stets ein Kostüm trug und ihrer Mutter eins verpasste? Diese Frau gibt es nicht mehr. Diese Frau ist ein Wrack. Und ich bin auch eins. Wir beide zusammen geben ein hübsch abgetakeltes Duo ab. Der Unterschied besteht darin, dass ich mit Rivotril funktioniere. Als ich den Waschzettel las und sah, dass es ein Medikament für Epileptiker ist, habe ich gedacht: Was bin ich eigentlich? Wo ist der Unterschied zwischen mir und einem Epileptiker? Ich bin genau das. Eine Epileptikerin. Das Wort erklärt mich gänzlich. Ich bin neurotisch, alt und eine Epileptikerin. Du bist ebenfalls ein Epileptiker. Du solltest Dr. Empédocles wirklich um Rivotril bitten.« Rachel hatte sich den Namen meines Arztes noch immer nicht gemerkt.

An diesem Montag frühstückte ich im Schlafzimmer. Leontina kümmerte sich liebevoll um mich, wählte aus, was ich anziehen sollte, goss mir Milch ein und süßte sie, strich mir Gelee aufs Toastbrot. Ich war ihr dankbar dafür. »Hol mir meine Brille, Liebling. Meine Medikamente. Meinen Kaffee. Mein dies. Mein das. Ständig willst du etwas haben, ich muss bloß an dir vorbeigehen, und schon gibst du mir eine Aufgabe«, hatte Marie einmal zu mir gesagt. »Was für eine Marotte, zu meinen, dass alle dich bedienen müssen. Du bist wie mein Vater. Mein Vater ist ständig von Sekretärinnen umgeben, und wenn er nach Hause kommt, erteilt er weiter Befehle, als wäre er im Büro.« Marie hatte diese Rolle niemals übernommen, im Gegensatz zu Teresa, deren »Unterordnung unter den Ehemann«, wie sie selbst sagte, viele Jahre lang ihre Hauptbeschäftigung gewesen war. »Meine ganze Jugend über«, wie sie zu erklären nicht müde wurde. »Seinetwegen habe ich meine Solokarriere aufgegeben.« Niemand erinnerte sich mehr daran, dass Teresa je Geige studiert hatte, sie selbst hatte tausende Male ihren Mangel an musikalischer Begabung eingeräumt, doch dieser Satz war eine Art Slogan gewesen, den sie die meiste Zeit unserer Beziehung über benutzt hatte, so dass ich eines Tages nach einem Lachanfall dachte, dass ich sie unseren neuen Freunden so vorstellen könnte: Das ist Teresa, die meinetwegen das Geigespielen aufgegeben hat.

Ich duschte und fuhr zu Teresa. Sie und Cláudio wollten an diesem Abend in die Vereinigten Staaten fliegen, und ich hatte versprochen, bei ihr vorbeizuschauen, ich weiß nicht einmal recht, wozu, vielleicht, um ihr noch einmal die Gelegenheit zu geben, mir zu sagen, wie sehr sie mich für den Tod unserer Tochter verantwortlich machte.

Als Teresa nach Brasilien zurückgekehrt war, hatte es einen liebevollen Moment zwischen uns gegeben. »Warum?«, fragte sie weinend. Doch dann, als wir uns in der Einäscherungshalle begegneten, gab Teresa mir die Schuld an Eduardas Tod, sie sagte, ich sei egoistisch und hätte nicht einmal gewusst, was mit unserer Tochter passiert war. An dem Unfallabend hätte ich noch nicht einmal bemerkt, dass sie nicht im Hotel geschlafen hatte. Alles hätte vermieden werden können, wenn ich präsenter gewesen wäre. »Ein beschissener Vater«, hatte sie gesagt. »Ein Riesenarschloch, genau das bist du schon immer gewesen.«

Es war schon nach elf, als ich bei Teresa eintraf. Ich wartete im Wohnzimmer, derweil die Hausangestellten Kisten packten und Möbel zuhängten. Ich konnte schon den Geruch nach verlassenem Haus verspüren. In meiner Jugend hatte ich jahrelang in solchen Wohnungen logiert, deren Besitzer nie da sind. Ich war ständig auf Reisen und wohnte immer bei Freunden, die ihrerseits ebenfalls irgendwo auf der Welt unterwegs waren und Konzerte dirigierten. Teresas Wohnung hatte sich bereits in einen jener seelenlosen Orte verwandelt, an denen man, wie allein auch immer man ist, niemals Frieden zu empfinden vermag.

Die Urne mit Eduardas Asche stand auf dem Tisch neben dem Kamin. Mir kam die Idee, dass ich meiner Tochter gerne eine letzte Ehre erweisen würde. Ich könnte eine Hand voll dieser Materie, die sie gewesen war, ins Meer werfen oder in einen Park, es lag darin eine unzerstörbare Energie, und vielleicht war es das, war es dieser Zyklus, den wir als Unsterblichkeit bezeichnen. Bei diesem Gedanken verspürte ich große Erleichterung. Wenigstens das gab es. Die Materie. Ich ergriff die metallene Schachtel, die Teresa jahrelang als Tischdekoration gedient hatte, aber gerade als ich die Urne öffnete, stürzte Teresa, beschirmt von Cláudio, ins Wohnzimmer. Als sie die Urne in meinen Händen erblickte, fiel sie praktisch über mich her. Wütend entriss sie sie mir. »Nichts wirst du behalten.«

Ich erläuterte ihr meine Absicht. »Ich will nicht alles«, sagte ich, »nur eine Hand voll.« Ich sprach von der letzten Ehre.

»Eine Hand voll? Habe ich richtig gehört? Eine Hand voll von deiner Tochter?«

Bevor Teresa ins Schlafzimmer hochging, gab sie mir eine Ohrfeige.

Cláudio und ich standen eine Weile schweigend da.

»Pass auf Teresa auf«, sagte ich, um die Angelegenheit zu beenden. Er begleitete mich bis zur Garage. Ich war schon dabei, ins Auto zu steigen, als ich die Bitte vorzubringen beschloss. Der Moment war denkbar ungeeignet, aber ich kam nicht einmal mehr dazu zu zögern.

»Nimm Marie nicht mit nach Fort Worth«, bat ich. Es war das letzte Mal, dass wir uns sahen.

Was Marie betraf, so war ich ihr bei der Abschiedszeremonie für Eduarda begegnet. Wir hatten kein einziges Wort gewechselt, hatten im Augenblick der Einäscherung nur Arm in Arm dagestanden, sie wollte mich trösten, aber ich empfand keinerlei Erleichterung. Im Gegenteil, ihre Gegenwart machte mich noch ruheloser und niedergeschlagener.

Ein paar Tage später rief ich bei ihr zu Hause an und bat sie, ins Hotel zu kommen. Es war ein Donnerstag, Leontina spielte im Orchester unter einem Gastdirigenten.

Um neun Uhr rief Marie mich vom Haustelefon in der Hotelhalle an und schlug vor, dass wir im Restaurant irgendetwas zu uns nehmen sollten. Ich drängte sie, heraufzukommen.

»Ich dachte, ich würde Leontina treffen«, sagte sie, als sie meine Suite betrat.

Ich sprach die Einladung ganz förmlich aus, sagte, dass ich mich sehr freuen würde, wenn sie zum Orchester zurückkäme, und dass wir den ganzen Blödsinn doch vergessen könnten.

»Du bist eine große Violinistin. Du fehlst mir im Orchester.«

»Ich will nicht.«

»Warum nicht?«

«Ich will nicht mehr. Das ist alles.«

»Aber vorher wolltest du.«

»Ich weiß. Aber ich will dort nicht mehr spielen. Es ist nicht deinetwegen. Nicht unseretwegen, meine ich. Es geht nicht mehr.«

Wir schwiegen einige Minuten lang. Marie erhob sich.

»Will er nicht, dass du weiter dort spielst?«, fragte ich.

»Wer? Mein Vater?«

»Nein. Der Kerl, mit dem du ausgehst.«

»Du hast mich doch entlassen, nicht wahr? Es gibt niemanden.«

»Ich entlasse und engagiere, wen ich will. Es ist mein Orchester. Meins. Sag ihm das.«
»Von wem sprichst du?«
»Du gehst doch mit jemandem aus. Wer ist er?«
»Du solltest versuchen, glücklich zu sein mit Leontina. Sie ist ein nettes Mädchen.«
»Wer ist er? Ich will es wissen.«
Marie ging ans Fenster. »Hast du nie Vertrauen zu mir gehabt? Nicht einen Moment lang? Bist du nie auf den Gedanken gekommen, dass ich dir immer treu gewesen bin? Dass ich dich wirklich geliebt habe?«
»Rodrigo?«
Marie seufzte unwillig.
»Nein«, fuhr ich fort. »Ich wette, es war mit den Hörnern. Ein heroisches Instrument mit breitem Repertoire. Du liebst Hornisten, Horn ist Gott. Wenn du schon nicht mit dem Dirigenten vögelst, dann am besten mit einem Hornisten. Ich glaube nicht, dass du mit den Oboisten gebumst hast. Die sind zu neurotisch. Du hast nicht die Geduld, den ganzen Tag lang zu warten, dass sie sich aus Zuckerrohr diese Mundstücke schnitzen.«
Marie nahm ihre Handtasche.
»Nichts da. Hier geblieben. Ich versuche gerade, zu raten. Mit den Flötisten hattest du nichts, das kann ich garantieren. Snobistische Typen, affektiert wie die Franzosen, und das hast du satt, nicht wahr? Monique hat dein Quantum an Toleranz für Hochnäsigkeit erschöpft. Mit den Bratschen ebenfalls nicht, du magst diese verkrachten Geiger nicht. Und auch nicht mit den Posaunen, diesen Orchesterpupsern. Diesen Nuttenvernaschern. Diesen Pornovideoglotzern, das ist dir alles zu ordinär. Eben-

so wenig wie mit den Klarinettisten, diesen Schüchterlingen, du liebst die Starken, stimmt's? Lass mich überlegen. Natürlich, die Bläser, die sind genau so verhascht wie du. Oder mit den Pauken, ebenfalls arme Irre. Und was ist mit den Streichern? Erzähl mir bloß nicht, dass du mit den Streichern gevögelt hast. Streicher sind die uninteressantesten Menschen auf der Welt. Schlimmer als Streicher sind nur noch die Tänzer, die bloß an ihre Füße denken. Ich weiß schon. Du hast mit sämtlichen Cellisten gebumst. Diese schönen, sinnlichen Instrumente, diese Männer, die sie umschlungen halten. Das ist wirklich etwas Schönes. Sag schon, ich bin neugierig. Musiker sind Barbaren, die nichts im Kopf haben, als die perfekte Note zu spielen, sie sind genauso blöd wie Zahnärzte, die bloß an Prothesen denken. Sag's mir. Haroldo?«

»Ich werde fortgehen aus Brasilien«, sagte sie.

»Nein, das wirst du nicht«, antwortete ich. »Wer ist es?«

Wir schwiegen.

Marie wollte irgendetwas sagen, unterließ es jedoch. Sie ging in Richtung der Tür, ich tat das Gleiche und stellte mich ihr in den Weg. Ich weiß weder, warum sie so wütend wurde, noch warum sie derartig zu schreien begann. Ich wollte mich bloß unterhalten, wollte nur, dass sie mir den Namen von dem Kerl sagte.

»Geh weg da«, brüllte sie.

Und dann öffnete Leontina die Tür und kam herein. So war es, blitzschnell und sehr bedrückend.

Marie ging, und seither haben wir nie mehr miteinander gesprochen.

Es war eine grauenvolle Nacht, ich verspürte ein enormes Bedürfnis, ihr zu sagen, dass es kein Vorspielen in Fort

Worth geben werde. Ich rief mehrmals bei ihren Eltern an; wenn die Hausangestellten meine Stimme am Telefon vernahmen, legten sie auf.

»Gleich fängt ein sensationeller Kampf mit Roy Sanders an«, sagte Leontina zu mir, als sie hörte, wie ich am Telefon den Butler im Hause von Marie beleidigte.

Ich antwortete nicht. Wählte pausenlos weiter.

»Sie will nicht mit dir reden«, drängte Leontina.

»Würdest du mir einen Gefallen tun?«, bat ich. »Ruf du bei ihr an. Sag, du seiest eine Freundin.«

»Nein, ich nicht. Das ist lächerlich. In Russland gibt es für so etwas nur einen Namen: Erniedrigung.«

»Du musst sie nur an die Strippe bekommen.«

»Wie kannst du eine Frau lieben, die …«

Ich ließ nicht zu, dass sie weitersprach. »Es ist ein Gefallen, um den ich dich bitte«, sagte ich.

Es dauerte, bis Leontina zur Tat schritt. Sie schaute mich auf eine Weise an, die gleichzeitig kritisch und abwesend war. Sie nahm das Telefon, rief Marie an und überreichte mir den Apparat.

»Du wirst nirgendwo hingehen«, brüllte ich, als ich Maries Stimme am anderen Ende der Leitung vernahm. »Cláudio will dich in Fort Worth nicht haben. Er hat es mir persönlich gesagt.«

Schweigen.

»Mit deiner Karriere als Musikerin ist es aus und vorbei, Marie. Keiner wird mehr etwas von dir wissen wollen.«

Marie legte auf und hörte nicht, was ich ihr noch zu sagen hatte. Allerdings wusste ich auch nicht mehr, was für Dinge das waren. Ich saß einige Minuten da und ordnete meine Gedanken für einen neuerlichen Angriff. Ich würde sie fertig machen. Ich überlegte, Leontina zu bitten, ein weiteres Mal anzurufen. Doch zu dem Zeitpunkt war meine Russin schon dabei, die Koffer zu packen. Sie hatte beschlossen zu gehen.

Es hätte sowieso nichts mehr genützt, Leontina um Hilfe zu bitten. Nichts in der Welt würde Marie an diesem Abend noch einmal ans Telefon holen.

23

Die abrupten Variationen Camargo Guarnieris sind wie ein alter Kombi mit kaputtem Auspuff. Man weiß nie, wann man den Knall hören wird, und plötzlich, peng, bekommt der Fahrer neben einem einen Mordsschreck. Hat man sich erst einmal daran gewöhnt, beeindrucken einen diese jähen Unterbrechungen des Rhythmus und der unregelmäßige Takt von Guarnieris Symphonien nicht mehr, und man erkennt den Komponisten, wie er wirklich ist: redundant, korpulent, vorhersehbar, ein Kunsthandwerker. Wirklich genial war Villa-Lobos. Wenn ich probe, kommt mir unweigerlich der Gedanke, dass Guarnieri ihn gehasst haben muss, auch wenn er behauptete, ihn überaus zu bewundern. Villa muss ihn dazu gebracht haben, eine ausreichende Menge Galle anzusammeln, um ein ganzes Bataillon Soldaten zu vergiften. Wer hat noch gleich gesagt, jeder Zeitgenosse sei verabscheuungswürdig? Und dass es zwar leicht sei, ein totes Genie zu bewundern, dass wir uns jedoch nie mit dem lebenden Genie abfänden, das an unserer Seite spielt und unser Talent in den Schatten stellt? Ich kann mir vorstellen, dass Camargo Guarnieri Villa innig den Tod gewünscht hat. Sein Zeitgenosse zu sein war so etwas wie eine Strafe für ihn. Gott schenkte ihm die Begabung, aber der Teufel gab ihm Villa-Lobos. Ich vermute, dass sein *Uirapuru* keine Hommage an Villa gewesen ist. Es war ein Versuch, seinem Rivalen zu verzeihen.

Genau darüber dachte ich während der Probe nach. Ich gab mich einfach nicht der Musik hin, die Gedanken schwirrten frei und unkontrolliert umher. Die Musiker bemerkten meine mangelnde Konzentration.

»Entschuldigen Sie, meine Damen und Herren, ich habe mich verspielt.« Ich verspielte mich mehrmals, und irgendwann verspürte ich das Bedürfnis, noch einmal in die Partitur der *Symphonie Nummer 2* von Camargo zu schauen, die ich eigentlich auswendig kannte. Ich bat, sie mir zu holen. Während mein Assistent sie besorgte, stieg ich von der Bühne und rief acht Mal auf Maries früherem Handy an. Ich wusste, dass sie die Nummer gewechselt hatte, wusste, dass das Gerät abgeschaltet war; trotzdem verspürte ich den Zwang, so zu handeln, und ich muss sogar sagen, dass es mich in gewisser Weise beruhigte, mehrmals diese Niemandsnummer anzurufen und die metallene Stimme vom Band sagen zu hören: »Diese Telefonnummer ist nicht vergeben.«

Die Partitur kam, und sehr fahrig fuhr ich mit der Probe fort. Mich brachte auf, wie die Musiker mich anschauten. Es war nicht mehr so wie früher, sie warteten nicht mehr auf meine Ansagen, waren keine Instrumente mehr, auf denen ich spielte. Seit Eduarda tot war, sahen sie mich anders. Es war so, als ob sie plötzlich angefangen hatten, mich zu mögen. Jetzt bewunderten sie mich, nicht weil ich der Dirigent war, sondern weil ich ein bedauernswerter Mann war, der unter dem Tod seiner halbwüchsigen Tochter litt, und das hatte mich zu einem Ebenbürtigen gemacht. Bei der Einäscherungsfeier war mir aufgefallen, dass sie nicht Solidarität, sondern eine ungesunde Neugier an den Tag legten, so als wollten sie fragen: Und, Maestro, wie ist es, wenn man leidet? Wie funktioniert der Schmerz von innen? Sie hatten Mitleid mit mir, die Arschlöcher.

Der weitere Verlauf der Probe war katastrophal. Ich schimpfte einen der Flötisten debil und erschöpfte die Musiker, indem ich verschiedene Abschnitte wiederholte. Meinen Assistenten schrie ich an, weil er mir mitteilte, dass Mittag sei. »Das hier ist keine Fabrik«, antwortete ich, obgleich ich selbst verlangt hatte, die Probenzeiten strikt einzuhalten.

Den Rest des Tages über fühlte ich mich elend; ich sah eine Horde Teenager die Rua Augusta heruntergehen, junge Mädchen, die gerade aus der Schule kamen, lärmend, lachend, und das zerbrach mir das Herz. Im Allgemeinen schlief ich vor dem Konzert eine Stunde, um eine bessere Konzentration zu erlangen. Doch an diesem Nachmittag war es so, als ob irgendetwas mich vergiftete. Weder gelang es mir, mich hinzulegen, noch durch die Straßen zu schlendern, alles machte mich niedergeschlagen, bekümmert und ängstlich.

Ich nahm den Wagen und fuhr zum Haus von Maries Eltern, war fest entschlossen, die Angelegenheit zu regeln. Am Steuer sagte ich: »Ich werde die Sache ein für allemal regeln«, obgleich mir keine Idee kam, wie ich das anstellen sollte.

Ich parkte den Wagen und wartete. Ich sah zu, wie die

Dienstmädchen die Hunde ausführten, damit sie auf die Straße kackten. Es dauerte fast eine Stunde, bis Marie auftauchte und mit dem Auto in die Garage fuhr. Als das elektronische Tor aufsprang, ging ich mit ihr hinein.
Marie verzog ärgerlich das Gesicht, als sie mich sah, begrüßte mich nicht einmal, als sie aus dem Wagen stieg, und drehte sich um. Ich folgte ihr, wir gingen ins Haus, meine Anwesenheit hatte die Dienstboten bereits in helle Aufregung versetzt.
»Zwing mich nicht dazu, grob zu dir zu sein«, sagte sie, als wir ins Wohnzimmer gelangten.
»Sei grob«, antwortete ich. »Bitte, sei grob.«
Ich setzte mich aufs Sofa.
»Ich habe Angst vor dir«, sagte sie. »Jedes Mal, wenn du in meine Nähe kommst, wird mir angst und bange.«
»Sprich weiter.«
Ich hörte, wie Marie sagte, sie wisse nicht mehr ein noch aus, unsere Ehe sei die »reine Hölle« gewesen, eine Aufeinanderfolge von Verhören und Untersuchungen. Und dass es mir nicht gut gehe. Es sei natürlich, dass all das passiere. Schließlich hätte ich Eduarda verloren. Doch wir täten einander nicht mehr gut. Sie verstehe meine Unausgeglichenheit. Alle hätten dafür Verständnis. Die Musiker seien besorgt um mich. Und es gebe Gerüchte, dass man mich aus dem Orchester entfernen wolle. »Geh zu deinem Arzt. Das ist sehr ernst. Es ist offenkundig, dass du Hilfe brauchst.«
Maries Eltern erschienen, um ihrer Tochter beizustehen. Eine Demarkationslinie entstand, sie dort, ich hier, die drei gegen mich. Sie schauten mich auf die gleiche Weise an, als sei ich ein Feind, ein Fremdling. Das war ich

letztlich ja auch. Ein Nichtjude. Ich hatte nicht die geringste Vorstellung, was es bedeutete, in Lod auszusteigen und mich von Juden umgeben zu fühlen, wie Mira, Maries Großmutter, einmal gesagt hatte. »Du steigst aus dem Flugzeug, schaust ringsum und siehst, dass du dort in der Mehrheit bist. Du musst niemandem etwas erklären. Du bist Jude und fertig.« Ich wusste nicht, was das bedeutete. Ich hatte nicht die geringste Ahnung davon. Ich sprach nicht ihre Sprache. Und sie redeten alle auf einmal, sagten das Gleiche, einer ergänzte den anderen. »Geh weg«, das war es, was sie sagten. Sie erwähnten noch die Anwälte, das Scheidungsverfahren. Henri stellte klar, dass Marie an absolut nichts ein Interesse habe, »finanziell gesehen, meine ich«. Es ging nur darum zu reden und alles zu regeln.

Ich sah dieser dreifachen Bombardierung zu.

»Was willst du?«, schrie Marie. »Rede.«

Ich wünschte, dass die Dinge anders wären, wollte ich sagen. Und dass sie mich nicht betrogen hätte. Und dass Eduarda da wäre, bei uns. Ich wollte wieder dirigieren wie früher, ohne Beklemmungen, ohne Angst vor den Leuten, ohne Zweifel an meinen Fähigkeiten, ohne von der Partitur oder der Antwort der Musiker abhängig zu sein.

»Rede schon. Was willst du? Sag es mir.«

»Ich will die Namen.«

»Welche Namen?«

»Die von den Kerlen, mit denen du dich abgibst.«

Die drei schauten mich an, warteten auf mehr.

»Tu irgendetwas«, sagte Monique leise zu ihrem Mann. »Sprich ein Machtwort.«

Marie ging die Treppe hoch, ich folgte ihr, und als sie mir die Schlafzimmertür vor der Nase zuschlug, fing ich an zu schreien, brüllte, ich würde ihr eine Kugel in den Kopf jagen, wenn sie nicht wieder mit mir zusammenleben würde.
Erst in dem Moment bemerkte ich, dass Henri mich am Arm festhielt. »Ganz ruhig«, sagte er ohne Unterlass. Ich hasse es, wenn man von mir verlangt, ruhig zu sein, ich gerate nur noch mehr in Rage. Das erklärte ich ihm, während wir die Treppe hinuntergingen.
Im Wohnzimmer saßen Henri und ich da, ohne miteinander zu sprechen. Ich schwitzte stark, mein Blutdruck musste gesunken sein. Sie brachten mir etwas zu trinken, einen sehr süßen Zitronensaft.
»Alles in Ordnung mit dir?«, fragte Henri.
»Ich muss etwas essen«, antwortete ich. Seit dem vergangenen Morgen hatte ich nichts in den Magen bekommen, ich fühlte mich schwach.
Wir gingen in die Küche. Als wir sie betraten, gab Henri den Hausangestellten ein Zeichen, uns allein zu lassen. Er holte höchstpersönlich Räucherlachs, Käse und Brot. »Probier mal dieses Olivenöl«, sagte er. Ich aß ohne Appetit, ohne irgendetwas zu schmecken. Ich kaute und schluckte und dachte an das, was Marie gesagt hatte. Henri redete pausenlos. Er stellte weitere Ölsorten auf den Tisch, »dieses hier ist mit Basilikum«. Beeindruckend, wie jemand so lange Zeit ein Gespräch über nichts zu führen vermag. »Und dieses ist mit Knoblauch und Honig aromatisiert. São Paulo ist doch eine unglaubliche Stadt, oder nicht? Wenn ich früher verreist bin, ging ich zu Fauchon und dachte, dass wir niemals so etwas haben würden.

Weißt du, dass Monique sogar diese Nudeln, die von Barilla, im Koffer mitbrachte? Nichts hatten wir hier in Brasilien. Wenn ich heute verreise, überrascht mich nichts, keine Leistungsstärke, kein Reichtum, kein Luxus oder Elend. All das haben wir auch, sage ich mir, genauso gut oder besser.«

Nach einer Weile sagte er zu mir, er mache sich Sorgen um mich. »Ich habe dich sehr gern.«

»Bitte«, fuhr er nach einer langen Pause fort, »ich weiß, dass du meine Lage als Vater verstehen kannst. Es ist eine aufrichtige Bitte, die ich an dich richte. Lass meine Tochter in Ruhe.«

»Ich kann nicht«, sagte ich. Und ging.

Als ich im Hotel ankam, teilte man mir mit, dass jemand in der Bibliothek auf mich warte. Ich ging hin, und ein Mann stand auf, als er mich sah. Seine Kleider waren zerrissen, das Haar weiß, die Haut sonnenverbrannt. Er stellte sich als der Fahrer vor, der meine Tochter überfahren hatte.

Es war ein Gefühl, als ob alles sich wiederholte. Als ob ich in diesem Augenblick die Nachricht von Eduardas Tod noch einmal erhielte.

»Der Hund lebt«, sagte er.

Er berichtete mir, dass er selbst Eduarda zu Hilfe geeilt sei, sie sei einfach vor dem Bus aufgetaucht, er vermute, dass der Hund schuld gewesen sei, denn er verstehe nicht, wie sie eine so stark befahrene Straße habe betreten können. Er erzählte noch, wie empfindungslos die Leute gewesen seien, wie sie bloß geglotzt und nichts getan hätten, wie er habe schreien müssen, um Hilfe zu erhalten. Er sagte, er sei bis zwei Uhr morgens im Leichenschauhaus geblieben, es gab keinen Ausweis, um das Mädchen zu identifizieren, nichts, keinerlei Papiere. Und dann sei er zurück nach Hause gefahren und habe den verletzten Hund mitgenommen. Der Hund habe ein Riesenglück gehabt: Sein Schwager arbeite als Wachmann in einer Tierklinik, und nur deshalb sei er gerettet worden.

»Jetzt ist er bei mir zu Hause«, sagte er. »Er hinkt und muss gefüttert werden, aber es geht ihm gut.«

Er hatte beschlossen, mich zu suchen, weil er meinte, ich wolle womöglich den Hund meiner Tochter haben. Er könne ihn mir bringen, wenn ich wolle.

Wir schauten uns eine Zeit lang an, in Wirklichkeit schauten wir beide nirgendwohin. Er erzählte mir, er habe eine Tochter, die zwei Jahre älter sei als Eduarda. Ich hatte den Eindruck, dass irgendwo dort ganz in der Nähe der *Schmerzenswalzer* von Villa-Lobos gespielt wurde.

»Hören Sie die Musik?«, fragte ich.

»Welche Musik?«

Wir verabschiedeten uns nicht. Als er schon im Gehen begriffen war, bat ich ihn um seine Adresse.

Als ich am Abend die Bühne betrat und mit Applaus empfangen wurde, hatte ich mich bereits mit meinem Assistenten gestritten, der mich an der Tür der Garderobe erwartet und gefragt hatte, ob ich sicher sei, dass ich die Partituren nicht haben wolle. »Ich mag es nicht, wenn man mich vor dem Konzert anspricht, das stört meine Konzentration. Sie sollten das bereits wissen.«

»Ich befolge die Anweisungen des neuen Geschäftsführers des Orchesters.«

Genau das hatte mich in Rage gebracht. Ich wusste noch nicht einmal, dass es einen neuen Geschäftsführer gab. Wer hatte ihn eingestellt?

»Ich habe hier das Sagen«, erklärte ich.

»Wir dachten nur, dass Sie vielleicht die Partituren haben wollten«, antwortete er. »Mehr nicht.«

»Ein anderer Dirigent«, sagte ich, »würde Sie auf der Stelle hinauswerfen.«

Es gibt viele Bezeichnungen für das, was sich an jenem Abend dort abspielte. Ich kann jedenfalls nur sagen, dass ich von der Musik im Stich gelassen wurde. Es war sicherlich eine Bestrafung. Die Musik hatte mich bestraft und mich in ein Vakuum katapultiert. In meinem Inneren war etwas, das sagte, für dich gibt es nichts mehr. Aus und vorbei. Es reicht. Geh weg. Sie war mir gänzlich abhanden gekommen, und zwar nicht nur eine Phrase, sondern die gesamte Musik. Es nützte nichts, dass der erste Violinist mich bei dem verpatzten Einsatz rettete. Ich hatte die Musik verloren. Und als das gesamte Orchester kurz davor stand, vor meiner Nase zusammenzusinken, klingelte im Parkett ein Mobiltelefon.

Ich ließ das Orchester innehalten. Das Telefon klingelte weiter, und im Saal entstand ein Gemurmel. Das war die Gelegenheit zur Rettung. Im Mittelgang stand mein Assistent mit den Partituren in der Hand. Ich brauchte ihm bloß ein Zeichen zu geben. Und den *Uirapuru* von Camargo Guarnieri, den ich praktisch verhunzt hatte, neu beginnen. Ich musste jetzt nur noch einmal sicher von vorn anfangen. Konzentriert. Eigentlich etwas ganz Einfaches. Es war lediglich eine Frage des Vorwärtsgehens. Ich weiß nicht, was in mich fuhr. Ich verspürte ein immenses Nichts rings um mich herum. Ich schaute die Musiker an, schaute ins Parkett. All das hatte für mich nicht mehr die geringste Bedeutung. Nicht ohne Eduarda. Ohne Marie.

Ich kehrte dem Orchester den Rücken und verließ die Bühne.

24

Maestro«, hörte ich eine Stimme rufen. »Wie geht es Ihnen?«, fragte ich, als ich die Frau im Restaurant auf den Tisch zusteuern sah, an dem ich zu Mittag aß. Außer Fans war ich nur Ärzten gegenüber so zugänglich, obwohl ich sie genauso hasste. Es gibt auf der Welt nicht viele Dinge, die schlimmer sind als Ärzte. Man liegt im Sterben, und sie bringen einen noch weiter um oder lassen einen verrecken. Sie stecken einem Schläuche in den Rachen, schneiden einem den Bauch auf, schließen einem das Herz an eine Steckdose an und halten einen am Leben. Oder sie töten einen mit der gleichen Methode. Aus Angst, sie könnten mir irgendeine schlechte Nachricht überbringen, behandelte ich sie deshalb so, als verdienten sie Respekt. Es war, als könnte ich auf diese Weise eine Krebsdiagnose oder die irgendeiner anderen unheilbaren Krankheit vermeiden. Bei den Bewunderern, die zu mir kamen, um mich zu bejubeln, hatte ich ebenfalls das Gefühl, ich müsse ihnen Respekt zollen, weil mich die Musik sonst bestrafen und mir etwas wegnehmen würde. Es gab nun keinen Grund mehr, die Fans so zu behandeln. Mein Verhalten war jedoch automatisch, eine Sucht.

Sie wird mich begrüßen, mir sagen, dass sie meine Konzerte liebt, dachte ich. Dass ich ein großartiger Strauss-Dirigent bin. Das sagten sie immer. »Wie geht es Ihnen, Maestro?«, fragte die Frau, die einen Geruch nach Alter verströmte, nach alten Kleidern, altem Parfum, altem Puder. Mir fiel auf, dass es genau der gleiche Geruch war, den meine Großmutter verströmt hatte. »Fast hätte ich Sie nicht erkannt«, sagte sie. »Mein Mann meinte: ›Doch, das ist er.‹ Und ich habe gedacht: Nein, das kann nicht sein.«

Ich lächelte.

»Sie haben ein bisschen zugenommen«, fuhr sie fort.

Freundlich, wie ich war, hatte ich erwartet, ein Lob zu hören, und dann musste ich mir das gefallen lassen. Das hat man davon, wenn man höflich ist, dachte ich.

Ich verließ das Restaurant, ohne zu wissen, was ich mit dem Rest des Nachmittags anfangen sollte. Es war ein merkwürdiges Gefühl, nicht zu arbeiten. Nicht zu üben, nicht zu proben, mich nicht jeden Tag zu verausgaben. Ich hatte alle meine Konzerte außerhalb Brasiliens für dieses Jahr abgesagt. »Das solltest du nicht tun«, hatte mein Agent erklärt. »Dirigier wenigstens in London.« Er machte sich nicht die geringste Vorstellung davon, wie erleichtert ich mich fühlte, nicht mehr auf die Bühne steigen zu müssen. In jedem Orchester der Welt wissen die Musiker bereits nach den ersten Minuten der Probe, ob ein Dirigent gut oder schlecht ist. Sie wissen es sogar schon vor der Probe, allein aufgrund der Art, wie man den Saal betritt, wie man sie begrüßt. Sie sind immer bereit, einen zu bewundern oder fertig zu machen. Es war herrlich, von diesem Gefühl befreit zu sein. Nicht einmal mein eigenes Orchester hatte ich mehr. Die Journalisten hatten über meinen Abschied groß berichtet. »Wie werden Sie ohne das Orchester leben?«, fragte eine Reporterin. »Das Leben geht weiter«, antwortete ich. »Und was ist mit Ihrem Publikum?« Als ob ich Roberto Carlos wäre. Das Publikum kann mich mal, dachte ich. Alle zeigten sich überrascht. Ich hatte mich selbst ebenfalls überrascht. Meine Orchesterverträge hatte ich stets mit grauenvollem Streit beendet. Es war das erste Mal, dass ich mich einfach umgedreht hatte und gegangen war.

Ich setzte mich in das Auto, das ich vor kurzem gemietet hatte, der Chauffeur hörte Radio.

»Stellen Sie das bitte aus.«

»Wohin fahren wir, Maestro?«

Ich sah in mein Notizheft. *Alameda Itu, 1432*, stand dort geschrieben. Weshalb war Marie dort hingefahren? Ich blätterte die vorherigen Seiten durch und schaute in die Aufzeichnungen der letzten zehn Tage, während derer ich sie durch die Stadt verfolgt hatte.

19. September – Haus ihrer Cousine Muriel, Akupunkteurin, Mittagessen in der Oscar Freire mit unbekannter Frau. Oscar Freire ohne Ziel. Betritt und verlässt Geschäfte. Rest des Tages zu Hause.

20. September – Erhält Besuch von Ehepaar (???). Süßwarenladen, zwei Geschenkpakete. Dessousgeschäft. Marie war eine Konsumtante, genau wie ihre Mutter. Teure Kleider, teure Schuhe, stets Markenware. Alles sehr schlicht, aber sehr teuer. Doch nichts Protziges, denn vornehme Reiche protzen nicht. Vornehme Reiche kombinieren Schwarz und Braun, wie ein befreundeter Dirigent sagte. Und ordinäre Reiche Braun und Beige. *Handygespräch an der Ampel (12.25 Uhr) – Mit wem? Pamplona, Marie telefoniert mit dem Handy. Marie im Büro ihres Vaters. Marie in der Apotheke. Marie beim Tennisunterricht. Lehrer verdächtig. Alles überprüfen.*

Nicht immer konnte ich meine Anmerkungen lesen. Ich prüfte noch ein paar weitere Notizen nach und kehrte zu diesem Tag zurück: *Itu, 143.* Dort hatte ich Marie am Morgen verloren, *11 Uhr, Hauseingang,* stand dort. Ich muss wohl ungefähr eine halbe Stunde eingenickt sein, dachte ich. Ich erinnere mich, dass es, als ich vor dem Mittagessen auf die Uhr sah, 13 Uhr war. Ich hatte nicht länger als fünfzehn Minuten gebraucht, um zu dem Restaurant zu gelangen. Marie hatte also zwischen 11.15 Uhr und 11.45 Uhr das Haus verlassen. Wo mochte sie hingefahren sein?

»Haben Sie gesehen, wann die junge Frau ins Auto gestiegen ist?«, fragte ich den Chauffeur.

Er hatte mir bereits mehrfach erklärt, er habe Marie den Ort nicht verlassen sehen, habe sich die Zeit mit dem Lesen des Sportteils vertrieben. Ich schaffte es trotzdem nicht, damit aufzuhören, die gleiche Frage erneut zu stellen. Bei diesem letzten Mal notierte ich die Antwort: *Hat Zeitung gelesen.* Man kann ein guter Lügner sein, wenn man ein gutes Gedächtnis hat, das hatte ich vor vielen Jahren gelernt. Auf diese Weise bekam ich jedermanns Lügen heraus. Stets nachprüfen.

Ich überlegte, wieder zu Maries Haus zu fahren, doch es wurde für mich von Tag zu Tag schwieriger, in seine Nähe zu gelangen. Die Sicherheitsleute wurden jetzt misstrauisch, wenn mein Wagen in der Umgebung parkte, und ich musste die Überwachung aus der Ferne betreiben und mich hinter einem hundertjährigen Mangobaum unweit des Gebäudes verstecken.

»Wohin fahren wir?«, wollte der Chauffeur wissen.

Ich mochte nicht wieder zu dem Platz zurückkehren. Es stank dort nach Desinfektionsmittel, ein Geruch, der mich störte. Jeden Tag schickten die reichen Leute aus der Straße jemanden zum Saubermachen dorthin. Ständig desinfizieren sie den Platz, aus Angst, dass ihre lieben Kleinen sich irgendeine Krankheit holen. Aber ihre Hunde führen sie trotzdem zum Kacken dorthin, sie ekeln sich im Übrigen auch nicht vor dem Kot ihrer eigenen Hunde. Was die Infektionen verursacht, sind die Exkremente des Nachbarhundes, glauben sie. Und desinfizieren den Platz. Schon oft hatte ich gesehen, wie der Gärtner einer der Villen dort Kreolin verteilt hatte. Sogar auf die Bänke streuten sie Kreolin. Ganz ehrlich, der Irak ist mir lieber. Das denke ich jedes Mal, wenn ich diese Häuser, diese Leute, diese Gärten, diese Kindermädchen sehe. Viel besser, der Irak.

»Fahren wir zurück zum Hotel?«, fragte der Chauffeur.

Das war etwas, das ich gerne machte, Dormonid nehmen und den ganzen Nachmittag verschlafen.

An diesem Nachmittag indes hatte ich Lust, Adriana zu besuchen, ich weiß nicht, warum. Sie empfing mich kühl, doch nach ein paar Minuten unterhielten wir uns schon ganz freundschaftlich. Sie erzählte mir, dass sie aufgehört hatte zu trinken, sie war wieder zu den Anonymen Alkoholikern zurückgekehrt. »Ich fühle mich wohl dort. Ich weiß nicht genau, wie es funktioniert, aber Tatsache ist, dass es funktioniert. Man hört sich an, wie all die Leute einen Haufen Geschichten erzählen, lauter schreckliche Sachen, lauter Gosse, Streit, Trennung, Reue, Schläge, so viel Dreck, das geht einem an die Nieren. Wenn ich dort herauskomme, bin ich entschlossen, an dem Tag nicht zu trinken. Denn was man erreicht, ist minimal, man denkt nicht etwa daran, nie wieder zu trinken. Man muss nur den heutigen Tag schaffen. Heute habe ich nicht getrunken, das muss man sich sagen.«

Es war unschön gewesen, aus ihrem Mund zu hören, dass sie meinetwegen wieder angefangen hatte zu trinken. Und dass sie sich »wirklich« in mich verliebt hatte. Und dass sie sehr unter unserer Trennung gelitten hatte.

»Ich mag dich«, war alles, was ich sagen konnte.

Und ich bereute es, denn es hatte sehr unangenehme Folgen. Wir landeten im Bett, und ich bekam meinen Schwanz nicht hoch.

»Das ist ganz normal«, sagte Adriana. »Wer ist nicht ab und zu impotent?«

Adriana nahm mir das Versprechen ab, sie anzurufen, ich versprach es, wohl wissend, dass ich es nicht einhalten würde. Ich hielt meine Versprechen niemals ein.

Es war acht Uhr morgens, als ich am nächsten Tag auf dem Platz ankam. Ich wollte nicht das Risiko eingehen, Marie zu verpassen. »Passen Sie auf«, bat ich den Chauffeur, aber auf den Kerl war keinerlei Verlass. Ich sah, dass er die ganze Zeit über abgelenkt war. Es brauchte bloß ein Kindermädchen aufzutauchen, und der Mann ließ Arbeit Arbeit sein. Das Kindermädchen an diesem Morgen war schauerlich, dick wie ein Wandschrank, aber trotzdem war er ganz beschwingt. In Wirklichkeit kann eine Frau abgrundtief hässlich sein, eine Schabracke mit riesigem Hintern, behaarten Beinen, Affenvisage, faulen Zähnen, es gibt immer einen Mann, der bereit ist, sie zu vernaschen. Immer.

Ich war ebenfalls zerstreut.

»Ich komme nur, um Sie zu warnen«, erklärte der Wachmann von Maries Haus, der wie aus heiterem Himmel vor mir auftauchte. »Der Chef hat gesagt, dass er die Polizei rufen wird, wenn Sie weiter hier stehen.«

»Ach ja?«, fragte ich und holte die Brieftasche heraus. Autoeinparker, Wachmänner, Portiers, all diese Typen funktionieren besser, wenn man ihnen ein Trinkgeld anbietet. Ich gab ihm etwas Kleingeld.

»Sagen Sie, ich sei weggefahren«, bat ich den jungen Mann.

»In Ordnung. Aber es ist zwecklos, dass Sie wiederkommen.«

»Tatsächlich?«

»Das Mädchen ist gestern Abend verreist.«

»Wohin?«

»Ich weiß nicht. Ins Ausland.«

Ich holte abermals die Brieftasche heraus und gab ihm einen Hunderter. »Es ist bestimmt nicht so schwierig herauszufinden, wohin.«

»Ich kann mal schauen«, antwortete er und nahm den Schein.

Der Tag hatte gerade erst begonnen, und schon hatte ich nichts mehr zu tun. Absolut nichts.

Ich steckte die Hand in die Tasche und griff nach dem Stück Papier, das sich seit Wochen dort befand. Ich hatte es mehrmals zusammengeknüllt, um es wegzuwerfen, aber es war immer noch in meiner Tasche.

»Wissen Sie, wie man zur Villa Clementino fährt?«, fragte ich.
»Ich wohne in dem Stadtteil, Maestro.«
Ich bat ihn, mich hinzubringen. »Halten Sie hier«, sagte ich und reichte ihm den Zettel, auf dem ich die Anschrift des Fahrers notiert hatte, der meine Tochter überfahren hatte.

Er sieht gar nicht wie der von Eduarda aus, dachte ich, als die Frau mich in den zubetonierten Garten führte, in dem der Hund schlief.
»Wie heißt er?«, fragte die Frau.
Aus der Küche kam ein angenehmer Geruch nach frischgekochten Bohnen. Ich hatte Lust, etwas zu essen. »Tatu«, log ich. Ich konnte mich nicht mehr an den Namen des Hundes erinnern.
»Das wussten wir nicht. Wir nennen ihn Roque. Das hat sich mein Sohn ausgedacht.«
»Roque, Roque«, rief ich. Der Hund stand mühsam auf und kam zu mir hergehinkt. Er war dünn, schwach, konnte aber trotzdem noch mit dem Schwanz wedeln.
»Er hat Sie wiedererkannt«, sagte die Frau. »So mitgenommen ist er, der Ärmste. Ich zerkleinere ihm das Fressen und füttere ihn. Manchmal erbricht er alles. Der Tierarzt hat verordnet, ihm Milch zu geben, aber Sie wissen ja, das können wir nicht jeden Tag.«
Wir blieben einige Minuten dort, ich streichelte Roque den Kopf. Das Telefon klingelte, die Frau entschuldigte sich. Ich mochte den Ort, ich weiß nicht, warum, aber ich fühlte mich dort wohl. Das Wohnzimmer, die Küche, durch die wir in den Garten gegangen waren, ein stilles,

kühles Plätzchen, und alles verströmte einen angenehmen Geruch nach Sauberkeit, Wasser und Kernseife.

Als sie zurückkam, hatte ich mich bereits entschieden. »Ich nehme den Hund mit«, sagte ich.

Ich war schon im Gehen begriffen, als die Frau mich fragte, ob ich zu Mittag essen wolle. Ich starb vor Hunger und nahm an.

25

Ich zog die Milch auf die Spritze und flößte sie Roque ins Maul, der insgesamt fast zweihundert Milliliter trank. Neben mir im Bett wirkte er munterer. Ich hatte ihn tags zuvor zum Tierarzt gebracht, damit er untersucht und geröntgt wurde. Roque hatte verschiedene Knochenbrüche erlitten und außerdem Kalkablagerungen, die seine Gelenke gefährdeten. Um diese Beeinträchtigungen zu beheben, hätten wir ihn operieren müssen, was sich definitiv nicht lohnte. »Zu viel Leid«, sagte der Veterinär. Er erklärte mir, dass der Hund sich aufgrund der starken Schmerzen in der Wirbelsäule erbreche und dass es ihm mit Schmerzmitteln besser gehen würde. Paulo, der Tierarzt, gefiel mir, ein wohlerzogener junger Mann, der Mitgefühl bewiesen hatte bei der Behandlung von Roque. Ich überlegte, dass der Hund meiner Tochter letztlich Glück hatte, weil er keine Ärzte brauchte. Von ihnen würde er an Schläuche gehängt, aufgeschnitten, zugenäht und dann beerdigt werden.

Die Nacht war ein Martyrium. Roque wachte wegen der Schmerzen wiederholt auf. Ich verabreichte ihm noch mehr Medikamente, aber kaum hatte er das Schmerzmittel geschluckt, da erbrach er stoßweise schon wieder alles. Ich rief bei der Rezeption an und bat darum, jemand solle mir helfen. Dorival vom Zimmerservice kam mit einem Hausmädchen herbei. Derweil die Laken gewechselt wurden, brachten wir Roque ins Bad, wuschen ihn und verfrachteten ihn dann zurück in mein Bett auf ein sauberes Handtuch. Ich holte Öl aus dem Schrank und massierte ihm die Hinterläufe, so wie der Tierarzt mir geraten hatte. Dorival vermischte das Schmerzmittel mit Milch und benutzte einen Tropfenzähler, um zu vermeiden, dass Roque sich abermals übergab. Es funktionierte, der Hund schlief ein und verbrachte den Rest der Nacht gut.

Ab und an schlug er die Augen auf, und wenn er mich beim Lesen sah, wedelte er mit dem Schwanz. Friedlich legte er den Kopf auf mein Bein. Eduarda war ganz verrückt nach diesem Geschöpf gewesen. Bei dem Gedanken war es mit meiner Müdigkeit gänzlich vorbei. Mit einem grauenhaften Gefühl in der Brust ging ich im Zimmer auf und ab. Ich wollte nicht an sie denken, wollte mich an nichts erinnern. Doch ehe ich mich versah, lagen die Fotos, die Eduarda auf unserer Europareise geschossen hatte, auf meinem Schoß. Das war nun alles, was übrig war, dachte ich. Unsere Fotos. Sie und ich im Haus von Piero, einem guten Freund, Opernregisseur, einem jungen Mann, der viele Eigenschaften in sich vereinigte, er war jung, gut erzogen, stammte aus reicher Familie, sah gut aus, war begabt und ein großartiger Mensch. Monatelang hatte ich mit ihm zusammen in Palermo gearbeitet. »Für jeden Fehler, den du an Piero entdeckst, zahle ich hundert Dollar«, hatte ich zu Eduarda gesagt. Zu dritt

bummelten wir durch die Stadt, und ich dachte, dass Piero es mit seinen amüsanten Geschichten geschafft hätte, meine Tochter für Opern zu interessieren.
»In Parma eine Oper zu inszenieren ist immer gefährlich«, hatte er zu Eduarda gesagt. »Wenn sie mich rufen, frage ich gleich: Ist sie von Verdi? Wenn ja, lehne ich dankend ab. Verdi kommt aus jener Gegend, aus Busseto, und wer dort geboren ist, saugt diesen Komponisten mit der Muttermilch ein. Sie kennen jedes Komma im Libretto. Sie können die Arien rückwärts auswendig. Du machst dir keine Vorstellung davon, was sie mit den Dirigenten anstellen, die dort aufkreuzen. Um die erste Sitzreihe im Theater prügeln sie sich, und zwar nicht wegen der Sicht. Sie wollen nahe beim Dirigenten sein, um ihn nach Lust und Laune zu quälen. Sie schlagen einem auf die Schulter und sagen, dass man falsch dirigiert. ›Das ist nicht das richtige Tempo, *cammina*, Maestro.‹ Manche können damit gut umgehen. Es gibt berühmte Geschichten von einem Dirigenten, der unzufrieden mit einem Tenor war und der, wohlgemerkt beim Dirigieren, eine Dame hinter sich ansah und fragte: ›Gefällt Ihnen dieser Tenor?‹ Er wartete gar nicht erst ab, bis die Tante anfing zu meckern. *›A me fa cagare‹*, sagte er. Und sie dreschen ebenfalls auf die Tenöre ein. Bei einer Inszenierung von *Aida* sang ein junger Mann das C am Anfang nicht mit, was schon eine Tradition ist, auch wenn es nicht in der Originalpartitur steht. Er wurde so ausgepfiffen, dass er am Ende mit dem Part in der Hand im Kostüm des Radames und allem Drum und Dran noch einmal auf die Bühne kam: ›Schaut doch in die Partitur, ihr Ignoranten, Verdi hat dieses C nicht notiert.‹ Und weißt du, was das Publikum zur Antwort johlte:

›Verdi hat sich geirrt. Verdi hat sich geirrt.‹« Piero hatte eine ganze Reihe komischer Begebenheiten erzählt, und Eduarda hatte diskret gelacht. Als wir wieder alleine waren, sagte sie zu mir: »Du kannst mir die hundert Dollar geben. Ich habe einen dicken Fehler an deinem Freund entdeckt.«

»Was für einen Fehler?«, fragte ich.

»Der Typ redet nur über Opern. Eine Nervensäge.«

Es bekam mir überaus schlecht, an Eduarda zu denken. Ich nahm ein Dormonid und fiel in Ohnmacht.

Morgens um zehn Uhr wurde ich vom Telefon wach. Jemand am anderen Ende der Leitung sprach Spanisch. »Falsch verbunden, Verehrteste.« In dem Hotel wurde man ständig falsch verbunden. Die Amerikaner investieren Millionen in Technologie, raffiniert ausgeklügelte Geräte, die fast alles alleine machen. Und wir stellen Analphabeten an, um sie zu bedienen. »Wie ist das Wetter heute?«, fragte ich die Empfangsdame. »Bewölkt«, antwortete sie.

Ich duschte, rasierte mich und verabreichte Roque mit der Spritze seine Milch. Dorival half mir, ihn in den Innenhof des Hotels zu bringen, damit er sich ein bisschen bewegte. Roque strengte die Vorderbeine an und schaffte es, mühsam ein paar Meter zu laufen. Dabei zog er die Hinterläufe nach, als seien sie ein totes Gewicht. Doch aufgrund der Schmerzen gab er schließlich auf. Das war's. Nach ein paar Schritten legte er sich erschöpft nieder.

»Ein Bild des Jammers«, bemerkte Dorival. »Ich sage immer zu meiner Frau: Falls ich eines Tages zum Krüppel werden sollte, bring mich bitte um. Gib mir Rattengift, tu irgendetwas. Was soll so ein Leben? Schauen Sie sich den armen Kerl nur an. Wenn ich das sehe, ich schwöre Ihnen, dann habe ich Lust, ihm eine Kugel in den Kopf zu jagen. Zu seinem Wohl.«

Wir brachten den Hund aufs Zimmer.

Um elf Uhr war ich bereits wieder auf dem Platz. Es hatte die Nacht über geregnet, die Bänke waren nass, und es gab weit und breit kein Kind dort. Nur zwei Alte, jeder mit seiner Krankenschwester. Sie gingen noch mühsamer als Roque, gestützt auf die Schwestern, denen sie herzlich egal waren. Diese unterhielten sich angeregt miteinander. »Er denkt, dass ich es nicht weiß«, hörte ich die eine sagen. Ich dachte, dass sie vielleicht über mich sprachen, und versuchte, ihnen zu folgen, doch sogleich erschien der Wachmann von Maries Haus.

»Das Mädchen ist wirklich ins Ausland verreist«, sagte er.

»Das weiß ich bereits.«

»Nach Israel.«

»Und wann kommt sie wieder?«

»Sie haben Angst vor Ihnen. Sie haben sogar schon mit einem einflussreichen Mann bei der Polizei gesprochen. Und wir müssen Bescheid sagen, wenn Sie auftauchen. Sie haben die Telefonnummern geändert.«

Ich fragte, ob er weitere Einzelheiten über die Reise herausbekommen könnte. »Hotel und dergleichen.«

»Die Köchin misstraut mir bereits. Nein, ich weiß nicht mehr.«

Ich brauchte keine fünf Minuten, um meine Entscheidung zu treffen. Ich wusste, wohin Marie gegangen war und was sie tun würde. Sie war zu ihm gefahren. Prompt kamen mir die Bilder von Marie Arm in Arm mit Sandorsky vor der Musikhochschule von Tel Aviv in den Sinn. Sandorsky mit seiner Affenvisage. Ich vermutete, dass die beiden die ganze Zeit über miteinander gesprochen hatten. »Komm her«, hatte er gesagt. »Ich beschütze dich.« Ein Schwall von Gefühlen überkam mich, Wut, Unsicherheit, Rachegelüste und vor allem das Gefühl der Demütigung. Sie waren also die ganze Zeit über zusammen. Von Anfang an war er da gewesen, zwischen uns, der alte Bock.

Als ich zurück ins Hotel kam, machte ich mich auf die Suche nach Maries Büchern, in denen sich verschiedene Anmerkungen befanden, welche die Verbindung der beiden belegten. Vielleicht könnte ich das vor Gericht als offenkundigen Beweis des Ehebruchs verwenden. Ich müsste das von meinem Anwalt überprüfen lassen und notierte in meinem Heft: *Anwalt beauftragen*. Der Gedanke, Marie könnte womöglich wegen Ehebruchs verhaftet werden, wühlte mich zutiefst auf. In manchen Fällen geht doch nichts über Rache. Das mit dem Verzeihen ist nichts für mich. Ich kann wohl verzeihen, aber niemals vergessen. Auf der Suche nach den Büchern durchwühlte ich alles, ich wusste, dass ich einige behalten hatte. Sie waren in der Kofferkammer des Hotels, zusammen mit einem Stapel Zeitungen, die ich aus der Wohnung mitgebracht hatte. Ich schlug eine von ihnen auf. »Sein Knie wird sich in der Hose zum Rhythmus der Trommelklänge bewegen, die nur er in jenem Afrika seines Hirnes vernimmt.« Das hatte sie nicht unterstrichen, aber sie hätte es tun sollen. Sandorsky, der Bock, nur so dachte ich an den Professor. »Unschicklichkeit ist der Stil der Juden«, auch das hatte sie nicht markiert. Sandorsky hatte keine Skrupel, einer verheirateten Frau nachzustellen, einer jungen Frau vor allem, sehr viel jünger als er. Und zudem war er verheiratet. Mir fiel ein, dass ich mit Marie das Gleiche gemacht hatte, ich war ebenfalls verheiratet, ich war ebenfalls älter als sie, aber bei mir kam mir das ganz natürlich vor, während an Sandorsky alles verabscheuungswürdig war. »Gott plant eine Katastrophe für diese seelenlosen Juden. Sollte eines Tages ein neues Kapitel in der Bibel stehen, dann werdet ihr darin lesen, dass Gott einhundert Millionen Araber geschickt hat, das Volk Israels ob seiner Sünden zu vernichten.« Das war auch nicht angestrichen. Sandorsky hatte Marie hübsch eingetrichtert, was sie zu markieren hatte. »Wieder einmal steht das jüdische Volk an einem schrecklichen Scheideweg. Wegen Israel. Wegen Israel und der Art und Weise, in der Israel uns alle in Gefahr bringt.« Warum hatte sie das nicht ebenfalls unterstrichen? Warum wollte Marie nach Israel gehen und die Risiken verkennen, die diese Reise in sich barg, und Schuld an alledem hatte Sandorsky, der sie glauben machte, ihr Platz sei in Israel. Fern von mir. »Israelis Zielscheibe von drei Anschlägen«, stand in der Zeitung. Drei. Achtzehn Tote und über einhundertfünfzehn Verletzte. Marie hatte all diese Gefahren außer acht gelassen, um sich mit ihrem Bock von Geliebten zu treffen.

Ich war bereits entschlossen. Ich ging bei einer Fluggesellschaft vorbei und kaufte für denselben Tag ein Ticket nach London.

Am Nachmittag packte ich den Koffer, räumte meine Sachen auf. Dann rief ich Rachel an. »Ich werde dir einen Besuch abstatten.«

»Bring uns etwas zu essen mit, Kuchen, irgendetwas. Ich mache einen Tee.«

Roque hatte Schmerzen, als Dorival und ich ihn auf die Rückbank des Wagens verfrachteten. Ich fuhr bei einer Bäckerei vorbei und kaufte Schokoladeneclairs und eine Walnusstorte, wie Rachel sie liebte. Es waren viele Schüler dort, einige davon im Alter meiner Tochter.

»Dann ist Nego also bei dir?«, fragte Rachel, als sie die Tür öffnete und mich mit dem Hund erblickte.

»Welcher Nego?«

»Der Hund«, antwortete sie und tätschelte den am Boden liegenden Roque.

»Ich wusste nicht, dass sein Name Nego ist.«

»Eduarda wollte ihn Preto nennen. Ich habe Nego vorgeschlagen. Nego ist besser als Preto, finde ich.«

Ich erklärte Rachel die ganze Geschichte mit dem Busfahrer. Wir schwiegen eine Weile.

»Mir fällt es von Mal zu Mal schwerer, an Gott zu glauben. Den Hund zu verschonen, nicht zu fassen.«

»Ich fliege heute Abend nach London und von dort weiter nach Israel. Es wäre mir lieb, wenn Nego bei dir bleiben könnte, bis ich zurückkomme.«

In dem Moment erschien Ester im Wohnzimmer. Ihre Schwangerschaft war schon zu sehen.

»Er will, dass ich den Hund behalte«, sagte Rachel.

Ester schien das nicht zu stören. Im Übrigen verstand sie offenbar nicht.

»So ist sie jetzt, schlimmer als Nego. Sie schleppt sich wie ein halber Zombie durch die Wohnung, isst nicht. Wenn das Telefon klingelt, schießt sie hin wie der geölte Blitz. Es ist der Schlachter oder der Kerl von der Autoversicherung oder die Reinigung, um Bescheid zu sagen, dass die Wäsche fertig ist. Es ist alles Mögliche, nur nie das, was sie erhofft. Ich glaube, der Vater des Kindes ist der Finanzminister. Weißt du, sie ist bestimmt deshalb entlassen worden. In den Vereinigten Staaten würde sie einen Haufen Geld mit der Geschichte verdienen. Sie würde ein Buch veröffentlichen. Der Minister würde von der Presse auseinander genommen. Er würde sein Amt verlieren. Aber hier in Brasilien darf die Ärmste nicht mal den Mund aufmachen. Wenn sie etwas sagt, steht der Minister fein da als unwiderstehlicher Hengst. Hast du bemerkt, wie sehr sie am Ende ist? Warum nimmst du sie nicht mit nach Israel? Das wäre großartig, ich habe ein paar Verwandte dort.«

»Willst du nach Israel mitkommen?«, fragte ich Ester, als sie in die Küche kam.

»Nein«, antwortete sie.

»Los, Mädchen. Nutz es aus, solange du reisen kannst. Später kommt das Baby, und dann ist es vorbei mit deiner Trägheit. Maestro, ich sage zu ihr: Mit dem Kind wird etwas geboren, das sich Schuldgefühl nennt. Nicht einmal die Zeitung kann man lesen, ohne sich schuldig zu fühlen. Man meint, man müsse vierundzwanzig Stunden lang nach dem Baby schauen. Das passiert im Übrigen auch. Dieser Tage habe ich irgendwo gelesen, diese Sorge der Mutter um ihr Kind sei eine biologische Krankheit. Eine mütterliche Neurose, die das Überleben des Kindes gewährleistet. Das kann nur stimmen, denke ich. Denn wegen der Kinder beenden wir Frauen praktisch unser Leben. Und jetzt behaupten sie, alles sei Biologie, alles sei Chemie. Depressionen, Traurigkeit, all das sei das Fehlen von Substanzen in unserem Körper. Nicht mal die Liebe ist echt. Hast du gehört, Ester? Sie dauert nur drei Jahre, genau die Zeit, in der die Frau den Mann braucht, um das Kind zu bekommen und sich eigenständig darum zu kümmern. Du hast den Mann bereits nicht mehr. Wozu also leiden? Das mit der romantischen Liebe ist alles Quatsch. Nichts, was ein anständiges Rivotril nicht heilen könnte. Hast du gehört, Ester?«

»Hör auf, Mutter. Bitte.«

Nachdem Ester hinausgegangen war, redete Rachel weiter. »Ich sage ihr das alles, weil die Ärmste hier herumsitzt und weint. Das geht nicht. Das ist zu viel für mich. Wenn sie ein Rivotril nähme, nur eines, würde es ihr gut gehen, so wie uns. Wir beide leiden mehr, wir haben Schlimmeres erlebt und sind hier. Du weißt nicht, was es bedeutet, einen Ehemann an Krebs sterben zu sehen. Eines Tages während eines grauenvollen Schmerzanfalls sagte er zu mir: ›Rachel, tu irgendetwas.‹ Was konnte ich schon tun, außer den Arzt anzurufen und ihn anzuflehen, noch eine Dosis Morphium zu bewilligen? Und hier bin ich. Unerschütterlich und stark. So wie du. Deine Eduarda wusste doch noch gar nicht, was das Leben ist. Einmal kam sie nachmittags herunter, nahm einen kleinen Imbiss mit mir und schaute dann im Fernsehen Zeichentrickfilme an. So groß, und doch bloß ein Kind. Sie hatte noch nicht einmal angefangen zu leben.«

Wir umarmten uns, als ich ging. Rachel versprach, gut für den Hund zu sorgen.

Alle Welt denkt, die größte Angst des Dirigenten sei die, das Gedächtnis zu verlieren. Das ist auch so. Der wahre

Horror für einen Dirigenten aber ist es, seinen Koffer zu verlieren. Jedes Mal, wenn ich verreise, ist es das Gleiche. Ich habe schon in Paris, New York, Mailand, an allen möglichen Orten Koffer verloren. Koffer mit wichtigen Partituren, Terminkalendern, Unterlagen. Das hat mich traumatisiert. Lange Zeit bin ich daraufhin nur noch mit Handgepäck gereist. Ich durfte es niemals wiegen, denn es war eigentlich nicht erlaubt, mit so viel Gewicht an Bord zu gehen. Hier in Brasilien war es einfach, aber in Brasilien ist alles einfach. In Europa dagegen wurde ich häufig schon beim Einchecken gezwungen, mich von meinem Gepäck zu trennen. Doch im Allgemeinen reichte ein einziger Handkoffer nicht aus, und ich ging dazu über, zwei zu verwenden. »Nehmen Sie keine Rücksicht auf Ihre Wirbelsäule?«, fragte mich einmal die Angestellte einer Fluggesellschaft.

Bei dieser Reise war es anders. Was ist in einem Koffer schon so Wichtiges drin?, dachte ich. Nichts, mir konnte alles abhanden kommen. Ich würde in einen Laden gehen und Unterhosen, Socken, all diese Dinge kaufen, und fertig. Folglich scherte ich mich gar nicht darum, als es in London über vierzig Minuten dauerte, bis mein Koffer eintraf. Ich musste sechs Stunden auf den Anschlussflug nach Tel Aviv warten, was nicht viel zu bedeuten hatte. Wenn man nach Israel fliegt, muss man sich vier Stunden vor dem Start auf dem Flughafen einfinden, und die Beamten der israelischen Polizei sorgen dafür, dass alles höchst kurzweilig ist.

Gleich nach dem Einchecken wurde ich seitlich zu einem Schalter weitergeleitet, an dem mich die Beamten eifrig befragten. »Warum sind Sie auf dem Foto in Ihrem Pass so ernst?«, wollte man von mir wissen. Mein Pass wurde anderen Beamten gezeigt, und da ich kein Hebräisch spreche, verstand ich kein Wort von dem, was sie sagten. Die Anhörung dauerte genau eine Stunde, und danach durchlief ich noch fünf weitere Verhörschranken.

Als ich ins Flugzeug stieg, traf ich den Beamten, der mich vernommen hatte. »Maestro«, sagte er. »Sind Sie bereit?«

»Ja«, antwortete ich, ohne den Sinn der Frage zu verstehen. Vielleicht wollte er wissen, ob ich bereit für das Risiko sei, dass das Flugzeug explodierte. Ich war zu allem bereit, sogar zu töten, falls es notwendig sein sollte.

Ich dachte, dass die Sicherheitsinstruktionen auf diesem Flug vielleicht anders sein würden. Doch es war die gleiche Litanei über Schwimmwesten und aufblasbare Leitern wie immer. Man muss schon ein sehr sonniges Gemüt haben, um daran zu glauben, dass man im Falle eines Motorschadens überleben wird.

Am späten Nachmittag kam ich schließlich in Tel Aviv an. Vom Flughafen bis zum Meer besteht die ganze Stadt aus weißen Häusern, wie kleine Kästen im Bauhausstil. Die Uferpromenade ist allerdings eine Tragödie. Man kommt sich vor wie in Guarujá oder in einer x-beliebigen Wohnanlage der Mittelschicht.

Auf dem Weg zum Hotel offerierte mir der Taxifahrer »russische Nutten. Die besten der Welt«, behauptete er. »Sie müssen sie ausprobieren, sie sind blutjung und hübsch. Ein schönes Volk, diese Russen. Und die Nutten sind rattenscharf. Ich spreche aus eigener Erfahrung.«

Marie war nicht im Hilton abgestiegen. Und auch in keinem anderen Fünfsternehotel der Stadt, ich rief bei allen an. Ich telefonierte auch mit billigeren Hotels, von

Marie keine Spur. Sicherlich wohnte sie bei irgendeinem Freund von Sandorsky. Ich bat in der Rezeption, mir seine Nummer zu besorgen. »Er steht nicht im Telefonbuch«, wurde mir mitgeteilt.

Alles, was ich tun konnte, war, bis zum nächsten Morgen zu warten und sie in der Musikhochschule zu suchen.

Am Abend unternahm ich einen kleinen Spaziergang in der Nähe des Hotels. Tel Aviv ist eine schöne Stadt. Ich ging zum Rumänenmarkt im Zentrum, der fast im Art-déco-Stil gebaut ist. Auf der anderen Seite zahlreiche Geschäfte, Cafés, viele Nachtlokale und Nutten. Eine euphorische Stadt. Sechzehnjährige Bengel, alle uniformiert. Sie kommen vom Militärdienst und gehen mit der Maschinenpistole ins Einkaufszentrum. Die Spannung kam nicht von den Jugendlichen und ihren Waffen. Nur die Alten sind auf der Hut und haben Angst. Sie gehen über die Straße, nicht, als hätten sie es eilig, sondern als seien sie auf der Flucht. Verkohlte Autos und Trümmer gehörten mit zum Szenario.

In einer Bar, zwei Häuserblocks vom Hotel entfernt, sah ich, wie Männer sich angeregt unterhielten und Notizen machten. Nachdem er mir vorab ein paar Fragen gestellt hatte, erkundigte sich der Besitzer, ob ich bei dem Spiel mitmachen wolle.

»Bei welchem Spiel?«, wollte ich wissen.

»Es ist eine Wette. Sie müssen raten, wo das nächste Attentat passieren wird, und eine Wette abschließen. Sie gewinnen auch, wenn der Ort falsch, aber der Stadtteil richtig ist. Kennen Sie Tel Aviv?«

Vor Mitternacht war ich bereits wieder im Hotel. Ich blieb ein paar Minuten an der Rezeption stehen und suchte nach Zeitungen. Die Cartoons waren unglaublich. Bevor er sich auf den Weg zur Arbeit machte, umarmte ein Mann weinend seine Familie, darauf gefasst, sie nie wiederzusehen. Eine andere Karikatur zeigte Kellner, die bei der Arbeit Schutzhelme trugen. Die Lust zum Lesen war mir vergangen, und ich ging ins Zimmer hoch. Obwohl ich nicht müde war, legte ich mich ins Bett und probierte es mit einer buddhistischen Übung gegen Leiden: Dabei muss man die Augen schließen und sich die Frau, die einem Leid bereitet, als einen Sack voller Blut und Unrat, voller Müll und Dreck vorstellen. Das funktionierte bei mir nicht.

Ich brach die Übung ab und rief Rachel an, ich wollte Neuigkeiten von Nego hören.

»Es geht ihm gut«, sagte sie. »Aber du fehlst ihm.«

Jetzt liebt mich der Hund, dachte ich, ohne irgendeinen Trost zu empfinden.

26

Ich wusste nicht, dass Sie in der Stadt sind«, sagte Sandorsky, als er mich sah. Wir schüttelten uns die Hand, und das versetzte mich in Panik. In letzter Zeit vermied ich jede Art von Körperkontakt. Wann immer ich mit Geld hantierte oder jemanden begrüßte, reinigte ich mir anschließend sofort die Hände mit einem eigens dafür bestimmten Desinfektionsmittel, das neunundneunzigkommaneunneun Prozent der Keime zu töten versprach. Die meisten Krankheiten werden so übertragen, die Menschen putzen sich die Nase, wischen sich den Hintern ab, nehmen Geldscheine voller Tuberkulosebazillen in die Finger, und dann schütteln sie einem die Hand. Sie tun so, als wären sie Freunde, obwohl sie einen in Wirklichkeit nur anstecken. An jenem Morgen hatte ich das Desinfektionsmittel im Hotel vergessen, und das beunruhigte mich.

»Ich bin es müde, Gutes über Ihr Orchester zu hören«, fuhr Sandorsky fort. Wir befanden uns in seinem Büro in der Musikhochschule von Tel Aviv. Minuten zuvor hatte die Sekretärin eine Besprechung unterbrochen, um ihm mein unverhofftes Erscheinen anzukündigen. Wir hatten

uns seit Jahren nicht gesehen, doch Sandorsky behandelte mich, als wären wir alte Freunde.
»Die letzte CD, die ihr aufgenommen habt, hat mir sehr gefallen«, sagte er.
Wenn man sich mit einem Dirigenten gut verstehen will, muss man ihm um den Bart gehen. Dirigenten leben im Wesentlichen von diesen Dingen. Aber ich war nicht mehr Dirigent, das wusste Sandorsky nicht. Sie halfen ihm nichts, die Worte.
Ich fragte ihn nach der Explosion, die sich an dem Morgen in der Nähe ereignet hatte. Sandorsky erklärte, es sei eine neuerliche Maßnahme des Militärs gewesen. »Sie haben Palästinenserhäuser zerstört. Unser Gesetz erlaubt das.«
»Bei uns wird auch ziemlich viel gemordet«, sagte ich.
»Wie bitte?«
»Wir töten vielleicht noch mehr als ihr.«
Und ich sagte noch mehr Dinge, die mir in wirrer Folge in den Sinn kamen, Dinge, die ich wer weiß wo gelesen hatte. Ich sagte, die menschliche Grausamkeit sei grenzenlos und Kriege seien notwendig, ohne sie hätten wir keine Möglichkeit, die von unseren Ahnen ererbte Gewalttätigkeit zu entladen. »Genetisch bedingte Gewalttätigkeit«, sagte ich. Ich erklärte auch, dass die Rolle des Grolls, philosophisch gesprochen, darin bestehe, das Ende unserer Art zu umgehen. »Das stammt alles nicht von mir«, fügte ich hinzu. »Ich lese viel.«
Sandorsky vor mir sah wie ein erschrockener Affe aus.
»Sie wissen, weshalb ich hergekommen bin«, sagte ich.
Draußen übte ein Student Saint-Saëns, und das schlug mir auf den Magen. Ich konnte dieses Parfümierte der

Impressionisten nicht mehr ertragen. Mahler, ja, der verstand es, in die Tiefe zu gehen. Tausend Mal lieber der Gestank von Mahler, dachte ich, die harte Wahrheit Mahlers.

»Wegen Marie«, fuhr ich fort.

»Wie geht es ihr?«, fragte Sandorsky. »Ich habe gehört, dass sie plant, in die Vereinigten Staaten zu gehen.«

Bloß nichts Parfümiertes. Die Expressionisten entlarven den Gestank der Welt, dachte ich. Ohne Sentimentalität. Sie offenbaren, zeigen schonungslos die Eingeweide. Das Blut.

»Wenn Sie Marie wirklich gerne hätten, würden Sie ihr raten, in die Schweiz zu gehen«, sagte ich; es fiel mir schwer, die Musik nebenan nicht zu beachten.

»Wovon reden Sie?«

Als ich endlich ein wenig Konzentration fand, antwortete ich, dass er als Jude das Aggressionspotenzial gegen die Juden in Rechnung stellen müsse. »In der Schweiz beträgt es nullkommafünf Personen pro Tag, ein Index, den Fachleute für niedrig halten«, sagte ich. »Dorthin sollten Sie sie schicken, wenn Sie sie wirklich lieben.« Ich erklärte, in diesem Land bestehe keine Aussicht auf Frieden, es müssten Gebiete zurückgegeben werden, und Scharon sei ein Idiot. Abgesehen davon, dass die Taxifahrer mir russische Prostituierte andienen würden, berichteten sie von dem Verlust eines Freundes, eines Sohnes, eines Nachbarn, eines Cousins. Erzählten, dass sie gesehen hätten, wie ein Bus, ein Haus, ein Supermarkt explodiert seien. Ich selbst hätte mehrere Befreiungstrupps in der Stadt gesehen. Und ich würde, wo immer ich entlangginge, den Geruch von verbranntem Menschenfleisch verspüren.

»Das Abschlachten wird weitergehen«, sagte ich. Sandorsky versuchte mich zu unterbrechen, doch ich ließ es nicht zu. Ich sagte, er könne jeden Augenblick sterben und Marie ebenfalls. Die beiden könnten in einem Restaurant sitzen und von einem Feuerball verschluckt werden. »Schämen Sie sich gar nicht, Marie zu verstecken?«, fragte ich, »sie einer so großen Gefahr auszusetzen?«
Sandorsky schaute zur Tür, als überlegte er, wie er am schnellsten dorthin gelangen könnte.
»Ich bin gekommen, um Marie zu holen«, erklärte ich.
»Offen gestanden weiß ich nicht, worauf Sie hinauswollen.«
»Sie ist hier. In Ihrem Haus. Und ich bin zu allem entschlossen, um sie Ihren Klauen zu entreißen.«
Wir stritten uns ein bisschen, ehe ich ihn einen »verlogenen Bock« nannte, und dann verlangte Sandorsky, ich solle verschwinden. Da ich mich weigerte und auf meine angestammten Rechte als Maries Ehemann verwies, verließ er das Büro und ließ mich allein zurück. Ich blieb noch eine geraume Weile dort, wühlte in Schubladen und suchte nach Beweisen, bis mich jemand herausholte. Es war gewiss ein Musiker. Ein Cellist, Riesenpranken, raue Fingerkuppen. Ich kenne diese Bagage. »Ihre Karriere können Sie vergessen«, sagte ich. »Sie werden es nie zu etwas bringen.« Ich behauptete, eine meiner Qualitäten als Dirigent sei meine Intuition, und ich wisse allein schon beim Anblick der äußeren Erscheinung eines Musikers, ob er begabt sei, was selbstverständlich gelogen war. »Sie sind ein Nichts. Sie sehen ekelhaft aus.« Ich sagte, dass ich verschiedene Wörter auf Jiddisch beherrschte. Erklärte, dass ich nicht meschugge sei. »Aber Sie schon.

Wenn Sie glauben, dass Sie Musiker werden, dass Sie bei den Berliner Philharmonikern spielen, dann sind Sie meschugge.« Der Junge fing an zu lachen. »Sie sind ein Schmok. Ein Niemand.« Aufgrund meines Geschreis kamen zwei weitere Musiker ins Büro, packten mich und setzten mich auf die Straße.
Aber ich wusste ganz genau, wie das Problem zu lösen war.
Ich kaufte ein neues Notizheft, mietete einen Wagen mit einem Chauffeur und verbrachte den Rest des Tages damit, vor der Hochschule auf Sandorsky zu warten. Um Viertel nach sechs verließ er das Gebäude und fuhr nach Hause in einen Stadtteil außerhalb von Tel Aviv, in dem die Reichen leben. Ich parkte an der Ecke und beobachtete das Treiben. Es war, als gäbe es dort keinen Krieg. Ausländische Automarken, Villen, Frieden. Die Reichen sind doch überall auf der Welt gleich. Gleichgültig gegen den Schmerz der Welt. Dickbäuchige Männer und viel zu dünne Frauen. Dick sind heutzutage in Wahrheit nur die armen Frauen. Die reichen sind praktisch unterernährt. Selbst die Frau von Sandorsky, die nicht lange nach ihm zu Hause eintraf, war eine von diesen dürren Salatesserinnen. Für diesen Typ Frau ist Hunger der Feind der Perfektion.
Um Viertel nach elf gab ich auf. Ich bat den Chauffeur, mich ins Hotel zu bringen. Unterwegs fragte ich ihn, ob er mir eine Prostituierte besorgen könne. Er bejahte, sagte, er könne mir noch mehr beschaffen, »zwei oder drei, wenn Sie möchten«.
Ich duschte, zog mich an und war gerade dabei, etwas zu essen aufs Zimmer zu bestellen, als es an der Tür klopfte.

Es war die Russin.
»Willst du etwas essen?«, fragte ich.
Sie sprach kein Englisch. Wir aßen schweigend zu Abend, ich dachte an Marie. Sicher war sie nicht bei Sandorsky zu Hause, der Bock war verheiratet. Sie logierte in einer Wohnung, die sie für ihre Rendezvous gemietet hatte. Dort paarten sie sich, dort gab Marie sich ihm hin und betrog mich. Dort machte sie die Beine breit und ließ ihn drüber, wie die russische Prostituierte ihre Freier drüberließ. Grässliche Bilder der beiden beim Koitus kamen mir mit solcher Schärfe in den Sinn, dass mir vollständig der Appetit verging.
Sie aß ebenfalls kaum, meine Russin, die zwar nicht hübsch war, aber die Frische der Jugend hatte. Alle jungen Frauen besitzen diese Art von Schönheit, auch wenn sie nicht hübsch sind. Achtzehn, zwanzig Jahre alt zu sein ist an sich bereits eine Art von Schönheit.
Nachdem der Junge vom Zimmerservice den Tisch beiseite geräumt hatte, legte die Russin sich aufs Bett und fing an, sich das Kleid auszuziehen.
»Nein«, sagte ich.
Ich platzierte sie aufs Sofa, schaltete den Fernseher an. Wir saßen nebeneinander da, und das beruhigte mich ein wenig. Ich ging ins Schlafzimmer und holte den Taktstock, den ich in New York gekauft hatte, Glass Fiber 380 mm von Pickboy.
»Ich bin Dirigent«, sagte ich, als ich ins Wohnzimmer zurückkam. Sie nahm den Stock, zog ihn aus der Plastikschutzhülle. »Das ist der beste Taktstock, den es gibt«, sprach ich weiter. »Er ist leicht, siehst du? Schau nur den Kork hier an der Spitze.«

Sie spielte mit dem Taktstock, vollführte einige Bewegungen. Ich kam mir lächerlich vor in dem Moment, als ich versuchte, eine russische Dirne zu beeindrucken. Ich nahm ihr den Taktstock aus der Hand und warf ihn in den Abfall. Dann holte ich Geld aus der Brieftasche, händigte es der jungen Frau aus und schickte sie fort. Es war schon spät, ich musste schlafen.

Im Morgengrauen wurde ich von dem Anruf Rachels wach. Nego war in dieser Nacht gestorben. »Es ist besser so«, sagte sie. »Er musste sehr leiden, wegen der Schmerzen. Und dann war er süchtig nach den Schmerzmitteln, er konnte nicht schlafen, war sehr unruhig.«

An den darauffolgenden Tagen kam ich keinen Schritt weiter. Erst am Freitag trat eine Änderung ein. Ich befand mich gerade in der Nähe der Hochschule und wartete darauf, dass Sandorsky herauskam, um ihn zu verfolgen, als ich hörte, wie jemand mich rief. Es war ein polnischer Dirigent, der ein paar Mal in Brasilien als Gast bei meinem früheren Orchester aufgetreten war.

Er erzählte mir, dass er gerade aus Buenos Aires zurückgekommen war und zwei Tage in São Paulo verbracht hatte, um Freunde wiederzusehen. Und dass er Marie im Stadttheater getroffen hatte. »Ich wusste nicht, dass Sie sich getrennt haben«, sagte er.

Zuerst dachte ich, es handele sich um einen weiteren Streich von Sandorsky, dachte, der Affe wisse, dass seine Schritte peinlich genau registriert wurden und dass er dann den Polen geschickt habe, um mich in die Irre zu führen. Ich fing an, ihm viele Fragen zu stellen, woraufhin der Dirigent erschrocken auswich und sagte, er sei

sich nicht so sicher, es könne sein, dass es gar nicht Marie gewesen sei.
Im Hotel sah ich mein Telefonbuch durch und fand die Nummer der Detektivkanzlei in São Paulo, die ich aufgesucht hatte, gleich nachdem Maries Benehmen mir verdächtig vorgekommen war.
Ich rief an und gab die Arbeit in Auftrag. »Wenn Sie schnell sind, zahle ich das Doppelte.«
Ich blieb Sandorsky weiter auf den Fersen, doch ohne irgendeinen Fortschritt. Immerzu gab es merkwürdige Zusammentreffen: Überall, wo ich vorbeigekommen war, explodierte tags darauf eine Bombe. Ein Restaurant, in dem ich am Donnerstag gegessen hatte, wurde in die Luft gejagt. Sie sprengten die Apotheke, in der ich Aspirin gekauft hatte. Ein Supermarkt, in dem ich Mineralwasser gekauft hatte, ging hoch. Die Leute, die an der Wette beteiligt gewesen waren, fielen mir wieder ein, sie mussten eine Menge Geld mit diesem niederträchtigen Scherz verdient haben.
Am Montag wurde ich vom Telefon wach.
»Hier ist Raul«, sagte eine Stimme zu mir.
»Wer?«
»Der Detektiv.«
Er teilte mir mit, dass er Marie gefunden habe. Sie hatte Brasilien tatsächlich nicht verlassen und lebte in der Rua Indianápolis Nummer 134, Appartement 2. Sie hatte einen Leibwächter.
Ich legte auf und dachte an den Wachmann, der mir die Information gegeben hatte. Arschloch.
Ehe ich nach London abflog, suchte ich abermals Sandorsky auf.

Er wollte mich nicht empfangen, und so war ich gezwungen abzuwarten, bis er die Hochschule verließ.
»Ich bin gekommen, um mich zu entschuldigen«, sagte ich, sobald er auftauchte.
Er gab mir keine Antwort. Er stieg ins Auto und fuhr weg.

27

Bis zu meinem Weiterflug nach São Paulo gab es nichts zu tun. Deshalb beschloss ich, zu einer Messe für Boden- und Seegefechtsausrüstung zu gehen, für deren Ausrichtung die indische Regierung verantwortlich war. Ich hatte im Flugzeug einen Artikel darüber gelesen und war neugierig geworden. Ich nahm ein Taxi und gab dem Fahrer die Adresse. In London regnete es heftig, der Verkehr kam nicht voran, und die Stadt schien kurz vor dem Kollaps zu stehen.

Wir brauchten über eine Stunde, um ans Ziel zu gelangen. Gleich am ersten Ausstellungsstand lächelte ein Mannequin die Besucher an, neben einem überaus distinguierten Herrn im Anzug, der sich über die leichte Handhabung eines automatischen Gewehrs ausließ.

Es war die Rede von Kosten und Nutzen, von Spezialwaffen mit Thermosensoren, die kein Licht benötigen, um das Ziel zu treffen.

»Was kann ich damit machen?«, fragte ich einen amerikanischen Händler, der Teleskopvisiere vertrieb.

»Unser Beitrag ist die Technik. Sie steigen mit der Idee ein. Und natürlich mit dem Geld.«

Hohe Militärbeamte aus Simbabwe verhandelten eifrig. Indien, Tansania, es gab Leute aus aller Herren Länder, die Waffen aller Art kauften, aber niemand sprach von Zerstörung, Ausrottung, Ende, sondern lediglich von Technologie, Präzision und Effizienz.
»Der Mensch ist zum Tod bestimmt.« Von wem stammte dieser Ausspruch noch gleich?
Den Nachmittag über lief ich ziellos umher und studierte sämtliche Arten von Waffen. Hin und wieder trat ich zu den Händlern und hörte Fetzen recht freundschaftlicher Unterhaltungen mit an. Diese Kriegsmacher sind höchst zuvorkommend, wenn es Zeit für die Preisverhandlungen ist. Es werden nicht nur Waffen verkauft, sondern die gesamte Palette militärischen Zubehörs, das man haben möchte, und gekauft wird nicht von den Reichen. Die Reichen sind in Wahrheit die Verkäufer. Kaufen tun die Elendsländer, die ärmsten der Erde.
Ich war schon müde, mir Dinge anzuschauen. Vor dem Abflug aus Tel Aviv waren wir wegen eines neuerlichen Attentates mit einem höllischen Verkehr konfrontiert gewesen. Ein Omnibus war explodiert, und neun Menschen waren getötet worden.
Ich hatte gesehen, wie eine Frau auf einer Bahre zu einem Krankenwagen transportiert wurde. Sie trug eine blaue Bluse und am rechten Fuß keinen Schuh. Sie schaute mich so tiefgründig an, dass ich das Gefühl hatte, sie wolle mir etwas Wichtiges mitteilen. Ich überlegte, ob ich aussteigen sollte.
»Sie ist tot«, sagte der Fahrer.
Als ich an den Ständen entlangging, hatte ich den Gesichtsausdruck der Frau noch immer vor Augen.

Es war bereits Viertel nach sechs, als ich feststellte, dass ich den ganzen Tag über nichts gegessen hatte. Ich nahm ein Taxi und fuhr zurück zum Flughafen.
Ich verzichtete darauf, etwas zu mir zu nehmen, alles kam mir richtig ekelhaft vor.
Um neun Uhr stieg ich ins Flugzeug. Ich nahm ein Dormonid und wachte erst wieder auf, als die Maschine in São Paulo landete.

»Ich möchte dir jemanden vorstellen«, sagte Adriana, als sie die Tür öffnete. Sie war in T-Shirt und Slip, das Haar wirr, so als sei sie gerade aufgestanden.
Ich war vor zwei Tagen angekommen und wusste nicht genau, was ich tun sollte. Ich hatte nicht den Mut aufgebracht, zu der Adresse auf dem Zettel zu gehen, der nicht aus meiner Tasche wich: Rua Indianápolis Nummer 134, Appartement 2. Den Detektiv, Raul, hatte ich bereits aufgesucht, alle Informationen trug ich bei mir. Fotos, Berichte, Transkriptionen von der Telefonüberwachung im Hause von Maries Eltern.
Ich hatte mir verschiedene Bänder angehört, die Themen war immer die gleichen, Banalitäten, Vertraulichkeiten, Streitereien, lauter blöder Familienkram. Was meine Aufmerksamkeit erregte, war die Häufigkeit, mit welcher der Name David erwähnt wurde. »David kommt mich abholen«, »David geht mit mir hin«, »Bring David mit«. Sicher war David Maries Auserwählter. Endlich hatte die Familie jemanden gefunden, mit dem sie sich, wie Majakowski sagen würde, »auf Augenhöhe« unterhalten konnte. Ein reicher Jude, ein Diamantenhändler, jemand, der wie sie einwandfrei den Sinn solcher Sätze

verstehen würde wie »Die Vernichtung einer jüdischen Nation würde den Islam nicht eine einzige schlaflose Nacht kosten, außer die Nacht der großen Feier«, die in den Büchern ihrer Lieblingsautoren angestrichen war.
Der Detektiv Raul war es auch, der mir die Waffe verkauft hatte, die jetzt in meinem Blouson steckte. Ich wusste nicht, warum ich sie gekauft hatte, jedes Mal, wenn ich sie in der Hand hielt, lief mir ein kalter Schauder den Rücken hinunter, und grauenvolle Bilder kamen mir in den Sinn. Fakten, Beweise, aus denen sich keine Schlüsse ziehen ließen, all das käute ich wieder und wieder, Marie, David und das ungeordnete Nachdenken über diese Dinge lähmten mich letztlich. Aus diesem Grund suchte ich Adriana auf. Ich dachte, dass sie mir vielleicht helfen könnte, wenngleich ich nicht genau wusste, wie. Adriana, so dachte ich, war Sekretärin gewesen, sie verstand es zu organisieren, und das genau brauchte ich, Ordnung, eine Methode, einen Leitfaden. Du musst den Sowieso und den Sowieso anrufen. Du hast eine Besprechung mit ich weiß nicht wem. Bezahl dies. Treib jenes ein. Es war angenehm, wenn ich in mein Büro kam und merkte, dass Adriana sich um mich kümmerte und dass meine Aufgabe bloß darin bestand zu funktionieren.
»Das ist Valéria«, sagte Adriana und zog ein Mädchen an der Hand, das nicht älter als zwanzig Jahre war. »Sie studiert Journalismus und wohnt jetzt hier bei mir.«
»Hallo, Valéria«, sagte ich.
Das Mädchen wusste nicht, worüber es reden sollte, und ich auch nicht, aber Adriana sorgte dafür, dass keine Stille eintrat. Sie erzählte, dass sie nun als Assistentin bei einer

Kinoproduktion arbeitete. »Wir werden einen Film über das Leben von Euclides da Cunha drehen.«

Ich konnte mir vorstellen, was für ein Schrott das sein mochte.

Adriana ließ eine Pizza kommen, und wir aßen zu dritt in der Küche, Valéria schwieg, und Adriana erzählte Geschichten über ihr neues Projekt. Sie war sehr beeindruckt davon, dass Euclides seine Hände beschrieben hatte, wenn kein Papier da war. »Das Schlimmste von allem ist, dass sein Sohn, Euclidinho, den gleichen Namen wie sein Vater hatte und auf die gleiche Weise gestorben ist wie er. Für den Film finde ich das großartig. Eine unglaubliche Geschichte, Vater und Sohn ermordet von demselben Mann, auf die gleiche Weise.«

Als es Zeit war zu gehen, begleitete Adriana mich zur Tür.

»Gefällt sie dir?«, fragte sie mich im Vorraum vom Aufzug. »Wir sind zusammen.«

»Wer?«

»Valéria und ich. Ich bin sehr verliebt.«

Darauf wäre ich im Traum nicht gekommen.

»Ich hätte nie geglaubt, dass es so schön ist, mit einer Frau zu schlafen. Wenn es um Lust geht, dann sind es die Frauen, die was davon verstehen. Komm irgendwann wieder, dann erzähle ich dir alles. Unglaublich, diese Valéria.«

Mit einem grauenhaften Gefühl ging ich. Ich freute mich, dass Adriana wohlauf war, aber gleichzeitig war es, als hätte ich sie für immer verloren.

Ich konnte nirgendwo mehr hin. Am Tag zuvor hatte ich Rachel besucht. Sie und Ester planten einen längeren Aufenthalt in Rio de Janeiro. »Ich werde das Mädchen an die frische Luft bringen. Schon seit langem war ich nicht mehr in Rio, und ich habe das Gefühl, dass die Uferpromenade, der Strand, dass all das dem Mädchen gut tun wird. Weißt du, Maestro, ich tue das, was eine Mutter tun muss: sich um ihre Tochter kümmern. Sieh mal, ich habe praktisch keine Tochter gehabt, und heute habe ich eine, die mich braucht, und obendrein werde ich Großmutter. Ich muss dir sagen, das füllt mich vollkommen aus. Das hat mein Leben verändert. Ich denke kaum noch daran zurück, wie mein Mann an Krebs gestorben ist. Jetzt sind meine Gedanken nur noch bei dem Baby.«

Rachel war wie ausgewechselt. Während meines Besuchs hatte sie mich kaum angeschaut. Hatte sich geweigert, von meinem Hund zu sprechen. »Er ist tot, aus und vorbei. Ich werde dich hier nicht mit Einzelheiten quälen.« Sie wanderte hin und her, legte Kleidungsstücke in die Koffer und erteilte Ester Anweisungen, die ebenfalls nicht mehr dieselbe war. Sie hörte der Mutter aufmerksam zu, sie fühlte sich unterstützt und hatte sich in ihr Schicksal gefügt. Und sie war hübsch. Die Schwangerschaft hatte ihr etwas Sanftes verliehen.

»Wir haben den Minister zum Teufel geschickt«, flüsterte Rachel mir zu.

»Welchen Minister?«, fragte ich.

»Den Vaterschaftsminister. Den Erzeuger des Babys, hast du das vergessen?«

Ich wollte Einzelheiten der Geschichte hören.

»Ein andermal, wenn Ester nicht dabei ist«, sagte Rachel. »Vorab sage ich dir nur eins: Es gibt nichts Schöneres im Leben, als einen Minister zum Teufel zu schicken. Das hat mich mit Befriedigung erfüllt, ich habe so ein warmes

Gefühl im Herzen verspürt. Ich habe es sogar wiederholt: ›Scheren Sie sich zum Teufel, mein Herr.‹«

An jenem Nachmittag dachte ich daran, noch einmal zu Rachel zu gehen. Aber es gab etwas, das getan werden musste, das wusste ich. Eine ganze Weile lief ich ziellos umher, bis ich mich entschlossen hatte. In Wahrheit war die Entscheidung schon vor Tagen gefallen, aber ich versuchte, sie zu vertagen, so als ob durch einen Aufschub irgendetwas passieren und die Tatsachen sich umkehren würden.

Ich nahm ein Taxi und fuhr zu Maries neuer Adresse. Ein Wohnhaus mit einem winzigen Platz davor in einer kleinen kopfsteingepflasterten Straße, einer Sackgasse. Dort also wohnte sie, in einer Kleinstadt, einem idyllischen Ort. Es wirkte gar nicht wie São Paulo.

Auf dem Platz war niemand, daran war der Regen schuld. Im zweiten Stock blieb es finster. Ich trällerte den Schmerzenswalzer. Seit ich zurück in Brasilien war, ging mir diese Musik nicht mehr aus dem Kopf. Ich setzte mich auf die Bank und wartete. Wieder und wieder las ich den Brief, den Teresa mir ins Hotel geschickt hatte. Sie schrieb, dass es ihr gut gehe, und sie entschuldigte sich dafür, wie sie mich behandelt hatte. Mehr noch: Sie schrieb, dass sie mich nicht für das verantwortlich machte, was mit unserer Tochter geschehen war. Sie berichtete auch von ihrem neuen Leben mit Cláudio. Sie war glücklich, Fort Worth war ein Ort, an dem es sich aushalten ließ, Cláudio war zufrieden mit der Arbeit. »Wir werden ein Baby adoptieren«, hatte sie am Schluss geschrieben.

Ich steckte den Brief in die Tasche und wartete weiter. Ich weiß nicht, wie viel Zeit verging. Es war schon fast acht Uhr abends, als Marie in die Garage fuhr. Ich erkannte sie sofort. Das Haar oben am Scheitel zu einem Knoten zusammengefasst. Ich fühlte, wie ein Strom von Energie meinen Körper durchlief. Ein paar Minuten später gingen die Lichter in der Wohnung an.

Ich erhob mich, lief auf und ab, ohne zu wissen, was ich tun sollte. Ich steckte die Hand in den Blouson und spürte die eisige Waffe in den Fingern. Ich dachte an Marie. An Eduarda. An Roque. An mein Orchester. An die Musik. Alles war vorbei, endlich. Verdorrt. Ich konnte nicht mehr ins Hotel zurück. Ich konnte nicht mehr weitermachen. Auch nicht bleiben, nicht aufhören, mich nicht bewegen.

Besonderen Dank

An Rubem Fonseca, »*il miglior fabbro*«.
An Luiz Schwarcz, Verleger und lieber Freund.
An Arnaldo Cohen für die wertvollen Informationen.
An Roberto Minczuk für die Musikstunden.